不器用な告白

椎崎　夕

幻冬舎ルチル文庫

CONTENTS ✦目次✦

不器用な告白 ✦イラスト・高星麻子

✦カバーデザイン＝齊藤陽子(CoCo.Desigen)
✦ブックデザイン＝まるか工房

不器用な告白

1

身体《からだ》が、重い。

目が覚めるなりそう思って、友部《ともべ》一基《かずき》は夏用の薄い布団《ふとん》を被《かぶ》ったまままため息をついた。

ぼうっとしながら手で探った隣に予想した体温はなく、何となく物足りない気分になる。

もぞもぞと布団から顔を出すと、カーテンを引いたままの室内はすでに明るくなっていた。

壁の時計は、午前十時前を指している。それを見たあとで、今日の仕事は休みだったはず、と頭の中で再確認した。

どこからか、シャワーの音がする。一基が暮らすこのアパートは平均的な単身者用ワンルームのため壁が厚いとは言えないが、住んでいて隣上下が浴室を使う音を聞いた覚えはない。つまり、シャワーを使っているのは昨夜この部屋に泊まった人物だ。

消去法でそこまで考えたものの、思考はそこで行きづまった。深い泥の海に半分沈んだ心地で天井を見上げていると、じきに水音が止《や》んでドアが開く音がする。誘われるように目を向けると、浴室から見慣れた長身が出てくるところだった。

「おはようございます。すみません、勝手にシャワーとタオルを借りました」

背中で浴室のドアを閉めながらこちらを見た相手――長谷遥《はせよう》は、どうやら頭まで洗ったようだ。やや色素の薄いしなやかそうな髪が、ほんのわずか湿っている。

髪は基本洗いっ放しで、いわゆる男用の洗顔料も使ったことがないという。身につけているのは昨日と同じ淡い色のシンプルなシャツとブラックジーンズだが、それも本人に言わせると、どこにでもある量販店の品なのだそうだ。

にもかかわらず、この男はいつどこで何を身につけていても、立ち姿が品よくすっきり見える。それがつまり「素材がいい」ということなのだと、最近になって気がついた。

「……一基さん？　まだ眠いですか」

返事をせず眺めている様子が、寝ぼけていると見えたらしい。苦笑混じりにベッドに近づくと、長谷はシーツの上に肘《ひじ》をつくようにして屈み込んできた。町中を歩くとすれ違いざまに何人もに振り返って見られる華やかな容貌《ようぼう》が、今はやけに人懐こい表情を浮かべてじっと一基を見つめてくる。

きれいな男だなと、これまで何度も考えたことをまた思った。

十人中十人が「美形」と評すること間違いなしの端整な容貌をしているのだ。そこに成人男性の平均を軽く超えた長身としなやかな体軀《たいく》が加わって、どこぞのモデルか芸能人かという雰囲気がある。実際に学生の頃から今現在に至っても、町中でいわゆるスカウトの声がかかることがあるらしい。

ひとつ年下のこの男と一基の関係を初対面の相手に説明するとしたら、「同僚」というのがもっとも問題なく手っ取り早い。ちなみに職場はこの界隈《かいわい》では知られた洋食屋「はる」一号店であり、長谷はメインシェフを、一基はフロア責任者をそれぞれ任されていた。

「一基さん……？」

長谷が顔を寄せてくるのを無防備に眺めてしまったのは、おそらく脳味噌《のうみそ》が半分寝ていたせいだ。気がついた時には目の前に影が落ちていて、馴染《なじ》んだ体温に呼吸を奪われていた。

「ん、……」

最初は二度、三度と啄《ついば》んだだけのキスに、唇の合間をそっと探られる。息苦しさを覚えて背《そむ》けようとした顎《あご》を引き戻され、擽《くすぐ》るような指先に喉《のど》を撫《な》でられて、その感触に肌の底がぞくりとした。かすかなその揺れに気づいたのだろう、間近にあった長谷の目元が笑ったかと思うと、心得たように歯列を割った体温に舌先を搦《から》め捕《と》られる。布団の隙間から入り込んできた手のひらが何やら怪しく動き始めた頃には、さすがに一基の脳味噌も覚醒《かくせい》していた。

「……朝っぱらだろ。このへんにしとけ」

いったんキスが離れた間合いを逃さず、長谷の口元を手のひらで押さえる。布団の中で大腿《だい》を撫でていた手首を摑《つか》んで阻止すると、長谷は見るからに残念そうな素振りを見せた。

「もう目が覚めちゃったんですか。あと三十分、寝ぼけててくれたらよかったのに」

「その三十分でナニする気だ。つーか、時と場所を考えろと前から言ってるだろうが」

反射的に言い返した台詞《せりふ》は、掛け値なしの本音だ。

「恋人に甘いのは標準装備」だと嘯《うそぶ》くこの男は、やたらと一基にくっつきたがる。往来で肩を抱いたり手を繋《つな》いだりは序の口で、去年などは行きつけのバーの衆目の中でいきなりキスしてきたこともあるのだ。

三か月余りをかけてがんがんに注意事項を叩き込んだ成果があってか、以前と比べればずいぶんおとなしくなってきたものの、手が早いことに変わりはない。おまけに癪《しゃく》に障る程度には手慣れているため、反撃が遅れるとろくでもない事態に追い込まれてしまう。

そうした諸々《もろもろ》の思惑を込めて言ってやったのに、長谷は意味がわからないふうにきょとんとした。布団の上から一基を押さえ込んだままで言う。

「時と場所って、今日は仕事は休みだしここは一基さんの部屋じゃないですか。……え、もしかして朝だから駄目だとか言います？」

「当たり前だ。こんだけお日さんが照ってるってのに、朝っぱらから盛ってどうする」

「それ、偏見だと思いますよ。こういうことには朝も昼も関係ないですって」

きれいな顔に、とても意味ありげな——朝っぱらから見せるなと言いたくなるような表情を浮かべて、長谷は一基の顎を擽るように撫でてくる。

いかにも当然というような物言いには、この三か月で何度も騙《だま》された。もとい、長谷に騙す気はなかったのだろうが、この男の主義主張にまともにつきあった日には生活そのものが爛《ただ》れてしまいそうだ。なので、一基はあくまでぶっきらぼうに言い返す。

「関係ないって、ハルカなあ」

「ハルカではなくヨウです。もうそろそろそっちで呼んでくれてもいいんじゃないですか？」

もう馴染みの台詞を拗《す》ねた口調で言われて、一基はさりげなく目を逸《そ》らす。

「おまえには関係なくても、おれには関係あるんだよ。とにかくどけって。昼から映画に行きたいって言ったの、おまえだろうがっ」

「それはそうですけど」

不満そうに言ったものの、長谷はおとなしく布団の中に突っ込んでいた手を引っ込めた。渋々のように身を起こす素振りにほっとした一基が制止の手を離したとたんに、不意打ちでのしかかってくる。

「……っ、おい！　やめ――」

「そう言われると、やめたくなくなるものなんですよねえ……」

苦笑混じりの声の語尾ごと押し込むように、またしても唇を塞《ふさ》がれる。

人の話くらい聞けと、言ってやりたくなった。今度こそ蹴飛《けと》ばしてやると動きかけて、一基は長谷のキスが先ほどとは違っているのに気づく。

熱を煽《あお》るようなものではなく、ただそうしていることを楽しんでいるだけの、柔らかいキスだ。そっと啄んでは離れていき、合間に唇の端や顎先にも落ちていく。気がつけば、押さえつけられていたはずの両手は互いの指を交互に組む形で握り込まれてしまっていた。

何となく、気が抜けた。それがダイレクトに伝わったのか、上になった男が笑う気配がする。それが癪に障って、一基の方から長谷の唇に噛《か》みついてやった。

「ところで腹減ってますよね。何か食べたいものありますか？」

案の定というのか、顔を離すなり笑った長谷の第一声がそれで、一基は正直に頷《うなず》く。

「何でも食う。ああ、けど面倒ならやらなくていいぞ。買いに行くか、出かけてからでも」

「映画のあとで外食になりそうだから、朝くらい作りますよ。できたら声かけますから、一基さんはそのまま寝ててください」

そう言って、長谷はベッドから離れていった。

一基の部屋は、単身者用ワンルームだ。キッチンのシンクは狭くコンロは電磁式のものがひとつだけ、冷蔵庫はコンロ下スペースに押し込まれた備え付けのごく小型のものという、自炊には到底向かない設備のみで、実際に一基は湯を沸かす程度しかやらない。そのせいか、そこに長谷が立っている構図は何度見ても見慣れることがない。

ベッドの中で布団を巻いたままもぞりと向きを変えて、一基は改めて長谷を――自分の「恋人」を眺めてみる。

三か月あまり前のまだ春も浅い三月末に、一基と長谷は「そういう関係」になった。

言うまでもなく、男同士だ。それで「恋人」はナイだろうと、正直に言えば今でも思うことがある。

ただし、それはあくまで一般論としての認識であって、長谷とつきあっていること自体には、疑問も違和感も感じていない。だからこそ、昨日「泊まりに行っていいか」と訊《き》かれた時にも迷わずOKした。帰宅して食事を終えたあと、当然のごとく恋人同士らしい流れになった時も拒否しようとはまったく思わなかった。

仕事ならともかく、プライベートで意に染まないことをすんなり受け入れるほどの辛抱強い性格は持ち合わせていない。なので、うだうだとベッドに懐く羽目になったことに関しても異論はない。身体のそこかしこが怠《だる》かったり、あらぬところが少々……だのといったダメージがあることについては若干文句を言いたい気もするが、結局のところ共同責任なのも自認しているので、こうして布団を巻いておとなしくしている。

「一基さん。ここってオレガノとかありましたっけ？」

きれいな手さばきで包丁を使っていた長谷が、ふと気がついたように言う。

聞き慣れない名称に、一基は枕に頰《ほお》をつけたままで眉《まゆ》を寄せた。

「何だソレ。何に使うんだ？」

「風味付けにあればと思ったんですけど……ちょっと買ってきますね。そこのスーパーで扱ってたと思いますんで」

「いいよ。わざわざそんなんしなくても、適当で」

「駄目です。一基さんがよくても俺がよくありません」

すっぱりと言い切って作業を中断すると、長谷は手早くタオルで両手を拭《ぬぐ》った。ローテーブルの上に置きっ放しになっていた財布と携帯電話をポケットに押し込む様子を眺めながら、なるほどこれが職業柄というヤツかと思う。

「ここの鍵、借りて行きますね。玄関は施錠しますから、一基さんは寝ててください」

「ん。よろしくー」

お使いに行くべきだろうかと思ったものの、名称すらうろ覚えの品物を探してスーパーをさまよう根性はない。

布団の隙間から手だけ振ってみせると、長谷は苦笑混じりに一基のこめかみのあたりを撫でて離れていく。玄関ドアを施錠する音を聞き届けてまもなく、再び眠気《ねむけ》が襲ってきた。

それにしても、何をどう思って長谷は一基なんぞを恋人にしたのか。

肌触りのいい枕に頬を埋《うず》め直しながら、ここ三か月余りの間、ずっと頭のすみに引っかかって消えない疑問がふっと浮かんだ。

ほんの十か月前まで、一基と長谷は洋食屋「はる」の常連客とシェフに過ぎなかった。それも、顔を合わせるなり互いが微妙に厭《いや》な顔になるような間柄だ。それがこうも変わってしまうのだから、世の中は奇想天外だと思う。

長谷はもともとバイセクシュアルという奴で、恋人の性別は問わないたちだったというが、何しろあれだけきれいな男だ。当然のことに過去につきあった人数は多く、しかもその全員がレベルの高い美男美女だったように聞いている。

だがしかし、一基の見た目は身長も含めて十人並みの凡庸《ぼんよう》レベルだ。幸いにして不細工とまでは言われないものの、目つきの悪さは学生の頃から折り紙付きで、無意味に怖がられることも多かった。さらに言うなら短気で口も悪い。

どういうわけだか子どもには懐かれるのに、学生時代から現在に至るまで女性に特別に好かれた覚えもない。付け加えるなら去年まで二桁《ふたけた》年数に及ぶ不毛な片思いをしていたため、「恋人」と言える相手ができたのは長谷が初めてだ。

見た目の釣り合いが取れない上に、恋愛経験値が違い過ぎるのだ。そのせいか、長谷の恋人らしい配慮に気づかずたびたび素通りをしてしまう。困ったような微笑《ほほえ》ましいような微妙な表情の長谷を見て、ようやく「あれはもしかしていわゆるムードとかいう代物を作っていたのか?」と気づくていたらくだ。

申し訳ないことだと、思ってはいる。けれど、この鈍さばかりはいかんともしがたいものだとつくづく実感する毎日だ。

考えながらうっすらと眠りかけた時、いきなりインターホンが鳴った。

「……あ?」

目に入る時計の針は、ものの十分も動いていない。空耳ということにして枕に頬を埋めたとたんに、またしてもインターホンの音がした。

「……何だイッタイ……」

ぼやきながら、一基は頭から布団を被った。

長谷は出かけていったばかりだし、何より戻ったなら勝手に入ってくるはずだ。今日一日は一緒にいる予定だったから、他の人間と約束した覚えもない。そもそも予告もなくやってくるのは、宗教の勧誘か訪問販売の類《たぐい》に決まっている。

三度、四度と鳴った音を無視して布団を被っていると、今度はもっと近くで別の音がした。一基の携帯電話の着信音だ。

ベッド横のローテーブルに手を伸ばし、辛うじて指先に触れたストラップを手繰《たぐ》って引き寄せる。開いた携帯電話の液晶画面に目をやって、思わずぼやいてしまっていた。

「何でこんな時間から……今日は平日だろうが……」

小さな画面に表示された名前は「祥基《よしき》」――実家にいるはずの末の弟のものだ。あの末っ子が相談という名目で電話を寄越すのはいつものことだが、平日の朝十時過ぎはないだろうと言いたかった。

このまま放置するか、電源ごとぶち切るか。どちらも簡単だが、それで諦《あきら》めるような素直な弟ではない。ため息混じりに、一基は携帯電話を耳に当てる。

「おいこら、何時だと思ってやがる。つーかおまえ、大学はどうした？」

『いきなりそれ？　もう十時過ぎてんじゃん！　そうだ忘れてた、カズ兄おはよー。元気？』

「そこそこ元気。昨夜遅かったんで、おれにとってはまだ夜中。おやすみ、切るぞ」

『嘘、冗談っ！　待って待って、切ってもいいけどその前に玄関開けてー！』

半分悲鳴のような声が聞こえたと同時に、玄関の方からがん、という音がした。あまりのタイミングにぎょっとしたあとで、一基は弟の最後の台詞の意味に気づく。

「玄関、っておまえ……」

『カズ兄、今ウチにいるんだよね？　だったら早く開けてってばっ』

通話越しの語尾に被さって、がんがんと音が響く。それとは別に、玄関の方からドアを殴っているらしき音がする。それが、見事にシンクロしているのだ。

「待て。おまえ、今どこにいるんだよ」

『カズ兄の部屋の前。初めて来たけどこのへんアパート多いねー。ちょっと迷っちゃったよ』

自慢そうな声と重なって、再びインターホンが鳴る。

さーっと頭から血の気が引いた。

「……三分待て。騒ぐなよ」

『えええええーナニそれー。別にいいじゃん、早く開けて……』

不満そうな声の途中で通話をぶち切って、携帯電話を放り出す。布団をはねのけたあとで、自分が寝間着を着せられていたことに気がついた。急いで脱いだそれの代わりに、床に転がっていたジーンズとシャツを拾って身につける。

どうやら長谷が後始末をしてくれていたらしく、シーツも肌もさらりと清潔になっている。ふだんは「過保護すぎないか」と呆《あき》れる事実に、今回ばかりは心底感謝した。

ばざばさと布団を直し、ざっと室内を見渡す。弟に見られるとまずいものをピックアップし、クローゼットの奥に押し込んだ。洗面所に飛び込みなおざりに顔だけ洗って見上げた時計はちょうど三分進んでいて、よしとばかりに一基は玄関ドアの施錠を外す。

「おはよー。お邪魔しまーっす」

開いたドアの外に立っていた弟——祥基は、満面の笑顔で一基を「見下ろして」きた。その角度にぎょっとして、一基は呻《うめ》く。

「……おい。いつの間に、そんなに伸びやがった……？」

「去年と一昨年《おととし》で急に伸びたんですー。カズ兄、全然ウチ帰ってこないから知らなかったんじゃん？　ていうか、カズ兄ちっちゃくなったねえ……うん、可愛いかもっ」

にっこりと人懐こく笑う弟の顔は、一基とあまり似ていない。これは一基が父親似で、祥基が母親似だからだ。この末っ子の優しげな面立ちは、昔から周囲に「愛嬌《あいきょう》がある」などと評判がよかった。

もっとも、だから全部許してやらねばならない道理はない。

笑い混じりの台詞を聞くなり手が伸びていた。記憶より高い位置にある弟の鼻を捻《ひね》りあげるようにして、一基は低く言い返す。

「ふざけんな。ナニが可愛いだ、このガキが」

「うんごめんなさい。ちょーしに乗りました……ていうか、痛いから離してくんないかなあ」

「その前に言っとく。今の台詞は禁句だ。二度と言うな」

じろりと睨《にら》み上げて言った一基に、祥基は首を竦《すく》めて両手を上げてみせた。

「カズ兄、相変わらず凶暴……マサ兄ん時と反応一緒じゃんか」

「阿呆《あほ》。わかってたんならやるな。てめえマゾかよ」

「小さくなった、可愛い」は、数年前にすぐ下の弟――三人兄弟の真ん中になる匡基《まさき》が一基の身長を越えた時に吐《ぬ》かした台詞なのだ。その時、一基が即座に匡基を締め上げて二度と言わないと約束させたのを、祥基は目の前で見ていたはずだ。

「で？　おまえナニしに来たんだよ。大学はどうしたんだ」

「大学はとっくに夏休みですー。だから、バイトしようと思ってさ」

「バイトだあ？　そんで、何でここまで来んだよ」

玄関口に立ったまま顔を顰《しか》めた一基を見返して、祥基は思わせぶりに「へへー」と笑う。

「それより先に中に入れてよ。喉渇いたし、何か飲みたい」

素直に話す気はないらしいと察して、一基はため息をつく。その時、すぐ傍《そば》で足音がした。

「……一基さん？　お客さんですか」

怪訝《けげん》そうな声を聞いた瞬間に、思い出した。――そういえば、長谷が来ていたのだ。

まずいと思った時には遅い。声に反応して目をやった時には、祥基はすでに胡乱《うろん》な顔でじろじろと長谷を見上げていた。

2

一基には、弟がふたりいる。三歳年下の匡基と、九歳年下の祥基だ。

匡基は地元大学を卒業後、本人の希望で家業の果物農家を継いだ。末っ子の祥基は現在地元大学在学中で、すでに二十歳《はたち》の誕生日をすませている。

実家がここから数百キロ単位で遠方ということもあって、一基が最後に弟たちと顔を合わせたのは一昨年の盆になる。その時点では、祥基の目線は一基より下にあったはずだ。

それが、どうしてこうもでかくなっているのか。

「——で？　バイトって、どこで何のだよ」

不条理な疑問を覚えながら、一基は冷蔵庫のコーラをグラスに注いで弟の前に置いた。

遠方でのバイトといえば、通常何かの付加価値があるはずだ。泊まり込みできつい代わりにバイト代が破格だとか、バイト代は通常だが場所そのものが高原の避暑地や別荘地のような遊び場近くといったメリットがなければ意味がない。

だがしかし、あいにくこの地域はごく当たり前のベッドタウンだ。

とても懐疑的な一基の問いに、けれど祥基はにんまりと笑った。

「『はる』でフロアやるんだ。その間、ここに置いてよ」

「……はあ？」

真面目に、耳を疑った。——まるっきり初耳だったからだ。

「寮に入れてやるって言われたんだけど、それだと余分に金かかるじゃん？　カズ兄んとこに置いてもらったら、部屋代も布団のレンタル代も光熱費もいらないからさ」

「阿呆。いくら『はる』でバイトするったって、五号店まであるんだぞ？　場所によってはこっから通うのは無理だって」

「一号店だから平気」

「一号店……って」

今度こそ、一基は顔を顰めた。そのまま、長谷と顔を見合わせてしまう。

一基と長谷の勤務先が、まさにその『はる』一号店なのだ。現在の人員はメインシェフに長谷、そのサブ兼フロアが一基の親友でもある店長で、フロア全体の責任者に一基という常勤三名に、ランチタイムとディナータイムそれぞれにパートとアルバイトが一名ずつという配置になっている。

「勘違いだろ。今んとこ人は足りてるし、誰かやめるって話は聞いてねえぞ」

「そんなん、オレ知らないよ。とにかく、オレは一号店にって言われて来たの。そんでさ、そこのソファ、寝床に使っていい？　あと、寝間着持ってきてないからTシャツとか貸して。掃除洗濯は全部引き受ける代わりに、食費安くしてほしいんだけど、どうかなー」

さくさくと話を決めにかかられて、一基は低く釘を刺す。

「だから待て。だいたい、何でおまえが『はる』のバイトなんだよ」

「はる」のフロアのバイトは、時給も相場で仕事内容もふつうだ。同じようなバイトなら近場を探せばいくらもあるはずで、わざわざ数百キロの距離を経てまでやってくる理由がない。

「来いって誘われた。だから来たんじゃん？」

「来いって、誰に」

「内緒ー」

歌でも歌うような調子で言って、祥基はにんまりと笑う。その顔だけで、おとなしく喋《しゃべ》るつもりがないとは察しがついた。

「――神《じん》さんに訊いてみますか？」

ローテーブルを挟んで向かい合う兄弟を少し離れた壁際で眺めていた長谷が、ぼそりと言う。とたんにむっとした顔になった弟を目顔で抑えて、一基はため息混じりに長谷を見た。

「悪いけど、頼む。――で？　おまえは真面目に大学生やってんのか？」

後半の台詞は意図的にやんわりと、弟を見つめて口にする。と、携帯電話を操作する長谷を睨んでいた弟はぴょんとばかりに一基に目を向けてきた。

「当然。カズ兄こそ仕事どうなの。洋食屋のフロアって、前の会社と全然畑違うじゃん？」

「全然とまでは違わないだろ。営業も接客のうちだ」

「えー。違うと思うけどなあ」

言い合いながら目に入れていた先で、長谷の横顔が微妙に歪《ゆが》む。耳から離した携帯電話を眺めてため息をつく様子に、「よもや」と気がついた。

「……寝起きか。つーか、もしかして起こした？」

「はあ。一昨日《おととい》来い、で切られました」

「悪かった。おれが連絡すりゃよかったな」

長谷が言う「神さん」――神野邦彦《じんのくにひこ》は「はる」一号店の店長であり、一基とは高校時代からの親友だ。フレームレスの眼鏡が似合うすっきりした容貌からは予想がつかないが、実はとんでもなく寝起きが悪い。

「おれからメールしとくよ。もう少し経《た》ってから電話すりゃいいだろ」

「了解です。ところで一基さん、朝食はどうします？　腹減ってますよね？」

長谷の問いに、一基は素直に頷く。念のため、弟に確認した。

「ヨシ、おまえ朝メシはもう食った？」

「あーのさ。そろそろ訊きたいんだけど、いいかな」

ふてくされた顔で黙っていた祥基が口を開いたのは、遅い朝食をすませた一基と長谷が食後のお茶を前に席についた時だった。声音に不穏な響きを感じた一基が眉を寄せたのをよそに、じろじろと長谷を眺めて言う。

「カズ兄の同僚なのはいいけどさ。そいつ、何で朝っぱらからここにいんの？……っ」

語尾に被さる勢いで、ぺしんと弟の頭をはたいてやる。額を押さえてむうっとした顔をするのへ、一基はぴしゃりと言い放った。

「言い方を考えろ。てめえ小学生かよ」

「……っ、だって今日はカズ兄仕事休みで、ここはカズ兄んちじゃん！　なのに、我が物顔で台所使って朝メシ作って一緒に食ってるって何！」

言いながら長谷を指さした弟の手を即座にはたき落として、一基はじろりと睨みつける。

「昨夜泊まったんだから、一緒に朝メシ食って当たり前だ。その前に、初対面の年上の相手に対してそいつってのは何だ。さっき紹介しただろうが、長谷さんって名前で呼べ！」

九歳という年齢差に加えて一基が大学進学と同時に実家を出たため、この弟と一基が一緒に暮らした期間は九年とそう長くはない。とはいえ、祖父母も両親も家業に忙しかった関係上、年の離れた弟ふたりの面倒を見るのは長男の一基の仕事だったのだ。特に祥基の時はそれが顕著で、寝返りもできない赤ん坊の頃にはオムツ替えからミルクやりに着替えに風呂と当然のように世話をした。よちよち歩きになれば庭の石を齧《かじ》りたがるのを横から分捕って阻止し、走り回るようになってからは危ない場所に突進したがるのを首根っこを摑んで引き戻し、駄々を捏《こ》ねたり我《わ》が儘《まま》を言い張った時には泣き喚《わめ》くのをひっ捕まえては叱《しか》りつけた。

だからこそなのか、にもかかわらずなのか。両親や匡基に言わせると、祥基は未だに一基が一番なのだそうだ。大学時代から現在に至るまで週に三度は必ず電話があったし、そのたびいつ帰省するのかとしつこく言われてもいた。

ちなみにそのあたりを本人に突っ込んでみた時には、あっけらかんと「カズ兄の拳骨《げんこつ》がさあ、忘れられないんだよねー」などとある意味微妙な答えがあった。

むうっと黙った祥基の顔は露骨に拗ねていたが、容赦する気はさらさらない。そのくらい祥基もわかっているはずで、数秒後にぼそりと言う。

「……え、と。じゃあ詳しく紹介してクダサイ。長谷サンってカズ兄の何で、ここに何しに来てんの？」

「『はる』一号店のメインシェフで、おまえが本当にバイトすんだったらそこの先輩スタッフだ。うちで一緒にＤＶＤ観ようって話で、昨夜から泊まりに来てた。そんで、わざわざ朝メシ作ってくれたんだよ。わかったら、まずはきっちり謝れ」

「えー……じゃあ、ごめんなさい。失礼しましたー……」

前後に余分なモノがくっついている気はとてもするが、こういう拗ね方をしている時にしつこく追及しても意固地になるだけだ。締め上げるのは長谷が帰ってからと決めて、一基はひとまず矛を収める。と、それを待っていたように祥基はちろりと一基を見た。

「昨夜泊まったって、このヒト……長谷さん、だけ？　神野さんは？」

「おれの部屋に誰を泊めようが、おれの勝手だろうが。神には神の都合もつきあいもある。四六時中おれと一緒にいなきゃならないって理屈はねえよ」

「えー、でもさあ」

「――それは、俺が」

それまで黙って話を聞いていた長谷が、しつこく言い募る祥基を遮るように口を開く。兄弟の視線が集まるなり続けた。

「俺は、神さんのことは上司として尊敬してるけど、個人的に少し苦手なんだ。だから、神さんも含めた三人で遊ぶことはまずない」

「……ふうん。だったらカズ兄、昨夜からずっとこのヒトと二人っきりだったんだ。同僚って言ってたけど、それにしては濃ゆいつきあいだよね」

そう言う祥基の視線は頑《かたく》なに一基だけに向けられていて、まだやるのかと少々呆れた。

「濃かろうが薄かろうが、おまえには関係ねえだろ。それよりおまえ、いい加減にしとけよ」

「何が。ていうかさ、このヒト、カズ兄の友達にしては雰囲気違い過ぎない？　なんてーのか、軽いっていうかチャラい感じでさ」

「ヨシ」

「シェフとかって全然、似合わないよね。どっちかっていうと、ホストクラブにいそうなタイプじゃん。昔のアイドルのなれの果てとかさ」

けろりと弟が口にしたとたん、視界のすみで長谷がわずかに顔を顰める。それを目にして、頭の中で何かがぷちっと切れた。

すっと腰を上げるなり、一基はローテーブルの向かいにいた弟の胸ぐらを摑む。ぎょっとしたように見上げてくる頭上に、容赦なく拳骨を落とした。

「いっ……てえええええ！　カズ兄、そこまでやる⁉」

「やかましい。誰彼構わず喧嘩《けんか》を売るな馬鹿。おれに恥かかせる気かよ」

「恥って何。本当のことじゃ……いっ、痛いってば！」

「とっくに成人した弟が、他人様《ひとさま》に小学生の悪口以下の口を利いたんだ。恥ずかしいに決まってんだろうが」

反省の色のない弟のこめかみを、握った拳《こぶし》でぐりぐりとにじってやる。

自慢になるかどうかは別として、一基はこの手のことに慣れている。最小限の力で最大限の痛みを与えるポイントは熟知しているのだ。

「とにかくおまえはハルカに謝れ。それができないなら即こっから蹴り出すぞ。二度と部屋には入れてやらねえしな」

「ひっど……二年振りに会った弟にそれ言う⁉」

「初対面の相手に言いがかりをつけたあげく、謝りもしないような弟はいらねえよ。あと、この件はマサにも全部連絡するからそのつもりでな」

「嘘！　そんなん卑怯《ひきょう》……」

悲鳴じみた声を上げた弟は、しかし無言で見据える一基と目が合うなりぱくんと口を閉じた。広い肩を丸めたかと思うと、上目にじっと見つめてくる。黙って見合うこと十秒と、過去の平均値で音を上げた。

「……わかったよ。えーと、長谷サン。すみません、失礼なこと言いました。ごめんなさい」

「方角が違う。謝る時はちゃんと相手を見て言え」

一基に頭を下げてどうすると言下に指摘すると、弟は唇を尖《とが》らせた。渋々という素振りでずいと向きを変え、長谷に頭を下げて同じ謝罪を繰り返す。

困惑したようにこちらを見た長谷に、目顔で頷いてみせる。と、俯《うつむ》き加減になっていた祥基がぼそりと言った。

「……ハルカって、女みたいな名前ー」

その瞬間、今度こそ脳味噌の奥でぶつんと何かがぶち切れた。

ばん、とローテーブルに手をついて、一基はゆらりと腰を上げる。

「ヨシ……てめえな……」

ぎょっとこちらを見るなり露骨に「まずい」という顔になった弟を、一基はローテーブル越しに見下ろす。その耳に、聞き慣れた電子音が聞こえてきた。

3

電話をしてきたのは、神野だった。

『一基？　今そこ、ハルカと祥基もいるよね？　悪いけど、これからすぐ全員で店まで来てくれないかな』

特大の拳骨で弟をシメたあと、電話に出るなりそう言われて思わず「は？」と訊き返していた。それへ、神野は重ねて言う。

『急ぎの用っていうか、今日中に話しておかなきゃならないことがあるんだそうだ。時間外は出すから緊急で頼むってさ』

「……頼むって」

一号店の店長の神野は、目下のところ「はる」全店のオーナーであり、一号店初代店長でもある彼の祖父の代理を務めている。といってもすべての判断を委《ゆだ》ねられているわけではなく、祖父をよく知る古くからの幹部スタッフに相談し助言を貰《もら》い、祖父の指示を仰いで動いているのが現状だ。その神野に「頼む」と言える人物など、ごく限られていた。

「じいさんか。帰ってきたのか？」

『当たり。何の連絡もなしで、さっきいきなりね。おまけに中本《なかもと》さんまでついて来てる』

「中本さんて、三号店のフロアの？」

『そう。とにかくすぐ来てくれないかな。そうでないと話にならないって言ってるから』

了承して通話を切り、傍で成り行きを聞いていたふたりに声をかけて出かける準備にかかったものの、「おいおい」という気分は拭えなかった。

「じいさん」とは洋食屋「はる」の社長であり、去年の春から「自分の店で使う食材を探す」という名目で日本各地を飛び回っていたのだ。本人曰《いわ》く「諸国漫遊」だとかで、盆正月にも帰ってこなかったため、孫の神野すら丸一年以上顔を見ていないという。

携帯電話で定期的な報告連絡相談はしていたため、都度都度に無事は確認されている。ただし、具体的にいつ戻るのかは本人の気まぐれ次第だと、神野から聞いた覚えがあった。

戸外は見事な日本晴れだった。七月も半ばの真昼といえばほぼ真夏のようなもので、降り落ちる日差しはある意味殺人的な強さだ。

今度こそ少しは反省したのか、あるいは兄の手前そのフリをしているのか。妙に口数少なくおとなしくなった祥基は、二人羽織でもやる気かと突っ込みたくなる勢いで一基の傍にくっついてくる。幼稚園児かと本気で呆れながら目をやると、少し遅れて歩く長谷はとても微妙な顔で一基と祥基を眺めていた。

一基のアパートから「はる」一号店までは、徒歩で十五分ほどだ。いつものように建物の合間の細い隙間から辿《たど》りついた従業員入り口はすでに施錠が外れていて、引き開けて中に入るなり神野と顔を合わせることになった。

「お疲れ」

「お疲れさま。……ああなるほど。うん、お疲れさまでした」

二度めの「お疲れ」を肩を叩きながらしみじみと言われて、何もかも見透かされた気分になった。どう答えたものかと悩んでいると、神野はにっこり笑顔で一基の隣を見る。

「久しぶりだなあ。祥基くん、元気だった？」

「はいっ。どうもお久しぶりです！　神野さんこそ、お元気でしたか？」

「まあまあかな。それにしてもずいぶん背が伸びたねえ。すっかり一基のこと追い越しちゃったんだな」

「そうなんですよー。そんで、顔合わせるなりカズ兄に鼻ねじくられちゃったんです」

はきはきと答える祥基の表情は、人懐こさ全開の笑顔だ。尻尾をぶんぶん振り回していないのが、不思議に思えるほどだった。

「そうなんだ？　そりゃひどいな。一基もすぐ手が出るからねえ」

「ですよねー。オレはちょーっと本当の感想を言っただけなのにっ」

「……ヨシ。余計なこと喋ったら野宿になるぞ」

会話に割り込んですっぱり言ってやると、肩を竦めた祥基が小声で神野に何やら囁《ささや》きだした。応じて神野が耳を傾ける様子を白い目で眺めながら、いくらなんでも長谷が相手の時と態度が違い過ぎないかと思う。最後に入って通用口を閉じた長谷が、とても物言いたげな顔でそれを眺めているからなおさらだ。

「神、中本さんとじいさんは？　待たせてるんじゃないのか」

「うん、お待ちかね。僕はコーヒー持っていくから、一基とハルカは先に行っていいよ。そうそう、祥基くんは手伝いに借りるから。——いいよね？」

最後の一言を笑顔の神野に言われて、祥基は一拍迷うようにこちらを見る。それへ「働け」と言い放って、一基はさりげなく長谷の肩を押した。狭い通路を並んでフロアへ向かいながらこそりと言う。

「悪いな。うちの弟、おれと親しい相手には思いっきり懐くか敵愾心《てきがいしん》持つかの両極なんだよ」

「神さんには懐いてて、俺には敵愾心ってことですか」

「だろ。神にはガキの頃から懐いてたしな」

腑《ふ》に落ちないという顔つきで、長谷はそれでも短く頷く。

「で、一基さんは本気で弟さんを泊めるわけですか？」

「まだ未定。つーか、まだ状況がわからねえだろ。……そのへんはまたあとで話そう」

言い合っているうちに辿りついたフロアでは、一年と三か月振りに会う「じいさん」——

「はる」グループの社長であり神野の祖父でもある人物が、見覚えのある年輩男性と談笑していた。揃《そろ》ってこちらを見るなり、「じいさん」の方が「おう」と手を上げる。

昭和一桁生まれだという神野の祖父は、一年振りでもやはり矍鑠《かくしゃく》としていた。長旅の疲れなど欠片《かけら》も見せないばかりか、洒落《しゃれ》たポロシャツにチノパンという装いがやけに似合っている。

白髪交じりの髪はきちんと短く整えられ、皺《しわ》の寄った顔は好々爺然《こうこうやぜん》と柔和だが、それとは裏腹に目の力がとても強い。そのせいか、一基よりも背が低く痩《や》せているこの老人を前にすると圧倒された気分になることが多かった。

「おお、カズ坊にハルカか。久しぶりだな、元気か？」

「はい。お久しぶりです」

「お久しぶりです。元気にしてますよ。社長も、お元気そうでなによりです。直接お伝えするのが遅れましたけど、昨年は雇ってくださってありがとうございました」

長谷に続いて、一基も挨拶《あいさつ》を返す。

去年の夏にそれまで勤めていた会社を辞めて次の仕事先を探していた一基を、神野経由で「はる」への就職に誘ってくれた人なのだ。それ以前は年の離れた友人としてつきあっていたから神野に倣って「じいさん」呼びをしていたし、言葉遣いも崩れ気味だった。

とはいえ、互いの立場が雇用主と従業員に変われば、物言いは改めるのが当然だ。そう考えた一基がきっちり会釈をしたのが、「じいさん」――社長には少々意外だったらしい。首を傾《かし》げ、つまらないと言いたげに一基を見上げてきた。

「カズ坊に社長扱いされるのは、どうもなあ。これまで通りでいいんだぞ」

「そういうわけにはいきませんよ。けじめはつけておかないとまずいです」

苦笑したあとで、一基は今度は社長の隣にいた年輩男性に向き直った。

「中本さんにも、ご無沙汰《ぶさた》してます。その節は、いろいろお世話になりました」

「いや。元気そうでなによりだ。仕事振りは邦彦くんから聞いてるよ」

穏やかに言う中本は、一基が今年始めから春まで研修として働いていた「はる」三号店のフロア責任者だ。背格好は一基とどっこいどっこいだが、物静かで丁寧な態度に加えて気配を消すのがやたらうまく、三号店のスタッフの間では「いないと思ったらいる」「見てないと思ったら全部見ている」忍者のような人だとある意味恐れられていた。

ひとまず長谷と中本を引き合わせてから、一基は再び社長に声をかける。

「ところで、いきなりですけどいいですか。うちの弟のことなんですけど」

「ああ、ヨシ坊な。明日から一号店にバイトで入ってもらうことになるぞ」

即答した社長を、それこそ穴があくかと思うほど見つめてしまっていた。

「あー……すみませんけど、それはどういう経緯ですか。といいますか、いつのまに弟と知り合われたんですか？」

社長は神野の母方の祖父だ。一基の実家と同一市内にある彼の実家は父方に当たり、だから一基も大学進学のためこの近くに引っ越してくるまで、社長とはまったく面識がなかった。知らないうちに、どこで接点ができたのか。たまたま知り合った相手が一基の弟だったというのは、いかにも出来過ぎだという気がした。

「旅の途中で神野に顔を出したんだが、その時に馳走《ちそう》になったオレンジが美味《うま》くてな。ちょうど収穫時季で頼めばもぎたてが貰えると言うし、苺狩《いちごが》りもやっていると聞いたから足を延ばして行ってみた。――カズ坊の実家だというのは、娘から聞いた」

一基の実家は、オレンジの栽培を中心にやっているのだ。後を継ぐことになった匡基のアイデアで、数年前からビニールハウスでの苺の栽培も始めている。

「ああ、なるほど。で、いかがでしたか」

「オレンジはもちろんだが、苺もなかなかいいな。邦彦のじじいだと名乗ったらヨシ坊をガイドにつけてくれて、ずいぶんサービスしてくれた」

「そうなんですか。でも、ここのバイトがヨシで本当に構わないですか？　見た目の割に子どもなんですが」

あえて水を差した一基に、社長は呵々《かか》と笑った。

「骨惜しみなくよく働く上に、カズ坊に似て真《ま》っ直《す》ぐで頑固者じゃないか。面白くていい」

「あー……」

口振りだけで、弟が社長に気に入られたらしいと察しがついた。同時に思い当たることもあって、一基は少しばかりげんなりする。

「だったらあれですね。社長、弟におれには連絡するな黙っていきなり行け……とか言いましたね？　で、おれの休みっていうか、一号店の定休日も教えたとか」

「言ってないぞ。……相談はしたがな。さぷらいずというヤツだ」

最初の一言はすっぱりと、後半はにんまり笑顔で言われて全身からふしゅうと力が抜けた。

「サプライズにしてはしけてますよね。せっかくの休みにいきなり叩き起こされて終わりっていうんじゃ、ただの迷惑行為と変わりませんし。どっちにしても、社長はまず落ち着いて座ってください。でないと、中本さんや一基が座れませんよ？」

一応の敬語を台無しにする内容をひんやり告げる声に振り返ると、トレイを手にした神野が祥基を従えて入ってくるところだった。

「あ。ご隠居、こんにちは！　約束通り、オレ来ましたっ」

嬉々《きき》として声を張り上げた祥基が、トレイを持ったまま社長に駆け寄る。その様子が、おやつをくれる知り合いに飛びつく散歩中の犬に見えてしまった。

「よく来たなあ。まあ座りなさい。ほれ、ハルカもカズ坊も」

「はあ」

「あー、じゃあ」

促されて、総勢六人でテーブルを囲むことになった。

「社長に言っておきますけど、明日からカズ坊呼びはナシですよ。友部か、それが無理なら一基にしないとけじめがつきません」

「いかんのか。ハルカはハルカでいいんだろうに」

カップを配りながらの神野の指摘に、社長はけれど不満顔になった。

「ハルカは二号店にいた頃からそれで通ってたし、僕も一基もそっちで呼んでるからギリギリでOKなんです。でも、カズ坊は駄目ですね。馴れ合いに聞こえますから」

「そういうもんか?」

「神野くんに賛成ですね。苗字《みょうじ》で呼ぶか、長谷くんのように名前呼び捨てがいいでしょう。弟さんが一号店に入るなら、名前呼び捨ての方が説明しやすいんじゃないでしょうか」

中本の意見に、社長が少し考える素振りになる。それへ、彼は付け加えるように言った。

「今後、友部くんを連れ歩くならなおさらです。カズ坊呼ばわりでは周囲への影響もありますし、何より友部くんが周囲から侮られる原因になりかねません」

「ああ、そういうことか。面倒なことだ。だったら一基と呼ばせてもらって構わんか?」

許可を取るように問われて、一基は我に返る。ぎくしゃくと頷いて言った。

「は、あ……それは、構いませんけど。あの、ひとつ質問いいですか。その、今、中本さんが仰《おっしゃ》った、連れ歩くというのは」

「初耳なんですけど、どっから出た話ですか」

コーヒーを配って席につくなり、一基の問いをぶった切る勢いで神野が言う。表情はいつもと変わらないものの、まっすぐ社長に向けられた眼鏡の奥の目はいつになく尖っていた。

それに気づかないはずはないのに、社長は飄々《ひょうひょう》と笑った。

「ここから出た話だ。それで中本にも来てもらった」

「あのですねえ、社長。いきなり帰ってきて勝手にそういうこと決められても困りますよ。祥基の働きがどうかは別として、そもそも『はる』でのバイトは初めてでしょう。そこにいきなり一基抜きにしたら、とてもじゃないけどフロアを仕切れるわけが」

「よく聞け。だから中本を呼んだんだろうが」

平然と返した社長が、カップを口に運ぶ。その様子を、全員が無言で眺める構図になった。

「明日から二週間、中本が一号店のヘルプに入る。ヨシ坊には、その間に仕事の段取りを覚えてそれなりに動けるようになってもらう」

「えー……二週間で、カズ兄と同じくらい動けるようになれってことですか？」

多少の話は聞いていたのか、祥基は心配そうな顔こそしたものの動揺らしい動揺は窺《うかが》えない。むしろ、神野や長谷の方が顔つきを変えているのが目についた。

「そこまでの高望みはしとらん。ここのフロアのパートもアルバイトも仕事には慣れておるから、中本がいなくなったあとのフォローに心配はないはずだ。少なくとも、邦彦の指示に応じて動けるようになればいい。それとカズ坊……一基」

「はい」

いきなり視線を向けられて、反射的に背中を伸ばしていた。それに気づいてか、社長が目元を和らげる。

「明日以降はスーツとネクタイ着用で、八時半にここに出勤してくれ。車の運転を頼むから、免許証を忘れんようにな」

「それはつまり、おれが一号店のフロアから外れるということですか？」

「代理が中本では不満か？」

「――っ、いえ！　とんでもないです！」

ぎょっとして首を振りながら、社長の言い分がある意味で正しいのを認識した。

バイトに入るのが祥基という点では気になる部分もあるが、中本が二週間びっちりついてくれるなら、不安材料はほとんどなくなるのだ。

「ヨシ坊の教育に関しては、邦彦とハルカにも協力を頼む。必要とあれば容赦はいらない。……ということで、構わんか？」

「もちろんです。見た目と年齢に見合わず子どもなのでご面倒をおかけすることになると思いますが、よろしくお願いします」

自分が頭を下げるついでに、弟の後頭部を摑んで下げさせる。これには祥基も抵抗せず、一緒に「よろしくお願いします」と口にした。

「では、決まりだな。明日からよろしく」

一基たちを満足げに眺めていた社長が、あっさりと腰を上げる。中本と連れだって、飄々とフロアを出ていってしまった。

「……っと待て。よろしくって、あのじいさんっ……！」

我に返ったように声を上げた神野が、チェアを蹴って通用口の方に走っていく。それを眺めているうち、同じように唖然《あぜん》とした様子の長谷と目が合った。

「どういうことなんだ」という顔をされて、反応に困った。

「すげー。ご隠居、本当にシャチョーさんだったんだー」

きょろきょろとフロアを見渡していた祥基が、感心したような声を上げる。それを耳にして、全身から力が抜けた。

4

翌朝、八時ちょうどに一基はアパートを出た。

ちなみに弟はまだソファで爆睡中だ。「はる」一号店の開店は午前十一時と遅く、バイトは十時半までに出勤すればいいことになっている。それで昨夜のうちにアパートの合い鍵を渡し、目覚まし時計複数は九時半にセットしておいた。

徒歩で「はる」一号店に向かいながら、「いつもと違う」ことに戸惑った。ちょうど通勤時刻にあたる今は、スーツ姿のサラリーマンやOL、それに学生の姿が多いのだ。進行方向にちょうど駅があるため、その流れに紛れての出勤になった。

「久しぶり……ってか、ちょい新鮮かもな」

ぽそりとつぶやきながら、無意識に指先が襟元《えりもと》に伸びる。けれどここ一年近くすっかりご無沙汰だったネクタイの結び目の感触に、緩めるわけにはいかないんだったと思い直した。

スーツにネクタイというのは、思っていた以上に窮屈だ。もっとも、そう思うのはかつての勤務先のイメージが残っているためかもしれない。

「けど、社長も何考えてるんだかな」

晴れ渡った空を眺めて歩を進めながら、思い出したのは昨日の顚末《てんまつ》だ。

昨日あれから、社長と中本はタクシーでどこかに出かけたらしい。釈然としない顔でフロアに戻ってきた神野は、定番の怖い笑顔で唯一事情を知っていそうな相手——祥基に詰め寄ったのだ。

(で？　どういうことか、説明が聞きたいんだけど？)

(オレは何も知りませんよ？　カズ兄の代理……は無理だろうけど影武者にもまだ足りないだろうけど、でもちょっと手伝ってくれないかって言われただけですから)

きょとんとした祥基の返答に軽く鼻を鳴らして、神野は一基に目を向けてきた。

（影武者ね。まあ、だから中本さんなんだろうけど。一基も、何も聞いてないんだよね？）

（店長のおまえが知らないことをおれが知ってるわけねえだろ）

（ハルカは？）

神野の問いに、長谷は露骨に顔を顰めてむっつりと言った。

（……知りませんよ。俺は一基さんの弟さんとは初対面だし、中本さんの顔は知ってましたけど、まともに話したのは今日が初めてですからね）

要するに、社長の肚《はら》が読める人間はその場にはいなかったわけだ。

（無駄かもしれないけど、じいさんを問いつめてみるよ。何かわかったら連絡する）

神野の一言で解散になってから、一基は長谷に「予定通り映画に行こう」と声をかけた。

映画はほとんど口実で、それより長谷と話す時間が欲しかったのだ。もっともその目論見《もくろみ》は、半分しか叶《かな》わなかった。

（映画？　だったらオレが一緒に行ってもいいよね）

そう言い張って、祥基があとをついてきたのだ。

（おまえはウチで待ってろ。言ったろ、おれは今日はハルカと約束があるんだよ）

（カズ兄、冷たい。オレこのへんの地理とか全然わかんねーのに。ひとりでどうしろって？）

（タウン情報誌でも買って行きたい場所をピックアップしとけ。今度の休みにでも連れて行

ってやる）

言い捨てて、強行突破で映画館に向かった。そのあとを、弟はしつこくついて来たのだ。

確かに一基にべったりな弟ではあったが、二十歳にもなってまだコレかと目眩《めまい》がした。

ちなみに祥基の「懐く」と「敵愾心を持つ」の分かれ目は、一基から見てまったくの不明だ。たとえば神野には最初から全開で懐いていたけれど、居合わせた別の友人にはわかりやすく敵意を剝《む》き出しにする、というふうだ。

ストーカーまがいにぴったりついて歩く弟がいる状況で、下手な話をするわけにはいかない。結局、映画のあとは適当に食事をしただけで、長谷とろくに話す間もなく別れることになってしまった。

フロントガラス越しに目の前のコンビニエンスストアをちらりと眺めてから携帯電話を開くと、時刻は午後二時半を回ったところだった。

昼休憩という名の昼食後の一服の際に、長谷宛に「今日仕事上がりに会えないか」というメールを送っておいたのだ。一号店の休憩は午後三時から六時までだから、その間には返信が届くはずだ。

昨日の長谷は表面こそ取り繕っていたものの、一基の目にはわかりやすく機嫌が悪かった。弟が邪魔するたび何とも言えない複雑そうな顔で、物言いたげな様子を見せた。

言いたいことなら、山のようにあるはずだ。一基の勤務変更についてはもちろんだろうけれど、それ以前に祥基の件で説明だのフォローが必要に決まっている。

「いっぺん、徹底的にヨシを締めとくか」

ぼそりとこぼれた台詞はかなり物騒だが、かなり本気だ。昨日の祥基の振る舞いが許されるのは、せいぜい小学生までだろう。

問題は、たいていのことなら一基の言うことを聞く弟が、その類のこととなるとまったく聞き入れができなくなるということだ。

車のハンドルに肘をついてため息をこぼした時、コンビニエンスストアから社長が出てきた。ひらりと助手席に乗り込んだかと思うと、持っていた白いビニール袋から何やら取り出し、無造作に「ほれ」と差し出してきた。反射的に受け取ってみれば、それは缶よりも値が張るプラスチックカップに入ったコーヒーだ。

「ありがとうございます。おいくらでしたか？」

「金ならいらんぞ。初日から引き回した詫《わ》びだ」

さらりと言った社長は自分用のカップにストローを刺すと、美味《おい》しそうに飲み始めた。

今日の社長は、一基と同じスーツにネクタイ姿だ。見慣れたシェフの装いとはまるで違うのに、朝に顔を合わせるなり目を瞠《みは》ったほど似合っている。好々爺とはとても呼べない、まさしく切れ者の社長という雰囲気だ。

その格好でストローを吸い上げているのが、何とも珍妙でアンバランスだった。つい緩みそうになった頬を引き締めて、一基は短く礼を言う。

「では、お言葉に甘えていただきます。ところで、このあとはどちらに？」

「視察を兼ねて見ておきたい場所があってね。五時半には帰すから、それまで頼む」

「了解です。……社長、それはそうと、後部座席に移られた方がいいのでは？」

気づくのが遅いと自分を罵倒《ばとう》しながら言った一基に、社長は唇を尖らせた。

「厭だねえ。それだと話が遠くなるじゃないか」

「はあ……でも、形式を気にされるのでしたら、その方が」

「ずっと助手席だったんだから今さらだよ。それより、カズ坊はその敬語をやめる気はないかねえ。いや、確かに新鮮ではあるんだが、どうもらしくなくてね」

言葉とともに、しみじみと眺められてしまった。

ストローでコーヒーを飲みながら、一基は内心で苦笑する。表向きは淡々と言った。

「一応、お断りしておきますけど。おれは、仕事中はこうですよ？」

「知ってるよ。学生の頃のバイト中は店長呼びだったたし、言葉遣いもかっちりしてたしね。しかしなあ、カズ坊にはいつものべらんめえの方が似合うと思うんだが」

「カズ坊ではなく一基です。――あいにく、あっちの喋りはプライベート用なので、仕事中は使いません。というより、社長相手にそんな喋りをする人間を連れ歩くのは、対外的によろしくありません。それでもカズ坊呼びをご希望されるなら中本さんに相談しますけど、構いませんか？」

「遠慮するかな。中本を怒らせるとあとが怖いんだ」

首を竦めた社長がシートベルトを嵌《は》めるのを待って、一基はコーヒーのカップをホルダーに押し込む。指示された行き先は「はる」とは無関係な外食チェーンの店で、念のため詳しい場所を確認してから車を出した。

「ところで一基。今日の行き先で何か気がついたことはないかな」

「今日の行き先、ですか……？」

「そう。感想でも構わないよ。怒らないから言ってごらん」

訊き方そのものがすでに不穏だとは思ったものの、あえて口には出さなかった。前を向いてハンドルを操作しながら、一基は今朝からの日程を思い起こす。

二号店から五号店までの様子を、順繰りに見に行ったのだ。どうやら各店には何の連絡もしていなかったらしく、どこに行っても店内に緊張が走った。二号店などはシフトで休みになっていた店長がスタッフから連絡を受けて慌てて出てきて、社長本人に「見にきただけだから帰っていいぞ」と言われる有様だったのだ。

そんな中、一基は社長に連れられて店内の厨房《ちゅうぼう》や食品保管庫、さらにはバックヤードまで見て回ることになった。

「そういえば、三号店の店長も社長が出向かれるのを知らなかったようですね。中本さんに口止めをされたんですか？」

　中本の本来の勤務先になる三号店では、店長が社長の顔を見るなりぽかんとしていた。厨房やバックヤードにも、あらかじめ片づけたような気配はまるでなかった。おまけに、店長は中本が今日から二週間ほど一号店に出向くことをその場で初めて聞いた様子だった。

「知らせても構わんが、その場合はそうする理由があるとみなすと言ったからな」

「ああ……なるほど」

　うまいやり方だと感心し、ひとつ頷いてから一基は言う。

「五号店まで連れて行っていただいて思ったんですけど、結構、店によって雰囲気が違いますね。店長とフロア責任者の立ち位置の違いも、関係あるように感じました」

「うん。それで？」

「二号店が、少々気になりました。清掃が行き届いてなかったのと、ドリンクバーが使いにくそうでしたね。あとは、アルバイトの教育が行き届いていないいんじゃないかと」

「そのアルバイトは新人じゃなかったか？」

「私見ですけど、不慣れというより上の空に見えたんです。店長が不在で気が抜けていたのかもしれませんし、個人的事情で今日に限ってそうだったのかもしれませんが」

「ふん。他は？」

　視界のすみに見える社長は、どう思っているのか短く相槌《あいづち》を打つだけで一基の言葉へのコメントは口にしない。

「細かい点ならいくつかありますが、大きくはそのくらいです。それも含めて、細かい部分に関しては報告書で提出させていただいてもよろしいでしょうか」

「口頭でも構わんがなあ」

「今、お伝えしたことはあくまで感覚的なものですので。明日まで時間をいただけるなら、私見になりますがもう少し具体的に報告できると思います」

「そうか。だったらそれで頼むかな。……ところで三号店についてはどう思った？」

いきなり指定で問われて、一基は少し考える。思った通りのことを口にした。

「おれが研修させていただいていた頃と、悪い意味での変化はないように思います。アルバイトが不慣れなのが若干気にはなりましたが、店長の裁量とシフトである程度カバーできるかと。もちろん、中本さんがいるに越したことはないとは思いますが」

「中本は、アレか。やっぱり怖いのか？」

「スタッフの間では怖がられていますね。ですけど、それは中本さんの姿を見ると気が引き締まるからだと思いますよ。わかりやすくきっちり指導していただけたので、個人的にはとても助かりました」

一基の答えに、社長は「ほう」と頷いた。顎を引いたあとで、思い出したように言う。

「ついさっき邦彦から電話があったよ。仕事中の一基は私用電話に出てくれないから、伝言を頼むと言われてね」

「神からですか。何でしょう？」

多少のことならメールでいいだろうにと思いながら訊くと、社長はさらりと言う。

「閉店後にヨシ坊の歓迎会をやるから参加しろ、場所はメールで送っておくから必ず来い、もし来なかった場合はアパートまで迎えにいく。だそうだ」

「また、いきなりですね」

「ヨシ坊だけでなく中本もいるからじゃないかねえ？　ついでにカンパしろと迫られたんだが、一基に預けても構わないかな？」

「え、社長は参加されないんですか？」

一基が学生だったアルバイト時代や、友人だった去年まではたまに社長も一緒に飲みに行っていたはずなのだ。思い出して訊いてみると、助手席の老人はけろりと言う。

「美容に悪いからね。帰って寝るよ」

さすがにコメントに詰まって、一基は曖昧《あいまい》に了承する。

神野から言われたのなら逃げようもあるが、社長経由では観念するしかない。長谷にはあとで、断りのメールを入れておこうと決めた。

5

歓迎会ならぬ飲み会のメンバーは、男ばかり五人になった。

ディナータイムのアルバイトも誘ったが、あいにく先約があるからと断られたらしいのだ。ランチタイムのパートは子どもありの主婦で、こちらもやんわりと参加を辞退されたという。

野郎ばかりはむさくるしくないかと思ったが、考えてみれば今に始まったことでもない。そう飲み込んで、一基は十分遅れで指定されていた居酒屋に足を踏み入れた。

「カズ兄っ！　こっちこっち！」

奥からかかった聞き慣れた声に目をやると、奥の席にいた弟が立ち上がってこちらに駆け寄ってくるところだった。その並びの少し離れたところから、中腰になった長谷がこちらを見ているのがわかる。

弟に引っ張られて連れて行かれた場所は、横並びになったカウンター席だ。見知った面子が揃う前には、数々の料理と酒がところ狭しと置かれていた。

どうしてテーブルじゃないんだと怪訝に首を傾げながら、それぞれと挨拶を交わす。ちょうど空いていた長谷の隣に向かおうとすると、摑まれていた腕ごと引っ張り戻された。

「カズ兄、どこ行くのさ。こっち、席空いてるって」

「あー……いいや、おれはあっちにだな」

「何で。いいじゃん、こっち来なってばっ」

どうやら弟は長谷と反対側の自分の席の隣を目指しているらしい。またかと辟易《へきえき》したもののさすがに衆目の中で鉄拳制裁というわけにはいかず、一基はうんざりと息を吐く。「あのなあ」と言いかけたところで、長谷の隣に別の客が腰を下ろしてしまったことに気がついた。何となく、落胆した。ほぼ同時に、傍にいた祥基がにんまり笑うのを目にしてむっとする。

「ところ構わずくっつくな。てめえどこの小学生だよ」

「失礼な。とっくに二十歳だって……ちょ、」

反論しかけた祥基の鼻を摑んで、少々手荒に捻ってやる。「いってえ！」と上がった悲鳴に少しだけ溜飲《りゅういん》を下げて、一基は神野に声をかけた。

「悪い。間、開けてくれ。メシくらい落ち着いて食いたい」

「だろうねえ。どうぞ」

やりとりを見ていた神野は、肩を竦めて中本との間の席を空けてくれた。要するに、長谷・中本・一基・神野・祥基という並びだ。「えー、何でっ」と喚く弟を放置して腰を下ろすと、一基は面白そうに成り行きを眺めていた中本に「うるさくてすみません」と詫びを入れる。

「祥基くんは、ずいぶん友部くんに懐いてるんだな」

「保育園児から進歩してないんですよ。ご迷惑とか、おかけしなかったですか？」

「基本的には合格だよ。明るくて元気がいいし、わからないことは自分から訊ける。物覚えも悪くないし、客への愛想もいい。やっぱり兄弟だと思ったね」

「そう、なんですか？」

穏やかに頷く中本の代わりのように、今度は神野が言う。

「叱られても素直に人の言うことが聞けるよね。開店早々水城《みずき》さんからびしっと言われてたのも、ちゃんとその場で注意してもらったお礼が出たよ。絢《あや》ちゃん相手でも、向こうが先輩だっていう認識はちゃんとあるみたいだ。まあ、何の問題もなしとは言えないけどね」

「えー、何ですかソレ。オレ、どっかまずかったですか？」

首を伸ばして言った祥基に、神野は肩を竦めてみせる。

「自分の胸に聞いてみな。ちゃんとわかったら合格だ」

「えー……」

祥基の生返事を聞きながらちらりと一基を見た神野は、どうやら弟の相手を引き受けてくれるつもりらしい。一基用に確保しておいてくれたらしき数種類の料理が載った取り皿を渡してくれ、酒のオーダーまでやった上で、祥基に何やら話しかけ始めた。

「訊いていいですか。問題っていうのは——」

箸《はし》を使いながら中本に訊きかけて、その向こうからこちらを見つめている長谷と目が合った。何とも言えない複雑そうな表情でおよその察しがついて、ついため息が出てしまう。

「ピンポイントで、ハルカの言うことだけは聞かないわけですね」

「読んでるね。兆候でもあったのか？」

「兆候といいますか、そういうところが保育園から進歩してないんです。正直、そこまでガキだとは思いたくなかったんですけど」

言いながら、持っていた箸をへし折りそうになった。届いたビールを半分一気飲みして、一基は中本と長谷と見比べる。

「トラブルはなかったですか？　もし邪魔になるようなら、遠慮なくクビにしてもらっても」

「長谷くんがうまく引いてくれたからね。まあ、休憩時間を含めた客がいない間なら、多少の衝突はあっても大丈夫だろう」

「衝突って、あいつ何を」

「長谷くんと、嫌みの応酬をね。どっちも手を出さず一定距離以上近づかず、口で言い合っているだけだ」

「……すみません。それは、俺が」

ぼそりと言う長谷の声は、周囲の喧噪《けんそう》に紛れそうなほど低い。苦いというよりうんざりしたように聞こえた。

だからカウンター席なのだと、ふいに気がついた。テーブルではどうあっても長谷と祥基が顔をつき合わせることになってしまう。神野と中本がそれを避けようと判断するくらいに、ふたりの間の空気が悪かったのだろう。

「ハルカは謝んな。どうせ先にろくでもないこと言ったの、ヨシの方なんだろ。……悪かったな。あとでおれがシメとくから」

「いえ」と答えた長谷は、やはりひどく物言いたげだ。とはいえ、間に人を挟んでいては下手なことは言えず、一基は思いついて中本を見る。

「ところでうちの弟ですけど、いつまで一号店にいる予定なんですか？　あいつに訊いても答えないし、社長にも聞きそびれてしまったんで」

「八月いっぱいと聞いている。それまでに目処《めど》をつける予定とか」

「何の目処かは、内緒なんですよね？」

具体的な理由や意図もなしに、あの社長が中本を動かすとは思えない。そう思って訊いてみると、中本は軽く目を見開いた。肯定の代わりのように笑みを返されて、それ以上追及するのはよそうと思う。

しばらく考えて、一基は逆隣の神野の肘をつつく。こちらを向いた友人に、声を落として囁いた。

「市内に『はる』の寮があったよな。どっか空きないか？」

「え、もしかして祥基くんを入れるつもり？　寮ったって一か月半で布団光熱費込みだと結構な金額になるし、そのまま部屋に置いてやれば？」

先回りするように言われて、「おい待て、昨日の『お疲れ』は何だったんだ」と言いたくなった。それをぐっと堪《こら》えて、一基は言う。

「うちは狭いんだよ。あんな暑苦しい弟と八月末までずっと一緒にいられるかって。第一、際限なくおれに甘えるんじゃあけじめがつかねえだろうが」

「いいんじゃない？　うちにいる時くらい、お兄ちゃんに甘えてもさ」

必死の言い訳を、神野はしかし呆気《あっけ》なく蹴飛ばした。むやみににこやかな顔で続ける。

「一基は当面、じいさんのお供なんだよね？　仕事が別なら甘えようがないし、けじめ云々《うんぬん》も必要ないよ。今日見た限り、祥基は真面目に働いてるしさ」

「いや、その……だから、おれとは全然、仕事のサイクルも変わるからっ……」

「それも、ちょうどよかったよね。べったりとか言っても一部すれ違いになるわけだしさ」

「や、だからさ」

「――二十歳の大学生なんだったら、わざわざ兄弟の部屋に押し掛けなくてもいい気がしますけどね。自宅から通えないほど遠いのも、最初からわかっていたことみたいですし」

かき集めた言い訳を端から却下されて言葉に窮した一基の代わりのように、横から長谷の声が割って入る。見れば、長谷は場所こそ動いていないものの、カウンターに身を乗り出すようにしてじっとこちらを見ていた。

「前提が違うよ。一基がいるから祥基はウチでのバイトを決めたんだしさ」

「ですけど！」

「二十歳の若者相手に大人げなく言い合いしてたヤツに、何言われたところで説得力はないなあ。ていうか、ハルカは部外者だよね？」

「だから黙ってろ」という神野の言下の声が、一基にも聞こえた気がした。逃げ場を失った気分でじっと眺めていると、神野はにっこりと笑う。

「それに、寮ったたって結構遠いよ。一番近い寮でも電車に乗らなきゃならなくなる。わざわざ遠方からバイトに来てくれた若者に、そういう負担をかけるのはどうかと思わない？」

「思わない」とは即答できずに、一基は小さくため息をつく。

中本と弟がいなければ、「そうじゃないってわかってるだろうが」とぼやいているところだ。何しろ、神野は一基と長谷が「そういう関係」だということを知っている。

今回は、「だからこそ」正論を並べて一基の逃げ道を塞いでいるのだろうけれども。

「前から思ってましたけど、神さんてかなり陰険ですよね」

ぼそりと言う長谷の声は、ものの見事に尖っている。

「そう？　褒めてくれてありがとう」

「それは、ありがとうでいいところなのか？」

即答した神野を面白そうに眺めて、中本が突っ込みを入れる。

内心でぎょっとした一基をよそに、神野はけろりと笑った。

「いいんです。うちはいつもこの調子なので。それより中本さん、お代わりはどうします？」

「頼もうかな。お湯割りで」

「了解です」と返した神野が、店員を呼んで追加オーダーを告げる。それを聞きながら、一基は神野の向こう側がやけに静かだということに気づく。

「神。祥基は？」

「潰《つぶ》れてる。顔は赤いけど呼吸は落ち着いてるし、時々寝言も言ってるから放っといていいんじゃない？」

「は？」

慌てて一基は席を立った。神野の向こうに回り込んでみると、なるほど祥基はカウンターに突っ伏して寝息を立てている。その手には、半分ほど中身が残ったグラスが握られていた。

「飲ませたのかよ」

「飲ませるよ、そりゃ。もう二十歳なんだし、歓迎会の主役だよ？」

言われてみて、「そうだった」と思い当たった。会うのが二年振りだったせいで、一基の頭の中には学生服の祥基がまだ残っていたようだ。


祥基は、場がお開きになっても目を覚まさなかった。

社長からの心付けで勘定をすませ、五人揃って店を出る。一号店閉店後に始めたこともあって、そろそろ日付が変わる頃合いだ。

中本が乗り込んだタクシーが走り去っていくのを、三人で見送った。ちなみに祥基は一基の背中で、平和にぐっすり寝こけたままだ。

帰って着替えて来てよかったと、心底思った。いくら何でも、スーツにネクタイで自分よりでかくて重い弟を背負うのは願い下げだ。

「一基はどうする？　もう一台タクシー呼ぶ？」

「いや、いい。このまんま背負って帰る」

「マジ？　けど祥基って一基よりでかいよね？」

「てめえよりでかくて重いもん担ぐのは得意だ。よくウチでやってたしな」

実家にいた頃は、子守りの傍らで家業の手伝いをしていたのだ。「重いものを担ぐ」ことに関してなら、神野にも長谷にも負ける気がしない。

途中まで道が一緒だからと、長谷も含めた三人と祥基で徒歩で帰途につくことになった。街灯がぽつぽつと光る中、一基の歩調に合わせて歩きながら、神野は太平楽に寝入ったままの祥基をつつく。

「それにしても手のかかる弟だよねえ。世話が焼けるっていうか、面倒になったりしない？」

「弟なんかそんなもんだろ。特にヨシなんか、手がかからなかったことがねえよ」

「なるほど。まあ、気持ちはわからなくもないかな。面倒だし鬱陶《うっとう》しいけど、可愛いんだよねー。全力で一基好き好きって言ってるしさ」

「三つ子の魂百まで、ってヤツじゃねえのか？　刷り込みっていうかさ」

答えたあとで、神野の声音が意味ありげだったことに気がついた。目をやった先、にやにや笑いの友人を見つけて、一基は何となく身構えてしまう。

「……何だよ」

「一基って、つくづくお兄ちゃん体質だよね。高校ん時も大学でも、そういうのに懐かれては甲斐甲斐《かいがい》しく面倒見てたしさ」

「しょうがねえだろ。放っとくわけにはいかねえよ」

「だろうね。もう習い性っていうか、条件反射みたいなもんかな」

「神？」

含んだような物言いが気になって目をやると、神野は肩を竦めた。そのあとは、その日の一号店の状態をつらつらと教えてくれた。

長谷が妙に無口だと気づいたのは、しばらく歩いてからだ。何となく気になって振り返ると、三歩ばかり遅れていた長谷とまともに目が合った。

「どうした。もしかして、どっか具合悪いか？」

「いえ、平気です。さほど飲んでいませんし」

「そっか？　無理に我慢すんなよ。おまえ、明日も仕事だろ」

「……それは一基さんも同じじゃないですか」

苦笑する様子に、ほんの少しほっとする。

結局、飲みの間はろくに長谷と話ができなかったのだ。それでも、ちゃんと顔を見られただけで気分が違った。

6

神野と別れたあとも、長谷の口数は少なかった。

「あのさ、おまえこっち来ていいのか？　遠回りだし、帰るの遅くなるんじゃねえ？」

やはり疲れているのではと思った一基が途中でそう切り出すと、ちょうど街灯の下にいた長谷は複雑そうに笑った。

「交替要員ってことで、一基さんのアパートまで一緒に行きますよ。遠回りといってもさほどの距離じゃなし」

「いや、交替って……コレだぞ？」

背中で爆睡中の弟をさして言うと、長谷は真面目な顔で言う。

「正直な話、弟さんはどうでもいいんです。そんな重いものを背負って歩く一基さんが、気になるだけで」

「そりゃまた……いろいろごめんな。昨日から、おまえには迷惑ばっかりかけてるよなあ」

「いえ」と答えた長谷の表情は堅い。これはよほど厭な思いをしたんだろうと察して、一基は言葉を探す。

言いたいことはいくらでもあったものの、背中に祥基がいては切り出す気になれなかった。長谷の方もそれきり黙ってしまい、揃って無言で歩くことになる。

お喋りとまではいかないまでも、長谷はそれなりに話す男だ。気になって隣を窺っては目が合って、そのたび長谷はこちらの言葉を促すように首を傾げる。その様子に、そうじゃないだろうと言いたくなった。

「あのさ。悪いけど、ちょっと待っててくれるか?」

辿りついた自宅アパートの前でそう切り出すと、長谷は怪訝そうな顔になった。それへ、一基は早口に言う。

「ヨシを置いてくる。そんで、駅まで送ってくよ」

「え、……でも一基さん、疲れてるでしょう? いきなり別の仕事に回ったんだし」

「十分や二十分、どうってこたねえよ。いいから待ってろ、絶対先に帰るなよ?」

厳重に言い置いて、一基は一階の自宅ドアへ向かった。弟を背負ったまま鍵を出そうと四苦八苦していると、追ってきた長谷が手を貸してくれる。十分後には祥基をソファに転がしタオルケットを被せて、一基は長谷と並んで駅に向かっていた。

一基のアパートの最寄り駅から長谷の部屋に近い駅までは、乗り継ぎを含めて二十分ほどかかる。終電には余裕で間に合うものの、ひとりで帰らせるのが悪いような気分になった。

「結局、弟さんは一基さんの部屋にいるってことになるんですよね」

「たぶんな。悪かった、神じゃなくて社長に言うべきだった」

神野は一基と長谷の関係を知っているが、百パーセントの理解者ではない。その原因を作ったのは一基と長谷なので、これぱかりは文句を言うわけにはいかなかった。

「要するに、八月末まではこの体制ということなんですよね？　一基さんは社長について動いて、一号店は神さんと俺と水城さんと絢子と、……弟さんで回すっていう」

「たぶんそうだろ。他に人を入れるんだったら話は別だろうけどな」

「一基さんの休日はどうなるんですか。一号店と同じ？」

「社長と一緒。要するに、基本的には不定休」

今日の仕事終わりに確認した通りに答えると、長谷は露骨に顔を顰めた。

「それで、一基さんの仕事内容って何だったんですか。秘書代わりとか？」

「秘書ってよりは運転手じゃねえかな。とりあえず今日は二号店から五号店まで回って、気がついたことを報告しろって言われた。何か企《たくら》んでる気はするんだけどその類のことはいっさい言わねえし、神が知らないもんをおれに教えてくれるとも思えねえしな」

ため息混じりに言ったとたんに、いきなり肘を摑まれた。足を止めて見上げると、拗ねた声が落ちてくる。

「困ります。それだと、俺はいつ一基さんに会えばいいんですか？」

そこで即その台詞か。――とは思ったが、辛うじて言葉は飲み込んだ。代わりに、一基は手を伸ばして長谷の頰をぺちぺちと撫でてやる。

「取ろうと思えば時間は取れるだろ。一号店の定休日を狙《ねら》っておれが仕事上がりにおまえん家《ち》に行ってもいいし、こっちが休みの時はシンの店かどっかでおまえを待ってりゃいい」

「弟さんは、どうするんです？　昨日みたいにつけてきそうですけど」

「今だけだろ。二年振りに会ったんであいつも変にムキになってるだけで、すぐ飽きるんじゃねえか？」

「飽きますか？　俺にはそうは思えませんけど」

とても懐疑的に言われて、つい渋面になってしまった。

本音を言えば、一基も同意見なのだ。祥基のアレは、すぐ飽きるとか落ち着くとか、そういう次元にないような気がして仕方がない。

「それと、思ったんですけど。――社長、一基さんを異動させるつもりじゃないでしょうか」

「まさかだろ。今日、二号店から五号店までひととおり回ったけど、人手不足って話は聞いてねえぞ。それに、本格的な異動だったら期間限定のバイト入れてごちゃごちゃするより、長期バイトか常勤社員を後釜《あとがま》にした方が話は早いんじゃねえか？」

八月いっぱいだという祥基のバイトは、限界まで延長しても大学の夏休み終了まであって、その先はないのだ。

「単純に、じいさんの運転手兼助手が必要なんだろ。神は店長で動けないし、かといって中本さんクラスを二か月近く引っこ抜くわけにはいかない。同じ連れ歩くなら気心が知れてる相手がいい。だからおれなんじゃねえのか？　おあつらえむきに一号店のフロアだしさ」

「どういう意味ですか、それ」

「一号店は他より融通が利くんだよ。中本さんに二週間ぎっちり教育頼んで新人バイトがそこそこ使えるようになりゃ、他のスタッフがフォローすればどうにでもできる」

「……何ですか、それ。そうやって勝手に人を動かすって、あの社長、一基さんを何だと思ってんです？　すごい腹立つんですけど！」

唸《うな》るように言われて、かえってぎょっとした。

「おい、待てって。今のはおれが勝手に思っただけで、実際そうと決まったわけじゃあ」

「でも、社長は昨日帰ることも神さんに知らせてなかったんですよね。弟さんのことだって、一基さんに言わないよう口止めしたんですよね？　肚の底で何を考えてるか、わかったもんじゃないじゃないですか！」

爆発したように言う長谷をしばらく黙って見上げてから、一基はあえて淡々と口を開く。

「そりゃそうだけどさ。これぱっかりは、おれやおまえにはどうしようもねえことだろ」

「どうしようもないって、一基さん」

「仕事で自分の思い通りにいかないことがあるのは当たり前だ。そもそも社長が戻った時点で、どっかこっかの体制は変わるのは最初っからわかってたことだろ。あのじいさんが、おとなしく社長サンやってるわけねえしな」

厨房に専念したいという理由で、自分がメインシェフを務める一号店の「店長」を神野に譲ったような社長だ。他の思惑が絡んでいたにせよ、現場に出たいという意欲が強かったことに変わりはないし、諸国漫遊帰りだからといってその気持ちが薄れているとは思えない。

固定客を摑んで五号店まで系列を増やした手腕は実業家として大したものだと思うが、あの社長はあくまで料理人なのだ。「客に美味しいものを食べてもらいたい」「来店した以上は満足して帰ってほしい」という理念は、一基が「はる」でバイトしていた頃から寸分の揺ぎもない。だからこそ、「はる」には長年の常連がつくのだ。

「もし異動の話があったら、すぐ俺に教えてください。俺も希望を出します」

静かな口調で言われて、一基は傍らの男を見上げた。摑まれたままの肘から伝わってくる力は強く、何とも言えない気分になる。

「そりゃねえだろ。一号店で働きたいってのが、本来のおまえの希望だろうが」

「今の俺の希望は一基さんと一緒に働くことです。言っておきますけど、本気ですよ」

「ハルカなあ」

言いかけた言葉を、あえて飲み込んだ。

今の長谷に何を言ったところで、きっと平行線だ。いろいろあって疲れているのだろうし、だったら落ち着いた頃にもう一度話した方がいいと思えた。

「ところで、聞いていいか？　ヨシのヤツ、今日はどんな感じだった？」

わざと口調を変えながら、摑まれた腕で長谷を引っ張って歩き出す。物足りない顔をした長谷は、けれど仕方なさそうについてきた。その上、迷うように言い淀《よど》んでいる。

「どうせろくでもないこと言ったんだろ。ごめんな。あれでも昔よりはマシなんだけどさ」

「マシ、なんですか？」

あれで？　と続きそうな声で言われて、一基は苦笑する。

「保育園に行ってた頃は、おれと親しい相手全員にまともに喧嘩吹っかけてやがったんだよ。すぐ下の弟は匡基って言うんだが、そのマサにまで兄ちゃんは自分のだ近寄るな、ってな。あげくマサと取っ組み合いまでやって、じいちゃんと親父に大笑いされてた」

「それってつまり、ずっとああだったっていうことですか……？」

「一緒に暮らしてる間はな。ただ、おれが実家を出たのってあいつが九つの時だったんだよなあ。ウチは果物農家やってるもんでじいさんばあさん両親とも忙しくて、ヨシとマサの面倒見んのはおれの仕事だったんだよ。最後のあたりなんか両方の友達まで集まってきたんで、総勢二十人近く引き連れて遊んでやってたんだよな」

予想外の話だったらしく、長谷は目を丸くした。ややあって、窺うように言う。

「それで、一基さんは平気だったんですか？　厭になったりとかは」

「不平不満はあったけど、大人が忙しいのは見りゃわかるし、そうなるとしょうがねえだろ？　どこにかっとんでいくかわかんねーガキを放置して、何かあったら寝覚めが悪すぎるしさ。真面目につきあってりゃガキどものお守りもそれなりに面白かったし、どんなくそガキでも懐かれたらそれなりに可愛いと思うもんだしさ」

「……――」

何を思っているのか、しばらく黙っていた長谷がふと足を止める。肘を掴まれたままだったせいで、自動的に一基も立ち止まる羽目になった。

「ハルカ？　どう――」

「一基さん。キスしていいですか？」

「……はあ？」

呆気に取られた数秒後、一基はぶっきらぼうに言う。

「できるか、馬鹿。ここは往来だぞ」

「だったら場所を変えましょう」

「え、おい、ちょっ……」

言うなり、長谷はがっしりと一基の肩を掴んだ。肩を抱くというより連行する勢いで、大《おお》股《また》にずんずんと歩き出す。

一基のアパートから最寄り駅までは、住宅街の中を突っ切る形になる。深夜の通りに人影はなく、家々の窓明かりのほとんどが消えていたが、それでも抵抗は消えない。

「おいハルカ、待てってって……っ」

耳に痛い静寂の中、自分たちの声と足音がやけに大きく聞こえるようで、一基は思わず声を潜めた。その直後、長谷に押されて背中から何かに押しつけられる。ざわりと聞こえた葉ずれの音とシャツの背に当たるごつごつした感触で、それが木の幹だと気がついた。そのあとで、いつの間にか自分たちが駅からほど近い公園の中にいるのを知った。

「誰もいません。こんな時刻に、入ってくるヤツもまずいませんよ」

「そ、……っ、ン――」

ちょっと待てと言いかけた唇を、寄ってきた気配に封じられる。背けかけた顎を引き戻されて、角度を変えたキスに唇の合間をまさぐられた。慣れたふうに歯列の間を割ってこようとする体温に、一基は歯を食いしばってしまう。

強情に応じない一基に焦《じ》れてか、長谷がキスをやめて懇願するように言った。

「一基さん。口、開けてくれませんか」

「ば、っ――おまえ、こんなとこ、でっ……」

言うはずだった反論は、けれど至近距離にあった顔を見るなり溶けたように消えた。

夜目にも、長谷が初めて見るような心細げな表情をしていたのだ。

「おい？　おまえどうしたよ」

そろりと訊いてみたのに、長谷の答えはない。それどころか、一基の肩に顔を押しつけるようにして長身を屈《かが》めてしまった。それきり、無言で動かなくなる。

「……ハルカ？」

返事の代わりのように、腰を抱いていた腕が強くなる。丸めた背中越しに見えるのは小さな明かりに照らされた無人の遊具のみで、どうやら公園の奥まで来ていたのだと知った。

真夜中の公園に――それも、散歩するには狭く動物は進入禁止で、あるのはお子さまが大好きな遊具のみという場所にやってくる物好きはそうそういまい。なるほど長谷なりに考えたらしいと納得して、何だか悪いことをした気分になった。

「ハルカ……ヨウ、って。おい」

いつも通りに言い掛けて、思い直して呼び方を変える。それがサインになったのか、一基の肩に顔を伏せていた男が動いた。

長谷の名前は、遥と書いて「ヨウ」と読むのだ。「ハルカ」は子どもの頃のニックネームで、一時はそう呼ばれるのが心底厭だった。その「厭」が一転し「どうでもいいや」に屈折して、以降はわざと自分の呼び名にしたと、これは以前に長谷本人から聞いていた。

この男を「ヨウ」と呼ぶ人間が、限られた身内と親友と、――一基だけだということも。

窺うように上がった顔を、よしとばかりに両手で掴んで一基の方から顔を寄せた。少し柔らかめの髪に指を絡めて、押し当てるだけのキスから長谷の唇の合間を探っていく。

「……、ん、……っ」

わずかに開いた唇の合間に遠慮もなく舌先を押し込んだとたんに、それまでおとなしくしていた長谷が動いた。

ぐっと背後の木に押しつけられ、強い力で腰ごと抱き込まれる。舌先に軽く噛みつかれたあとで、今度は逆に長谷の舌先が歯列から割り込んできた。

「ン、……ぁ、ちょっ――」

長くて、執拗《しつよう》なキスになった。息苦しさに無意識に逃げかけた顎を引き戻され、角度を変えて深いところまで探られて、一基はいつの間にか長谷のシャツの背中に爪《つめ》を立ててしまっている。ようやく呼吸が自由になった頃には、息が切れて目元が涙で滲《にじ》んでしまっていた。

「……おまえなあ、時と場所を考えろって」

「一基さんからしてくれたんじゃないですか」

「そ、りゃそうだけど、何もここまで」

言い掛けて、「まずい」と口を閉じた。にもかかわらず、長谷にはその続きが読めていたらしい。指先で一基の頬をそっと撫でると、額同士をぶつけてくる。

「どうしようかな。……できれば、このままウチに連れて帰りたいんですけど」

低い囁きとともに耳元に思わせぶりなキスをされて、肌の底がぞくんと揺れる。もう馴染んだその感覚に狼狽《うろた》えると同時に、いかに鈍い一基にも長谷の言いたいことは伝わってきて、どうしたものかと困惑した。

昨日一日は一緒に過ごすはずが、諸々で台無しになってしまったのだ。埋め合わせをしてほしいという言い分はわかるし、本音を言えば一基の方にもそうしたい気持ちがある。

けれど、すんなり頷くには状況が悪かった。

「明日……じゃねえや、今日はおれもおまえも仕事だろ。この時間からだとこっちが保《も》たねえよ。それに、夜中に目を覚ました時におれがいなかったら、ヨシは絶対詮索《せんさく》するぞ」

「…………」

「今すぐ、ヨシにおまえとのことを知られてもいいとは言えねえよ。おまえがどうこうじゃなく、おれの都合でさ」

異性の恋人ならまだしも、男同士なのだ。自分の気持ちは定まっていても、そこまで気持ちが据わっているとは言えない。

一基の返事に、長谷の周囲で空気が変わった気がした。無言のまま腰を抱く腕を強くされて、一基は上目に長谷を見上げる。

闇《やみ》の中でも目が合ったと思ったのに、長谷は視線を外してしまった。そのくせ、一基を抱き寄せる腕はそのままで、むしろ頭を長谷の胸に押しつけるようにされてしまう。

体勢も状況も一基の方が抱き込まれているのは確かなのに、どういうわけか長谷にしがみ

つかれているような気がした。

——これは拗ねているのか、それとも何か考え込んでいるのだろうか。

神野に嫌みをかまされようが、あからさまな当てこすりを言われようが平気で立ち向かうのが長谷のはずだ。たとえばつい今しがたのキスのように、「する」と決めたら強引に突き進む。それを思うと、途中でやめてしまったのはとても「らしくない」と思う。

どちらにしても、疲れているのは確かだ。昨日からの様子を見るに長谷は祥基に対しては引いて堪えているようだし、そもそも自分にだけ露骨に敵意を向ける存在がいるのは、どれほど図太い性格の者でもストレスになるに決まっている。

悪いことをしたと、改めて思った。そっと息を吐くと、一基は長谷の背中に回していた手を伸ばして少し高い位置にある髪に触れた。そのまま、ぽんぽんと撫でてやる。

「ごめんだけど、勘弁な。仕上げなきゃならない報告書もあるから今日は無理なんだ。その代わり、近いうちにどっかで時間作るから」

黙って見下ろしてきた長谷の頬のあたりを指先で摘《つま》んで、一基はさらりと言う。

「一号店が終わったあとで、待ち合わせて飲みにでも行くか？　あと、今度の定休日はこっちの仕事が終わり次第、おまえのアパートに行くよ」

長谷が、ほっとしたように笑うのが気配だけでわかった。

もう一度寄ってきた気配に、一基は自分から手を伸ばす。年下の恋人の唇を、わざと齧ってやった。

7

一週間は、予想以上に長かった。

「おい、ヨシ。てめえ自分が食ったあとくらい片づけろ。今日帰って散らかってたら、今度こそ追い出すぞ！」

「えー、いいじゃん、別に。ここにいんの、オレとカズ兄だけなんだし」

「ふっざけんな。ここはおれの部屋だ。家賃光熱費食費折半もしないヤツに、いいか悪いか決める権利なんかあってたまるかよ」

出勤準備を終えて部屋を出る寸前、とうに許容範囲を超えた室内の散らかりっぷりにうんざりしながら、一基はソファの上から弟を蹴落とした。

「いって……カズ兄ひどいー。ぼうりょくはんたいー」

「やかましい。今すぐ起きて部屋ん中片づけろ。今日おれが帰った時に片づいてなかったら、本気で寮に放り込むからな」

「待ってよ。それ横暴じゃん！　そんなんしたらオレ、マサ兄に言いつけてやるし！」

「好きにしろ。つーか、おれの方から報告しといてやるよ」

「うわ嘘！　待ってカズ兄っ……」

祥基の悲鳴を半分でぶった切る勢いで、玄関ドアを閉めた。自分でもでかすぎるとわかるため息をついて、一基は急ぎ足で「はる」一号店へ向かう。

弟の祥基と同居を始めて、今日でちょうど一週間になる。

予想していた通り、祥基のおかげで落ち着かない毎日を過ごすことになったのだ。精神的にも物理的にも、被害を被ることになった。

辛うじて洗濯はこなすものの、掃除は「した」と宣言されたその場で「どこが？」と訊き返したくなるような仕上がりだったのだ。子どもの頃からの散らかし癖はいっこうに改善されていないらしく、先週まではどんなに散らかっていても七割は見えていた自室の床を、ここ一週間は一割以下しか見ていない。

しっかりしていると神野は言うし、中本からも太鼓判をもらったようだが、一基に言わせればただ外面がいいだけだ。その証拠に、あの部屋で一基といるととことん甘ったれてくる。それを暴露してやったのに、あのふたりは打ち合わせたように「一号店でしっかりしていればいいよ」などと言う。

「やっぱ追い出すか……？」

本音を言えば、気持ちがそちらに傾く大きな要因は精神的なものだ。連日のように弟から聞かされる長谷への文句が、非常に精神衛生に悪い。

ちなみに内容は「そりゃハルカも大人げないだろう」と思うものから、「馬鹿か悪いのはヨシの方だ」と断言できるものまでさまざまだ。都度都度にシメてはいるが、そのたびぶーたれるあたり、ろくに反省していないのは明らかだ。

二号店から五号店までの視察を終えたあと、社長は諸国漫遊中に話をつけていた農家との正式な契約準備に入り、実際に先方に出向いての視察と契約を交わしていくことになった。その全部に、一基も同行するよう言われたのだ。役割としては運転手兼秘書のようなもので、車で行ける場所から新幹線を使う土地、果ては飛行機とレンタカーを乗り継いでと方角はさまざまで、泊まりが二件あった他は早朝から日付が変わる寸前までの日帰りと、かなりの強行軍をこなすことになった。

おかげで長谷との約束は据え置きのままだ。仕事中は携帯電話は使えないため、連絡もメールがほとんどになってしまったけれど、その間に二度ほど長谷に会った。というより、日帰り出張の際に長谷が駐車場の近くで一基の帰りを待っていてくれた。

一号店もとうに閉店した深夜に、一基のアパートまでふたりで並んで歩いた。そのうち一度は日付が変わってまで待っていたので、いくら何でもそれはやめるように直接伝えた。

(駄目ですか。俺は平気なんですけど)

(阿呆。おまえ、明日も仕事だろうが。そんな時間まで待たなくていい。早く帰って寝ろ)

不満そうな顔をした長谷は、けれど祥基とは対照的にあの弟のことを何も言わない。口にすることと言えば、一基の体調を気遣う言葉や、「定休日の約束」ばかりだ。

神野から聞いたところによると、先週の歓迎会で見聞きした「初日」の状況——長谷と祥基の間の空気は悪化の一途を辿っているらしい。

(最近ちょっと目に余ってきたんで、僕と中本さんでシメてるんだけどねえ。なまじバイトとは関係ない部分の話なんで、祥基の反応も微妙なんだよね)

度が過ぎる時は容赦なく叱りつけてもらうよう神野や中本に頼んではいるが、そうなる前にクビにした方がよくないかというのが一基の本音だ。自分の弟が自分の恋人を敵視し喧嘩をふっかけて職場に迷惑をかけるなど、考えたくもない。

そんな考えが頭のすみにあったせいか、珍しく一号店の閉店前に仕事を終えて帰宅した部屋で報告書を仕上げた早々に鳴った電子音に、漠然と厭な予感がした。

神野からの電話の内容はごく簡単で、トラブルが起きたから来てくれないかというものだ。

「すぐ行く」と返して通話を切り、慌ただしく身支度をして部屋を出た。

二十二時過ぎの通りには、まだ帰宅途中のサラリーマンらしき人影が見えている。昼間の暑気が残る歩道を人を避けるように走って、驚くほど早く「はる」一号店に辿りついた。

店の出入り口にはすでに「Ｃｌｏｓｅ」のプレートが出ていたため、まっすぐに通用口へ向かった。呼び鈴を押すと、さほど待つこともなくドアが開く。

「すみません。うちの弟、何をやりましたか。まさかお客さんに迷惑かけたとか、店に損害与えたとかじゃあ」

開口一番の問いに、まだお仕着せのままの中本は苦笑混じりに一基を中に入れてくれた。

「取っ組み合いになる前に神野くんと私で引き離したよ。その時、はずみでぶつかったテーブルが少しずれた程度だ」

「やっぱりハルカとですか。絢ちゃんに迷惑をかけたりはしてないですか？」

ディナータイムのアルバイト女子大生が気になって確認すると、中本はあっさり頷く。

「絢ちゃんは先に帰したよ。長谷くんには一応私から注意して、祥基くんは神野くんが絞ってるところだ」

「やっぱりうちのがハルカに突っかかったんですね」

神野と中本が揃った上で長谷に「一応注意」し祥基を「絞って」いるのなら、答えなど聞くまでもない。案の定、中本は軽く頷いた。

「途中まではいつものことだったんだけどね。どうやら、長谷くんが相手にせず受け流していたのが気に入らなかったらしい」

「……本当にすみません。ご迷惑をおかけしました」

その場で、中本に頭を下げた。促されるまま、一基はフロアへと向かう。

掃除が終わったフロアでは、呆れ顔の神野がふくれっ面の祥基を眺めているところだった。

離れた壁際にいた長谷が、一基を認めて凭《もた》れていた背を離す。それへ一基が目顔で頷いてみせたのと前後して、神野が気づいたようにこちらを見た。

「お疲れ。……一応、注意はしたんだけど、今ひとつ納得できないっぽいよ」

顔を上げた祥基が、一基に気づいてぎょっとした顔になる。それを見た瞬間に、もう足が動いていた。

「え、っと……カズ兄？」

無言で弟の前に立って、しばらくじっと自分より高い位置にある顔を見上げた。かちんと固まった祥基をじっくりと眺め上げ、眺め下ろしてから低く言う。

「おまえ、明日の朝イチで実家に帰れ。駅までは送ってやるし、切符はおれが買ってやる」

「……え」

「バイト先で先輩スタッフに絡んだあげく騒ぎ起こすようなヤツは、いても邪魔なだけだ」

言い捨てて背を向けた。「おや」と言いたげな顔をした神野と視線を合わせて言う。

「そういうわけなんで、今日限りでこいつのバイトは終わりだ。社長には、おれから報告する。代わりのバイトは知り合いに当たって、おれの方でどうにか探す」

「そう？　まあ、一基がそう言うんだったら――」

「ちょっ……待ってくださいよっ。オレは辞める気ないですよ!?　それに、カズ兄はこの場合関係ないんじゃあっ」

泡を食ったような声を耳にして、一基はじろりと振り返る。目が合うなりぱくんと黙った弟を見据えて言う。

「おれは本来、ここのフロア責任者なんだよ。その立場から言わせてもらうが、お客さんがいない時間帯だからって、たびたびスタッフともめ事を起こすようなバイトは邪魔なだけだ」

「そ、……カズ兄っ」

「何がカズ兄だ。こないだも言ったはずだな？　恥になるような弟なんざいらねえよ。とっとと帰って、そのみっともねえ性根をマサに叩き直してもらえ」

言い切ったとたんに、祥基は青くなった。

「ひ、ど……だってカズ兄がっ」

「おれがどうした。何が気に入らないか知らねえが、てめえの不始末を人のせいにすんじゃねえ」

今にも泣き出しそうな顔で、祥基がぐっと唇を噛む。それを眺めながら、やはり甘やかしすぎたらしいと今さらのように思った。

帰省するたび、気になっていたことなのだ。三人兄弟の中でも年の離れた末っ子の祥基に対して、実家の祖父母はでろでろに甘い。両親も匡基も「仕方がないな」と言いながら譲ってしまう傾向があるし、ふだん離れているせいもあって、一基も甘くしていた自覚がある。

今回は一基が絡んだせいかもしれないが、だとしても周囲には迷惑な話だ。ここできちんと思い知らせておかなければ、本人にとってもろくなことにならない。

「……一基さん。今日のは、俺も悪かったんで――」

しんとした静寂の中、横から聞こえた声は意外な人物のものだった。

長谷が、いつのまにか近くに来ていた。一基と祥基とを見比べて、ため息のように言う。

「俺にも足りない部分があったんだと思います。その……弟さんは、バイトそのものはきっちりこなしていたし、俺以外の相手とはうまくやれてますから、何もそこまでしなくても」

「そこが問題なんだろ。そもそもヨシは、最初っからハルカに態度が悪かった。ろくな理由もなしに他人に言いがかりをつけるような奴は、いずれトラブルを起こすに決まってる」

「でも」と言い掛けた長谷が、一基と目が合うなり困ったように黙る。

「じゃあ、こうしない？　まずは祥基に、ハルカのどこが気に入らないかを今ここで正直に言ってもらってから、今後のことを考えてみる」

割って入った神野の場違いに飄々とした提案に、一基はしかし眉を顰《ひそ》めた。

「それだとハルカが言われ損じゃねえか。だいたい、突っかかって行ったのはヨシの方であって、ハルカはせいぜい言い返した程度だろ」

「だから白状させるんだよ。でないと、あとあとまでハルカも気になるんじゃないか？　どうして祥基が自分だけにそこまでやったのか、とかさ」

しゃらりと言って、神野はつかつかと祥基に近づく。顔を歪めたままの祥基を覗《のぞ》き込むようにして、やけに優しい声で言う。

「祥基にも言い分はあるよね？　この際だから言ってみな。頭から怒ったりしないからさ」

「――――」

祥基は、それでもしばらく無言だった。

催促することなく、神野は黙って傍に立っている。長谷も先ほどの位置に立ったまま、当惑したように一基と祥基を見比べている。中本はと言えば腕組みをし、興味深そうな顔でその全員を眺めるようにしていた。

「……っ、だってカズ兄、全然帰ってこないし！」

ぽそりと祥基が言った台詞がそれで、「は？」という疑問符が脳裏に浮かんだ。

「去年も一昨年も忙しいって盆暮れ正月にも帰ってこないし、それでやっとオレが会いにきたのにすぐ部屋に入れてくんないししばらく置いてって言っても厭な顔するし、なのに長谷さんのことはあっさり泊めてふたりで朝メシとか言ってるし！　長谷さんと一緒にいると何か空気が濃ゆくて間に入れないし、そんなん腹立つじゃんっ！」

「……おい待て。正気でそんな理由かよ」

突っ込みながら、床に転がり落ちた顎がそのままテーブルの下にもぐって見えなくなったような心境になった。心底疲れた気分で手のひらで顔を覆っていると、祥基はキッと顔を上げて睨むように一基を見る。

「最初っからカズ兄が悪いんじゃんっ！　オレ、何回も電話したよね⁉　年に一回だけでいいから帰ってきてって頼んだよねっ？　なのに丸二年も帰ってこないし電話もないし、こっちから電話してもとっとと切るし！　高校受験の時も大学受験の時もオレはカズ兄に相談したいことが山ほどあったのに、マサ兄に言えってばっかりで話も聞いてくんないしっ！　だいたいカズ兄が遠くの大学に行くからじゃん、大学も就職もうちの近くにしてって、オレあんだけ言ったのに！」

　立て続けの訴えの内容に目眩を覚えて、一基は小さく息を吐く。

「あのなあ……高校受験だの大学だのって、九も年の差がある上に地元にいないおれにどうしろってんだよ。相談したけりゃ学校の先生なり、親なりマサなりに言えばすむことだろうが。実際、マサがいろいろ調べて助けてくれたんだろ。それで十分じゃねえのか？」

「オレは、マサ兄じゃなくてカズ兄に相談したかったの！　何度もそう言ったじゃんかっ。出張や泊まりとかで忙しいって言いながら長谷さんとは連絡取ってるのにオレにはがみがみ怒ってばっかりでまともに相手してくんないし、そういうのおかしいじゃん！」

「同僚兼友達と弟を同列に扱えるわけねえだろうが。だいたい、おれががみがみ言うのはてめえが部屋を散らかしてろくに片づけないからだ。……それとおまえ、勘違いしてるっぽいから言っとくけど、ハルカはおまえより八つ年上だぞ」

　呆れ混じりに言い返すと、祥基はぎょっとしたように顔を上げた。

「えっ？　でも長谷さんて、マサ兄より年下に見えるしっ」

「マサは規格外だから基準にすんな。見た目だけなら、あいつはおれや神より年上だろーが」

祥基が「嘘っ」と声を上げる。その様子に、本気で勘弁してくれと言いたくなってきた。

「ああ、なるほど。要するに、自分よりすこーし年上なだけのハルカが一基と個人的に仲良くしてて、しかも間に割り込める感じがしないのが気に入らなかったんだ？」

疲れ果てて何も言う気がなくなった一基の代わりに、神野が言う。数秒たじろいだあとで短く頷いた祥基の横顔はひどく悔しげで、そのせいか幼い頃と重なって見えた。

「つまり、ハルカは祥基のヤキモチの八つ当たりをされてたわけかー。で、念のため確認ね。祥基はハルカ本人に何か厭なことをされたとか、気に入らないところがある？」

「……ない、です」

俯き加減に、祥基はちらりと長谷を見る。長谷はと言えば、当惑した顔つきのままだ。

「で、どうする？　一基はもうバイトを辞めさせるつもりらしいけど、それでいいんだ？」

さくさくとした神野の仕切りに、一基は顔を顰めた。

「おい、神……」

「一基は確かにうちのフロア責任者だけど、店長は僕だからね。一基の独断ではクビにできない。ってことで、店長として訊くけど、祥基はどうしたい？」

目顔で「黙れ」と言い渡されて、一基は不承不承口を噤《つぐ》む。確かめるようにそれを見てから、祥基は神野に目を向けた。

「辞めたくないんだよね。だったら今、自分がどうすべきかわかるよね？」

神野の声音はさらりと軽く、押しつける響きはない。それで気が楽になったのか、祥基は小さく頷いた。顔を上げ、少し離れて立っていた長谷に近づく。

「……あの」

最初の一声が、悄然《しょうぜん》と聞こえた。それでも俯くことはせずに、祥基は長谷を見上げる。

「ずっと、失礼なことばっかり言ってすみません、でした。今度こそ、オレちゃんと反省します。だから、できたらもう一回だけチャンスをもらえませんか」

「あ、いや。俺は」

「腹が立ってどうしようもないんだったら、拳骨でもビンタでも好きにしてくれていいです。オレ、そういうの慣れてるし手加減なしでも平気だし！　それに自業自得だと思うからっ」

ぐいぐいと迫る勢いで言われて、長谷は困惑したように祥基から視線を逸らす。迷うように、一基と神野を見た。

任せるつもりで、一基は神野に目を向けた。すると、神野は長谷めがけて言う。

「ハルカはどう思う？　祥基がバイト続けても平気？」

「俺は一スタッフですよ。バイトの処遇を決めるのは神さんでしょう」

「もちろんそうなんだけど、今回問題になってるのはバイト中の態度じゃなくて、祥基のハルカへの態度だからさ。当事者の意見を尊重しようかと思ってね」

神野の物言いに微妙に厭な顔をして、長谷は淡々と言う。

「――俺の意見は、さっきもう言いました。あとの判断は神さんと一基さんに任せますよ」

「了解。で、一基はどうする？」

おもむろに話を振られて、これだから神野には敵《かな》わないんだと思った。

あのままの祥基に、バイトを続けさせる気はなかったのは事実だ。けれど、実家に追い返したところで本人が納得し反省しない限り、また同じことをやりかねない。身内として、それでいいのかという気持ちはあったのだ。

おまけに、中本の指導はあと一週間しかない。すぐに新しいバイトを入れたとしてもそれなりに動けるようになるかは微妙だし、何よりバイトが簡単に見つかるとも限らない。

「おれは、今は社長について出てる立場だからな。それに、さっきハルカも言っただろ。バイトの処遇を決めるのは神だ」

「はい、了解。じゃあ、今回はこれで手打ちにするってことで。ああ、でも祥基にはペナルティがつくからそのつもりでね」

前半の言葉でほっとした顔をした祥基が、後半でぎょっとした表情になる。慌てたように言った。

「何ですか、そのペナルティって」

「それは、これから僕がじっくり考えます。明後日《あさって》には教えてあげるからお楽しみに」

「えー……」

軽やかに言う神野は、定番の「怖い笑顔」のままだ。戦々恐々という様子の祥基を放置して、見物していた中本を振り返る。

「すみません、中本さん。お騒がせしました」

「いや。それはいいんだが、さっき社長から電話があったぞ」

「社長から？　何か用でも？」

「用というか、伝言だな」

怪訝そうな神野の問いに、中本はもう見慣れた爽やかな笑顔で言う。

「片づいたら全員で二階に上がって来い。長谷くんも友部くん兄弟も必ず来るように。逃亡は厳禁だそうだ」

8

遅い時刻から始まった食事会がお開きになった時、祥基は和室のすみで座布団に顔を突っ込んで沈没していた。

単純に疲れたからというより、酔いつぶれたのだ。さほど飲んでいないから大丈夫だろうと眺めている間に、スイッチが切れたようにぱったりと転がって身動きしなくなった。

どういう酔い方なんだと呆れを通り越して感心しながら引き起こそうとした一基に、熱燗《あつかん》を手酌《てじゃく》でちびちびやっていた社長は少し赤くなった顔でさっくりと言った。

「今夜は預かるから置いていけ。ヨシ坊は明日休みだし、構わんだろう。ああ、カズ坊も明日の出勤は昼からでいいぞ。一時にここの下に来てくれ」

「明日は一時出勤、了解です。けど、弟は連れて帰りますよ。こんなでかいのが転がってると邪魔になるでしょう」

「いいから置いていきなよ。ついでに僕も泊まっていくから」

きっちり遠慮した一基にそう言ってきたのは、長谷と一緒にキッチンの片づけをしていた神野だ。かなり飲んだはずなのに、けろりとした顔でしゃきしゃきと続ける。

「明日の昼まで祥基は引き受けるから、一基は少しゆっくりすれば。疲れただろ」

重ねて言われて、それならと甘えることにした。

「はる」一号店が入ったビルの二階は、社長の自宅なのだ。亡き妻と暮らしていたその場所に、今はひとりで住んでいる。料理人らしく広く使いやすいキッチンに加えて、ちょっとした宴会ができそうなリビングがあって、一基も何度か食事に誘われて来たことがあった。

とはいえ、今日ばかりは状況が状況だ。何の呼び出しかと少々びくつきながら一基たちがそのリビングに入った時、テーブルにはところ狭しと料理が置かれていた。

（よし。全員、好きなだけ飲んで食って、ついでに全部水に流していけ）

全員の顔を順繰りに眺めて笑った社長は、どうやら一号店の状況を中本から聞き及んでいたらしい。今日の騒ぎも知った上で、食事会の準備をしていたのだそうだ。

中本が終電に間に合うよう帰ったため、帰途につくのは一基と長谷だけだ。肩を並べて出た戸外はすっかり深夜の色に沈んでいて、昼間とは別の場所のように見えた。

時刻はとうに午前二時を回っており、終電も終わっている。一基は徒歩で大丈夫だが、長谷はそういうわけにはいかないだろう。

「どうする？　タクシー呼ぶか？」

「一基さんのアパートまで一緒に歩いて、そこから拾いますよ。どのみち俺は明日休みですから、つきあいます」

そう言う横顔が何となく気になってじっと見ていると、視線に気づいたらしい長谷が苦笑する。その表情が、いつもと違って見えた。

「いろいろ、ごめんな。ヨシが来てから、おまえには迷惑しかかけてねえよな」

「気にしないでください。俺も態度が悪かったと思うし、弟さんにはきちんと謝ってもらったんだし。明後日からはふつうにやっていけると思いますよ」

「だといいんだけどな。……もしまたあいつがわけのわかんねえこと言うようなら、速攻おれに連絡しろよ。遠慮はいらねえからな」

保険のつもりで言いながら、ふっと違和感を覚えた。何かが足りない気がするのに、その

「何か」の正体が掴めない。

深夜だけに、周囲はおそろしく静かだ。ふたり分の足音はもちろん、互いの呼吸音すら耳につく。そんな中を並んで歩いていると、思い出したように長谷が訊いてきた。

「一基さんが二年ほど実家に帰らなかったのには、何か理由があるんですか?」

「一昨年の盆は前の職場の工場でトラブルがあって、出勤しなきゃならなかったんだよ。去年の正月は取引先の要望と接待で潰れて、盆は例のゴタゴタで余裕がなかったんで中止した。今年の正月は三号店でシフトが入った」

狙ったわけではなく、諸々の事情だ。まさか、末っ子がそれを根に持っているとは思ってもみなかった。

「シフトって、実家が遠方で帰省すると言えば考慮してもらえたんじゃないですか?」

「それっぽいことは言われたけど、何しろ新参者だからな。飲食店勤務って時点で連休取れると思うのが間違いだろ。そんで希望は出さなかったんだけ……わ!」

長谷を見ながら歩いていたせいか、危なく蹴つまずきそうになった。まずい、と思った次の瞬間に横から伸びた腕に脇を掴まれて、どうにか体勢を立て直す。

「大丈夫ですか? 足元、ちゃんと見ないと危ないですよ」

「悪い。助かった、サンキュ」

苦笑気味の長谷の声に肩を竦めて礼を言い、歩き出してから先ほどの違和感の正体に気づく。足を止めて、一基は少し先を行く長身の背中を見た。

時と場所を考えろと一基が煩《うるさ》く言うため、最近の長谷は自重している。その反動か、帰りが深夜になった時はここぞとばかりに一基の肩を抱くか、手を繋ぎたがるのだ。一基にしても、そのシチュエーションで周囲に人影がないならと比較的おとなしく応じている。

それなのに——ほぼ一週間振りにそういう状況にあるのに、長谷はいっこうに手を伸ばしてこない。

そういえば、ここ最近の長谷は妙に口数が少なかった。電話やメールではいつもと同じだと思ったけれど、何か気になることでもあったのだろうか。それとも、単純に疲れているだけなのか？

考えてみても、うまく判断がつかなかった。早々に降参し、ちょうど自分のアパートが目に入ったタイミングで切り出す。

「ハルカ、明日は何か予定あるか？」

「あります。といいますか、一基さんと約束しましたよね？」

「それ以外でさ。夜じゃなくて午前中」

窺うような問いに即答すると、長谷は少しほっとしたように笑った。

「特にはないですね。ゆっくり朝寝しようかと思ったくらいで」

「よし。んじゃおまえ、今夜はうちに泊まってけ」

すっぱり言って、一基は長谷の腕を摑んだ。「え」だとか「あの」という困惑気味の声は意図的に無視して、引っ張るようにアパートの敷地に足を踏み入れる。

「明日、俺と弟さんが鉢合わせることになったらまずいんじゃないですか？」

「神が昼まで見てくれるから大丈夫だろ。おれは一時に間に合うようにうちを出るんで、おまえもその時には帰ってもらうことになるけどさ」

「いや、ですけど」

そう言う長谷は妙に及び腰だ。らしくない態度に、一基は思わず眉を寄せる。

「けど、何だよ。おまえ、うちに泊まりたくないとか言う？」

「いえ！　まさかそんな」

「じゃあいいだろ。ほら、入れって」

手早く玄関の鍵を開けて、押し込むように長谷を先に入れた。強引にソファに座らせると、冷蔵庫から出してきたミネラルウォーターのペットボトルを渡す。

「喉渇いたら好きに飲めよ。あと、寝間着な」

クローゼットの奥から長谷の置き寝間着を引っ張り出して、ソファの横に置いてやった。

「着替えて、あとタオルケット……って、おまえの方が足長いし、ハミ出るな。いいや、おれがソファ使うからおまえはベッドで寝ろよな」

ちゃきちゃきと声をかけたものの、長谷の返事はない。怪訝に思って目をやった、そのとたんにまともに視線がぶつかった。

ぼんやりしているのか、何か考えているのか。長谷はじっと一基を見つめたままだ。

「おーい。もしかして気分悪いか？　飲み過ぎってほどは飲んでねえと思ったけどなあ……具合悪いんだったら病院行ってみるか？」

気になって、長谷の顔を覗き込んでみた。とたんにいきなり腕を引かれて、気がついた時には一基はソファに座った長谷の上に転がるように倒れ込んでいる。

「おい、ちょっ……ハルカっ」

胡乱に上げかけた声が途中で止まったのは、互いに向かい合う形で一基の腰を抱き込んだ長谷がぐりぐりと頭をこちらの肩に押しつけてきたせいだ。

巨大な動物に——それも、虎《とら》とか豹《ひょう》の類に、懐かれているような気分になった。「いつもの長谷だ」とほっとして、一基は両手で目の前の頭をわしゃわしゃと撫でてしまう。

「眠いんならおれにくっついてないで早く寝ろ。あー、でもおまえ、社長んとこでろくに食ってなかったよな。もしかして腹減ってんのか？　カップ麺《めん》ならあるけど作ってやろうか」

返事はなかったけれど、何でもしてやりたい気分になった。よしとばかりに離れようとすると、強く腰を引かれて身動きが取れないほどきつく抱き込まれる。

「ハルカ？　どう——」

「一基さん。俺のこと、好きですか？」

「……はあ?」

不意打ちの問いに、かあっと顔が熱くなった。

その手の言葉は、ずいぶん前に言ったきりだ。個人的には、つきあって間もない頃の方が口にするのは簡単だった。「恋人」期間が少しずつ長くなってきた今は、まともに考えただけで顔が焦げるかと思うほど気恥ずかしくなる。

「……急にどうしたよ。もしかして熱でもあんのか?」

逃げるように口走って、直後に後悔する。

見上げてくる長谷は、怖いほど真剣な顔をしていた。互いの気持ちを初めてきちんと伝え合った、あの時のような。

「いちいち言わせんな。こんな恥ずかしい真似、好きでもないヤツにさせてたまるかよ」

本音を言えば、ソファの上で野郎に抱っこされるなど真っ平ごめんの鳥肌ものなのだ。相手が長谷だから「恥ずかしく」てもおとなしくしているだけだった。

「本当ですか?」

「おいコラ。そこで疑うか? つーか、そんな嘘ついておれに何の得があるんだよ」

少々むっとしたものの、腹が立つより呆れを覚えた。

体勢のせいで、向かい合っていても長谷を見下ろす角度になる。多少は慣れてきたとはいえ、この体勢になる時の状況は決まりきっていて、それを意識するだけで顔が熱くなった。

互いに無言で見合うこと十数秒で、一基は先に白旗を掲げた。伸ばした両手で長谷の両頬を包むように叩いて言う。

「いいからもう寝ろ。おまえ、疲れてんだよ」

そっと押し返すと、長谷の腕は呆気なく離れていった。床に降りて長谷の腕を摑むと、一基は引っ張るようにベッドまで連れていく。

「帰りは上から羽織るもん貸してやるから、もうそのまんま寝ちまえよ。こっからおまえん家に帰るだけならごまかせるだろ――って、おい！」

ベッドに座った長谷にタオルケットを渡して離れようとしたら、腰ごと強引に引き戻された。結果、一基は今度は長谷の膝《ひざ》に背中から座り込む格好になっている。

「おいこら、ハルカ……っ、ん、――」

背後から伸びた指に顎を取られ、振り返らされる形になった唇を塞がれる。文句を言うつもりで半開きになっていた歯列をいきなり割って深くなったキスに、一基は腰を抱いている長谷の腕を摑んでいた。

舌先が絡むキスを続けたまま、長谷の腕が器用に動いて体勢が変わる。気がついた時には一基はベッドの上に転がされ、上からのしかかってくる男を見上げる形になっていた。

「……ちょっ、待っ――……」

制止する暇もなく、再び呼吸を奪われる。割って入った体温に舌先を搦め捕られ、角度を変えて深い場所まで探られる。息苦しさに背けようとしたのを執拗に追われて、一基は喉の奥で声を上げた。

それでも抵抗しなかったのは、久しぶりの感触が懐かしく心地よかったせいだけでなく、長谷のキスをいつになく切羽詰まったもののように感じたからだ。どうしてか、全身で縋《すが》りつかれているようだと思えた。

長く続くキスに呼吸が詰まって、目の前が霞《かす》んでくる。長谷の背中にしがみついていた指から力が抜けて、音を立ててシーツに落ちた。それを他人《ひと》事のように認識していると、じきに長谷のキスが離れていく。

「——、……」

ベッドの上で重なり合ったまま、しばらくどちらも何も言わなかった。一基は呼吸するのに必死だったし、長谷は何かを確かめるようにじっと一基を見つめていた。

「何か、あったのか?」

やっとのことで絞った問いに、至近距離の長谷が表情を止める。数秒後、きれいに笑った。もう見慣れたはずの笑顔に、表情とは真反対の感情が滲んでいるような気がした。落ち着かない気持ちで、一基は長谷の頬に手のひらを当てる。

「なあ。何かあったんだったら言えよ。おまえ、わかってんだろ? おれ、いろいろ鈍いから言われないと気づかないことも多いぞ?」

言ったとたんに、長谷の表情が色を変えた気がした。

気配が寄ってきたかと思うと、額に額を合わせるようにされる。頬を撫でた長い指がこめかみをなぞり、その上の生え際の髪を梳《す》くように動いた。

ぽつんと落ちてきた声は優しいのに、どこかに心細いような響きがあった。

「いえ。そうじゃなくて、……一基さんのことが好きだなあと思ったんです」

「ハルカ。だからっ……」

それだけじゃないだろうと口にする前に、またしても呼吸を塞がれる。

先ほどとは違う、ひどく優しいキスだ。触れあった唇の間で小さな音をさせたり、やんわりと歯を立てたりする。じゃれるようだったそれが舌先が絡む深いものに変わった頃に、耳元で低く囁かれた。

「もっと触ってもいいですか？　無理はさせないようにしますから」

「え」

ぽかんとしたあとで、この状況なのにまるで「それ」を考えていなかった自分に気づいて顔に血が上る。帰り道からの経緯を思えばこちらから誘ったも同然だったと悟って、言おうとした言葉が一瞬にして脳味噌から蒸発した。

「あー……その、だな……」

いい年をしてと自分でも思うが、その手の話題は苦手なのだ。友人や同僚との雑談で出るなら適当に合わせられるものの、相手が長谷となるとその場から逃げ出したいほど落ち着かなくなる。それでひたすら唸っていると、寄ってきた気配が唇の端にキスを落としていく。

「駄目ですか。どうしても、厭？」

え、と思わず瞬《しばた》いた。至近距離で苦く笑う様子に、一基は慌てて長谷の肩を摑む。

「いや待て、駄目も厭もないぞ。つーか、何なんだそれ。どっからどうなって、そういう」

「だったら、いいですか。正直、今かなりきついんです。ずっと触れなかったから」

長谷の声は穏やかで、なのに押し殺したような響きがある。それでさらに違和感が増した。

「ハルカ？」

「ヨウ、ですよ。今はそっちで呼んでくれませんか」

囁く声は笑いを含んでいるのに、深い部分に別の色がある。それを見極めたくて目を見開いていると、長谷の顔がさらに寄ってきた。

眦《まなじり》に落ちたキスに、反射的に瞼《まぶた》を閉じていた。軽く啄んだだけで離れていくかと思ったのに、そこに留《とど》まってそっと吸いついてくる。間を置かず、濡《ぬ》れた体温に目元を撫でられた。

いつもと違うと、今度こそ気がついた。

ムードがないと時折長谷に苦笑されるほど、一基はこの手の雰囲気が苦手だ。嫌いというわけではなく、単純にどんな顔をして何を言えばいいかわからなくなる。おそらくそれと心得ているのだろう、長谷は一基の表情や反応で本音を察して先に進むのが常だった。

なのに今、長谷は一基の返事を待っている。それまでは何もしないという宣言のように片手は一基の頬に添え、もう一方は腰を抱き込んだままだ。とても物言いたげなきれいな顔にはこういう時限定のむず痒くなるような――「切なげな」と表現すべきなのだろう表情が浮かんでいて、一基はまたしても白旗を掲げることになった。

この男の、こういう表情に弱いのだ。どうにも放っておけない上、やむを得ない理由で断ってもこちらが一方的に虐《いじ》めたような気分になってしまう。

それに、こちらとしてもけして拒否したいわけではないのだ。言葉にするにはハードルが高いだけで、むしろ真逆と言ってよかった。

伸ばした腕を長谷の首に回し、顔を見られないように肩のあたりに抱き込む。自分の顔が、火照ったように熱くなるのを実感した。

「えーと……その、な」

何度か言い淀んでから、どうにか長谷が望んでいるだろう言葉を口にする。上になった長谷の気配がふっと緩むのを肌で感じて、この恋人が本気で緊張していたのを知った。

一基さん、と耳元で呼ぶ声がする。直後、頬に触れていた体温が動いたかと思うと、顎の付け根にまさぐるようなキスをされた。身動《みじろ》いだ腰をきつく抱いた腕が動いて、一基の輪郭を確かめるようにそこかしこに触れてくる。

「……、ん、っ」

耳元を探っていたキスが、耳朶《じだ》に触れてくる。舌先でなぞるように辿られて、背骨のあたりがびくんと揺れるのが自分でもわかった。耳殻の窪《くぼ》みを抉《えぐ》られ、尖らせた先を奥まで押し込まれて、近すぎる距離から響く水っぽい音にぞくぞくと肩が跳ねる。擽ったさと、それとはまったく別のよく知った感覚に、すぐさま逃げ出したくなるような――そのくせもっと近づきたいと思うような、相反した衝動に襲われた。

耳元で、名前を呼ぶ声がする。無意識に閉じていた瞼をそっと押し上げると、いつの間にか鼻先が触れる距離に長谷が顔を寄せていた。

「一基さん」

もう一度呼んだ声の語尾を押し込むように、唇を塞がれる。触れてきた舌先に唇の合間を辿られて、素直に奥まで明け渡した。とたんに深くなったキスは角度を変え、触れては離れるたびに唇の端や舌先に小さく歯を立てていく。いつもと同じはずのそのキスがどこか縋りつかれているようで、一基は長谷の背中に回していた指に力を込めた。

誰かに、何か言われたのだろうか。頭のすみで考えて、けれど一基は即座にその可能性を蹴飛ばしていた。

一基の前では子どものような言動を見せる長谷は、けれど基本的に外面がとてもいい。王子様系の見た目に加えて愛想がよく困った客への対処も如才なく、女性客への受けは一号店スタッフの中でもダントツだ。表だってのトラブルとは、見事なまでに無縁だった。

仕事絡みで言われたことを長谷が引きずっているのなら、相手は社長か神野のどちらかだ。長谷は神野相手となるとまず負けん気が出る。社長に対しては尊敬の念が強いようだから、注意されたとしても奮起する方向に行くに違いない。

そして、この男の私生活に突っ込める人間はごく限られている。そのうちの誰かに言われて気にしているのなら、素直に一基にぶちまけてくるはずだ。

唇から離れたキスが頬から耳元へ、さらに顎のラインへと移っていく。腰に回った手のひらに衣類越しに背骨のラインや腰骨のあたりを撫でられて、肌の底にじわりと熱が点《とも》った。

だったら、何があったのか。一基の知らないところで、困ったことでも起きたのだろうか。

そこかしこで連鎖的に起きる感覚を追いかけながら思った時、喉元にきつく噛みつかれた。

え、と見開いた視界の中、近く覗き込んできた長谷に顰めっ面で言われる。

「余所見《よそみ》は駄目ですよ。ちゃんと俺を見ていてください」

「あー……ごめん。悪かった」

素直に謝ると、長谷は軽く額をぶつけてきた。

喉元に落ちたキスが動いて、鎖骨の上をきつく吸ってくる。もう慣れた感覚に思わず揺れた肩を押さえた指が、撫でるように肘のあたりまで動く。胸元のそこだけ色を変えた箇所を摘むようにされて、いつ間にかシャツの前をすっかりはだけられていたのを知った。

「っ……、ん——」

指先で繰り返し撫でられていた胸元に、今度はキスが落ちてくる。尖った箇所にやんわりと歯を立てられて、身体の芯がぞくりとした。チノパン越しに動いた手のひらに膝を撫でられ、脚の間をゆるりと辿られて、勝手にびくびくと腰が揺れた。

胸元にある髪に指を埋めながら、一基は先ほどの違和感がうっすらと、けれど確実に大きくなっていることに気づく。

経験値の差そのものに手慣れた長谷とは違い、一基が知っているのはこの男だけだ。それなのにかそれだからなのか、こうして触れ合っていると余計にはっきりとわかる。——今日の長谷はいつもと同じようで、明らかにどこかが違っていた。

どこがと訊かれても、うまく言葉にできない。同じだろうと言われてもきちんとした反論はできそうにない。

肌の上を辿っていくキスも、心得たように一基が弱い箇所を撫でていく手もいつも通りなのに、触れる力がほんのわずかに違う。唇や舌先の動きや、指先が触れて離れるタイミングに違和感がある。一基自身、思い過ごしかと迷うほど些細《ささい》な、けれど決定的な感覚。

「ハル、カ……っ」

胸元を吸われながら、穿《は》いていたチノパンを下着ごと引き下ろされる。膝の間の過敏な箇所を手のひらで覆われて初めて、そこが後戻りの利かない熱を帯びてるのを知った。

「ヨウ、です。そっちで呼んでください」

低い声が、吐息となって腰骨の肌をすべる。その感触にすらじわりとした熱を生んだ。促されるまま口にした長谷の名前はひどく甘くて、自分のその声にさえ煽られた気分になる。気づくか気づかないかのかすかなズレが、違和感を膨らませていく。焦らされたかと思えばほんの少し先を行き、先にあると思ったら背後から追ってくるような曖昧さは、キスや指先の動きにまで波及した。手のひらとキスで下肢の間をあやされ、長い指で腰の奥をまさぐられて、慣れているはずの触れ方すら知らないもののように思えてくる。

それなのに、考えるより先に身体が動いていた。伸ばした腕で広い背中を抱き返し、頬や首すじを撫でて、長谷の髪に指を差し入れる。力の入らない指先でくせのない髪を乱しながら、そうしている自分を不思議に思った。

「一基さん、……」

ああ、と気がついたのは、上から重なってきた長谷が一基の額にキスをしてきた時だ。よく知っているはずの手のひらに膝を摑まれ、腰の奥を深く穿《うが》たれる。もう覚えた感覚はぞっとするようなざわめきを伴っていて、本能的に身体が逃げた。その背中をきつく抱き竦められて、ふっといつかの公園でのキスを思い出した。

抱き込まれているのはこちらなのに、縋りつかれているように思えるのだ。長谷が何かを怖がっているような、――手を放したら一基が消えてしまうと恐れてでもいるような。

耳元で、低く名を呼ばれる。瞼を押し上げると、互いの額を押しつけあう形でこちらを見ていた長谷とまともに目が合った。

「――ハルカ、……ヨウ?」

何か言いたげな、無理に堪えているような顔だと思った。何がと眉を寄せた時にはもう視線は逸らされて、問いかける前に繋がった場所を揺らされる。とたんに襲った深い悦楽に、勝手に声が喉からこぼれた。

長谷の動きはいつも通り優しいのに、どこか追いつめられているように急いでいた。腰を摑む腕は痛いほどの力を帯びて、容赦なく一基を追い込んでいく。その波に否応なく飲み込まれながら、頭のすみで「これは誰だろう」と思った。

もちろん、長谷だ。それ以外にはないことを、一基は誰よりもよく知っている。それなのに、消えない違和感が別人のような錯覚を起こさせた。

「ヨウ、……」

顔が見えないのがひどく気になって、伸ばした指で喉元に埋まった髪をまさぐった。指に絡んだ髪を引っ張って顔が見たいと訴えると、間を置かず寄ってきた気配に近い距離で覗き込まれる。浅くなった呼吸の合間に、小さく確かめた。

「ヨウ、……だよな?」

はい、と返った声は、ほとんど吐息のようだった。開いていた瞼の先、睫《まつげ》同士が触れる感覚のあとに鼻先をすり寄せるようにされて、一基は長谷の髪に絡めていた指をそっとほど

く。今度は手のひらで、恋人の両の頰を包んでみた。

「おまえ、さ。やっぱり何かあったんじゃないのか……？」

「――」

わずかに目を見開くようにして、長谷が笑う。抱き合っている時にいつも見せる顔とは違う、何か大きなものを無理に飲み込んだような顔だ。

どうしてそんな顔をするのかと、思った。

「なあ。おまえ、何――……」

続けるはずの問いが、吐息まじりのキスに飲み込まれる。歯列を割って深くなったと思ったのと前後して、不意打ちで腰を抱かれて奥まで抉られた。

キスの合間に、何度も名を呼ばれる。苦しげな声は、けれど一基の問いには答えず、代わりのように何度も同じ言葉を囁いた。

好きですというその言葉が、最後まで鮮やかに耳に残った。

9

まったくもって自慢にもならないが、一基は恋愛上での人の感情の機微に疎い。

要するに、鈍いのだ。たとえば一基の主観では大学時代の自分はまったくもって女性に相手にされていなかった——はずだけれども、当時の友人に言わせると目の前にチャンスが転がっていたことが何度もあったという。そこで一押し、というところで素通りしてしまうせいで、相手の女の子が離れていくのだと言われた。

もったいない。せっかくのチャンスなんだから、モノにすればよかったのに。しみじみ残念そうに忠告されても、気づかないものはどうしようもない。それに、そう思うのは友人の欲目であって、実際に声をかけたらかえって悲しい目に遭うことになったのではなかろうかという思いも、正直ある。

いずれにしても、疎くて鈍いことに違いはない。その一基が「おかしい」と思ったということは、周囲の鋭い人間にはもっとはっきり状況が見えているのではなかろうか。

という判断のもとで、ひとまず神野に訊いてみた。

一週間ぶりに長谷が泊まっていってから、三日目のことだ。遠出から戻った深夜に翌日の打ち合わせのため社長宅に出向くと、どういうわけかそこに神野がいた。待ちかまえていたように夜食を出してくれ、社長の打ち合わせを終えた一基と肩を並べて帰途についた時には、すでに日付が変わる時刻になっていた。

一基の問いに、神野は「さあ?」と興味のなさそうな返事を寄越してきた。

「特に変わりないっていうか、むしろ前よりまともになったんじゃない? こないだの祥基の件も、もっと面倒なことになると思ってたんだよね。どっちもどっちっていうか、一基の奪い合いで」

「奪い合いって、おまえな……おれはゲームの景品か何かかよ」

「景品よりはもっといいもの扱いだけど、一基が絡むとお子さまになるって意味では似たようなもんだろ。ハルカは去年それで面倒起こしてくれたし、祥基はお兄ちゃん大好きでわざわざうちにバイトに来たんだし。まあ、今のところ円満にやれてるからいいけどね」

「円満か。問題なし？」

念のため確認すると、神野は肩を竦めて肯定した。

「あれ以降は全然。祥基はハルカにも素直になったし、ハルカはそもそも今回は優等生で、仕事に支障は出てない。祥基に突っかかられても防戦一方だったしね」

「そっか。んじゃ、おれの考え過ぎかな」

「じゃないか？　少し落ち込んでるかなって気はするけど、それは一基と会う機会が減ったからだろ。祥基が来るまで、おまえら鬱陶しいくらい四六時中べったりだったしさ」

「そりゃどうも」

返り討ちに遭った気分で神野と別れて、自宅アパートに向かった。途中、思いついて携帯電話を確かめると、長谷から「時間なので今日は先に帰ります」というメールが入っている。

このところ、長谷は毎日一基の帰りを駐車場のあたりで待っているようなのだ。無理をするな、いいから帰れと再三言っても、あのきれいな笑顔で受け流されてしまう。

（俺が好きでしてることですから、一基さんは気にしないでください）

やはり気のせいだろうか。すっきり割り切れない気分でアパートに帰りつくと、とたんに明るい声がかかった。

「お帰り！　お疲れ。カズ兄、腹減ってない？　ラーメン作ろうか？」

「声でかいぞ。近所迷惑だろ」

「ああうん、ごめん。そんで、どうする？　ラーメン食べる？」

じろりと見やって言った一基に応じるように、祥基は声のボリュームを落とす。どうやら帰ってずっとテレビを見ていたらしく、ソファのところにペットボトルや菓子が置いてあった。おまけに、まだ普段着のままだ。

「おれはいい。それよりおまえこそ、腹減ったんだったら菓子じゃなくてもっとマシなもの食えよ。カップ麺、どこにあるか知ってるだろ」

「オレはまかない貰ったからいらない。じゃなくて、カズ兄に作ってやろうと思ったんだよ」

残念そうに言ってどさりとソファに戻った祥基を横目に、一基はスーツの上着を脱ぐ。ネクタイを緩めながら、「へえ」と眉を上げた。

「珍しいじゃねえか。どういう風の吹き回しだよ」

「今日、長谷さんから即席ラーメンのうまい食べ方教わったんだ。だから作ってカズ兄に食わせてー、ちょっとオレもつまみ食いしようかなっとー」

「つまみ食いっておまえな……ハルカから教わったって？」

呆れ半分で言いかけて再確認すると、祥基は大きく頷いた。

「昼休みにオヤツの話してて、夜中に腹減った時に卵だけぶち込んだラーメン食ってるって言ったら、それだと栄養偏るから簡単なの教えてやるって長谷さんが」

「……へえ」

これは確かに円満らしいと、改めて納得した。

前回の揉《も》め事以降、祥基は長谷の悪口や告げ口はいっさい言わなくなった。かといって長谷の名が話題に上らないかといえばむしろ逆で、長谷さんがああしたああ言ったなどと嬉しそうに報告してくるようになった。

二重の意味でほっとしながら、まだ話したがる弟を風呂に追い立てた。おとなしく浴室に入っていったのを見届けて、一基はパソコンを立ち上げる。本日分の報告書を作成しながら、先ほどの神野との話を思い出した。

祥基と長谷がうまくいくのは、個人的にも仕事の上でも大歓迎だ。去年の経緯を思えば神野の言うことはもっともだし、この上なく順調と言っていいだろう。

それでも、どこかが引っかかるのだ。知らない間に足元に大きな穴が空いているような、落ち着かない心地がした。

翌日の仕事は、社長都合だとかで午後の早い時刻に終わりになった。社長を自宅まで送り届け、車を所定の駐車場に返してから、一基はいったんアパートに帰る。手早く着替えてから電車に乗り、行きつけの美容室へ向かった。

電車に乗る前に予約の電話をしておいたせいか、カットハウス「舞《まい》」のドアを押し開けるなり顔馴染みの担当美容師に「いらっしゃい」と迎えられた。待つことなく案内されて鏡の前に腰を下ろしながら、以前は縁がなかった「美容室」に少し慣れてきたのを自覚する。

「今日はどうします？　いつも通りで構いませんか？」

これまでとはニュアンスが違う問いに目をやると、担当美容師の久住《くすみ》が鏡の中で首を傾げて一基を見ていた。軽く腰を屈めたかと思うと、囁くように声を落とす。

「ヨウから聞きましたけど、仕事の内容が変わられたんですよね？　今はスーツにネクタイだって聞いてます」

「あー……そっか。変えた方がいいんですかね？」

正直、そこまで考えていなかったのだ。鏡の中の自分を眺めて、一基は悩む。

前の職場で営業員をやっていた頃の一基はスーツにネクタイが制服であり、髪は上司の推奨に従って七・三分けで整髪料を使って撫でつけて、染めるなど考えもしなかった。

それが今は継続でやや明るい色を入れ、ヘアワックスを使って毛先を軽く遊ばせているのだ。そういった形に変わったのは「はる」に就職する直前、長谷に強引に連れて来られたこの店で、久住にカットしてもらったのがきっかけだった。

絶対似合わないと思い込んでいたのに、この髪型は意外なほど周囲から評判がよかった。たびたび指摘されていた目つきの悪さも緩和されるようで、人から怖がられることが滅多になくなったのも大きかった。以来、一基はほぼ月に一度のペースでここに通っている。

「友部さんがどうしたいかで決めていいと思いますよ。ヨウも、特に何も言ってなかったし」

「は？」

「今の髪がスーツとネクタイに似合わないなら、あいつは絶対それらしいことを言うと思うんです。ヨウはその手のことに煩いし、特に友部さんのことは細かく見てますから」

「そう、ですかね。仕事の関係で、スーツで会ったのは夜中だけなんですけど」

しかも、日付が変わる前後の深夜ばかりだ。街灯があったにせよ、髪型とスーツの相性を見極めるには暗すぎたのではなかろうか。首を傾げていると、久住は人懐こく笑った。

「たぶん、どっかでどうにかして、明るいところでもちゃんと見てると思いますよ。その上で似合うと判断して、何も言わずにいるんじゃないかな」

「どっかでどうにかして……ですか」

ぴんとこずに首を傾げていると、久住は含んだようににっこりと笑った。

「ヨウってかなり強引でしょう。まあ、友部さんには言うまでもないでしょうけど」

見てきたことのように言う久住は、長谷の幼なじみ兼親友でもある。長谷を「ヨウ」と呼ぶ数少ない中のひとりであり、一基と長谷の関係を知ってもいる。

一基と神野のつきあいは十年を超えるが、長谷と久住は二十年超えなのだそうだ。柔和な笑顔と物腰に反して久住は長谷に対して容赦がないし、おそらく一基以上に長谷のことを知ってもいる。わかっていても、この言葉には疑問を覚えた。

最終的に、基本的な形は変えないままでもう少しおとなしく見える髪の作り方を教えてもらうことにした。カラーの処置をしてもらい、時間を置いてからシャンプーをすませて鏡の前に戻る。慣れた手つきで鋏《はさみ》を使う久住を鏡越しに眺めながら、思い立って訊いてみた。

「最近のハルカって、いつもと違ってませんか？　何か相談とかされてないですか」

「最近、ですか？」

不思議そうにしていた久住が、何やら考える素振りになる。数秒黙って鋏を使ってから、軽く頷くようにして言う。

「僕が会ったのは一週間前ですけど、いつもと同じだったんじゃないかなあ……しいて言えば、少し考え込んでるようにも見えましたけど。特に何も聞いてはいないですよ」

「そう、ですか」

腑に落ちない気分で眉を寄せた一基を鏡越しに眺めて、久住は苦笑する。

「何かあったにしても、ヨウはまず友部さんに話すと思いますよ。僕に来るとしたらそのあとじゃないかな」

「いや、そうとは限らないでしょう。久住さんとはおれよりつきあいが長いんだし、気安い部分があって当たり前です。まあ、どっちでもあいつが楽になればいいんですけどね」

即答すると、久住は手を止めてまじまじと一基を見つめてきた。

「……友部さんは、平気なんですか？　その、ヨウが友部さん以外の相手に相談したりとか」

「平気も何も、内容によってはおれじゃ相談にならない場合もあって当たり前ですから。適材適所と言いますしね」

「じゃあ、ヨウが友部さんに黙って僕に相談事をしていても平気ですか」

久住の問いに一瞬引っかかって、一基はすぐその理由に気づく。

「黙ってやられたら腹は立ちますし、根にも持ちます。なので、久住さんに相談してるってことだけは知らせてほしいですね。内容まで話すかどうかは、本人の判断に任せますけど」

一基の返答に、久住は面白がるような顔になった。持っていた鋏を腰のケースに戻してヘアワックスを手のひらに馴染ませると、慣れた手つきで形を作っていく。その途中、どう考えてもわざとだろうという動きで頭をもさもさと揉まれてしまった。鏡越し、全体のバランスを確かめるように一基と目線を合わせたかと思うと、耳元で笑うように言う。

「いいですねえ。僕、友部さんのそういうところ、大好きです」

「……は？」

脈絡のなさにぽかんとしていると、追い打ちのような声がした。

「もしよかったら、今度一緒に飲みませんか？　ヨウは抜きで」

「……ヌキですか？」

「そうです。責任は僕が取りますのでご心配なく」

意味がわからず「責任」と繰り返すと、久住は人懐こく笑って言う。

「ヨウが妬《や》いて拗ねて面倒になった時は、僕が責任を持って片をつけます、という意味です」

「それはないでしょう。といいますか、ハルカ抜きって……そういうのはアリなんですか？」

「アリだと僕が決めました。あとでアドレスをお渡ししていいですか？」

「ああ、それはもちろん」

返事をしたのをしおに、カットの仕上がり確認をされた。確認した髪型はこれまでと同じようでかちりとした印象があって、これならスーツにネクタイでも馴染むだろうと感心する。

会計のあと、扉のところで見送ってくれた久住からカードのようなものを渡された。受け取ったそれを上着のポケットに入れて、一基は駅近くにあった定食屋に足を向ける。

祥基は「はる」でまかないを食べて帰るため、夕食はひとりになるのだ。

食後のサービスでついてきたコーヒーを啜《すす》りながら、思い出してカードにあった久住のアドレスにこちらのナンバーとアドレスを明記したメールを送った。

最寄り駅で電車を降りてアパートに向かう途中で、久住から「今後ともよろしく」という返信がくる。その文面を眺めながら、やはり考えすぎなのかと思った。

神野だけならまだしも、久住までが「いつも通り」というのなら、まず間違いないはずだ。仕事状況と身辺が変わってなかなか長谷に会えなくなったから、少しばかり神経質になっているのかもしれない。

自分がそこまで繊細な神経をしているとは、とても思えないけれども。

アパートの前に着いた時、メールしておかなければ長谷が駐車場で待つかもしれないと気がついた。いったんおさめた携帯電話を開き、メール作成画面を表示して、一基は少し考える。画面を消し、急ぎ足で自室に戻った。


その日の報告書を仕上げてアパートを出る頃には、戸外はすっかり夜に沈んでいた。ジーンズのポケットに携帯電話と財布を押し込んだだけの軽装で、一基は最寄り駅から電車に乗って長谷のアパートに向かった。

ここしばらく、恒例のように長谷が一基を待っていてくれるから、今日は一基の方が待ちかまえてやろうと思ったのだ。一号店の前で待ち伏せたのでは祥基に気づかれかねないから、長谷のアパートの最寄り駅構内にあるファストフード店にいることにした。

改札口が見える窓際の席に陣取って冷めたコーヒーを嘗《な》めながら、一基は久しぶりにぼんやりと時間を過ごす。

長谷には、今日は遅くなるから待たずに帰れとメールしておいた。ひとりで遊びに行く気はしないと言っていたし、まっすぐ帰ってくれば必ずここで捕まえられるはずだ。どうせなら少し驚かせてやろうという気持ちだった。

そこに、祥基からのメールが入ってきたのだ。単純明快にたった一文、「今日は長谷さんと遊んで帰るから遅くなる」とあった。

「……はあ？」

思わず声を上げた、その直後に今度は長谷からメールが入った。「今夜は弟さんと飲みに行くので、迎えに行けません。すみません」というものだった。

「何だ、そりゃ……」

円満解決したとはいえまだほんの数日しか経っていないのに、何でそうなるのかと思った。

手早く携帯電話を操作し耳に当てていると、コール三回で長谷が出た。どうやら電車に乗っているらしく、独特の音が聞こえている。

『雑談のはずみでそういう話になったんですよ。妙なところに連れて行ったりはしませんから、心配しないでください。日付が変わる前にはお帰しします』

「……」

「そういう心配はしてねえけどさ。おまえだけで大丈夫か？　何だったら、おれも行っ

『大丈夫です。このところ、祥基くん――弟さんとはよく話すようになってますし、俺の言うこともちゃんと聞いてくれますから』

すっきりと返されて、どういうわけか落ち着かなくなった。その時、通話の向こうで「えー、何、カズ兄？　過保護なんだよなあ」という暢気《のんき》な声がして、正直心底むっとする。

「……けどさ、ヨシのヤツ酒に弱いし、すぐ潰れるかも」

『十分気をつけます。それより一基さんこそ、まだ仕事中なんじゃないですか？』

「いや、おれももう終わってるから。別にどうってこと――」

『だったら今日はゆっくり休んでください。明日も仕事なんだから、無理はしない方がいいです。飲みにはまた今度、食事がてら一緒に行きましょう』

傍に祥基がいるから下手なことは言えない上に、正論を並べられれば返す言葉はなくなる。結局、一基は長谷に「じゃあ悪いけど頼むな」と任せた形で通話を切ることになった。

待ち受け画面に戻った携帯電話を惚《ほう》けたように眺めて、いきなり気がついた。

明日仕事があるのは、長谷や祥基も同じだ。何より日付が変わる前に帰すと言うなら、一基が一緒にいたところで少し寝不足になるだけで、言うほどの影響があるとは思えない。なのに、長谷は「じゃあ少しだけ」とは言わなかった。むしろ、積極的に一基には「来るな」と言ってきたのだ。

「……どういうこったよ……」

携帯電話に話しかけたところで、答えが返ってくるはずもない。わかっていて、一基は眉を寄せてしまう。

ここで待っていると言えばよかったのかと一瞬考えたものの、すでに電車に乗っていると言われてはどうしようもない。そもそも連絡もしなかったのだから待ちぼうけとは言えないし、長谷を責めるのも筋違いだろう。

わかっていても、理不尽な気分になった。

胸の中のむかつきを持て余しているうちに、携帯電話の待ち受け画面が通話着信を表示した。電子音とともに画面中央に浮かんできたのは、「神野邦彦」の四文字だ。

慌てたせいで、少々手元がもたついた。やっとのことで通話ボタンを押して携帯電話を耳に当てると、聞き慣れた友人の声が前置きもなく言う。

『一基？　今、忙しい？』

「……いや。たった今、暇になった」

唸るように言った一基をどう思ったのか、神野はあっけらかんと言う。

『だったらこれからうちに来ない？　じいさんからいい酒貰ったんだけど、ひとりで飲むより一基と一緒にと思ってさ。祥基は帰り遅いんだろうし、問題ないだろ？』

「――行く」

考える前に、即答していた。通話を切ったあとで、つまり神野は弟と長谷が一緒に出かけたのを知っているのだと気づく。

八つ当たりだと知りつつも、むっとした。その気持ちを抑えて、一基は早足にファストフード店を出る。すぐ目の前の改札口へと向かった。

10

発端は、祥基の愚痴だったのだそうだ。

「仕事上がって着替えてる時に、祥基が飲みに行きたい遊びたいーってぼやいてたんだよ。一基とは休日が違うし、仕事が変わった上に出張続きで疲れてるっぽいから無理は言えない。タウン情報誌も買ってはみたけど出勤日だとひとりで行くには遅い時間になるし、金を払うなら失敗はしたくない。どうすりゃいいんだーっていうのが言い分だったな。僕と中本さんが近場でよさそうな店を教えたんだけど、あいにく気に入らなかったみたいでさ」

チェーンの居酒屋や近場のスナックではなく、いわゆるスタイリッシュなバーに行ってみたい、というのが祥基の希望だったのだそうだ。

「そりゃ言うだろうな。実家のあたりにはまずない種類の店だ」

神野の部屋の壁際のソファに自堕落に座ってグラスの中のビールを味わいながら、一基は何となく納得する。

「だよね。けどあいにく僕も中本さんもそういう系には詳しくない。ハルカなら知ってそうだってことで話を振ったら、祥基の食いつきが凄《すご》くてねえ」

あれこれと長谷を問いつめ長々と話し込んだあげく、祥基の方から「じゃあ連れて行ってもらえませんかっ」と直訴したのだそうだ。

「今日の今日はいきなり過ぎるって三人がかりで宥《なだ》めたんだけど、祥基がだったら自分ひとりでも行くとか言い出して聞かなくてね。オマケにハルカが知ってる店って、わかりにくい場所にある上に客層に癖があるらしいんだ。地理に不案内でビール一杯で潰れる二十歳の青少年をひとりで行かせるわけにはいかないっていうんで、付き添い」

「……何だそりゃ。ヨシのヤツ」

「怒るなよ。祥基もかなり我慢してたんじゃない？　主目的はバイトだったとしても、うちの歓迎会に出たのとじいさんの食事会に参加しただけで、ろくに遊んでないしさ」

「まあな。それは確かにおれが悪かった」

ため息混じりにつぶやいた一基のグラスに神野がどぼどぼと注いだのは、地方限定販売のビールなのだそうだ。後口のすっきりした、飲みやすい味だった。ちなみに神野はといえば、やはり社長から貰ったウィスキーをロックでちびちびとやっている。

「一基がどうこうってより、祥基の自業自得だと思うけどね。変に突っかからず最初から素直に懐いてりゃ、ハルカ込みで一基とも遊べたのにねえ」

「込みなのかよ」

「だろ。ここんとこ顔合わせる機会減ってるんだし、一基と会う口実になるんだったら、ハルカは喜んで幹事でも引率でもしたんじゃないか？」

「口実、なあ」

逆の意味でタイムリーな指摘に、一基は曖昧に頬を歪める。つまみの塩キャベツを咀嚼《そしゃく》していると、ローテーブルを挟んだ向かいで頬杖《ほおづえ》をついていた神野が意味ありげに言った。

「さっきから、落ち着かないなあ。もしかして、ハルカと祥基が気になるとか？」

「勝手に決めるな。そっちじゃなく、ここんとこハルカの様子がおかしい気がするんだよ」

「そう？　店ではいつもと変わらないけどな。やたら祥基に懐かれてるってくらいで」

「懐かれてるって、何だそりゃ。円満、なだけじゃねえのか？」

塩キャベツを持ったままぽかんとした一基を見て、神野はにんまりと笑う。

「今の祥基って、ハルカ大好きーって全開で懐いてるよ？　最初の反抗って、要するに裏返しだったんじゃないかな。これまでハルカみたいなタイプが近くにいなかったとかさ」

「裏返し？」

「興味があるから過剰反応するって意味。まあ、こないだ大揉めして一基がキレてクビを言い渡した時、ハルカが最初に祥基を庇《かば》ったのもあるんだろうけどさ。すごくわかりやすく『長谷サンすごーい』になってる」

ご丁寧に「長谷サンすごーい」を祥基の口真似で言って、神野は面白そうに一基を見る。

「傍目《はため》にはアイドルとその追っかけって感じだね。水城さんや絢ちゃんにも、長谷サンて格好いいですねえとか言ってるし。その割にハルカの真似っこする気はさらさらなさそうなのが、素直っていうか純朴っていうか祥基なんだけど」

「……そんなん、初めて聞いたぞ」

「え、そうなんだ？　ハルカや祥基から聞いてない？」

意外そうに言われて、一基は返答に詰まった。一息ついて、ぼそりと言う。

「ヨシの場合は免疫なくて単純なだけだろ。――そんで、ハルカの反応は？」

「すごくわかりやすく祥基の扱いに困ってたかな。放っておくわけにはいかないし、どうすればいいんだろうって雰囲気だった。祥基のヤツ、その気になったらジゴロでも食っていけるんじゃない？　甘え上手っていうか、放っておけない感じが年上キラーだよねえ」

「……それ、間違っても本人には言うなよ」

むっつりと釘を刺すと、神野は肩を竦めた。ビール缶を手に取るなり、半分空いた一基のグラスになみなみと注いでくる。一基の機嫌を見てか、別の話題を振ってきた。

「それはそうと、じいさんから試食会の話は聞いた？」

「試食会って、例の新メニューコンテストか？　年に一回だか二回だかやってた」

一基本人は忘れ去っていたが、長谷と初めて顔を合わせたのがその「試食会」だったのだ。

当時の一基は「はる」一号店の常連で、社長の声がかりでオブザーバーとして参加した。

「けどそれ、当分やってなかったろ。……って、もしかして社長が留守だったせいなのか」

「大当たり。今日の閉店前に店に顔出したかと思ったら、過去分の資料を出しておくように言ってきた。たぶん、一基をそっちに回すつもりなんじゃないかな」

「回されてもおれは役に立たねえぞ。食うの専門だしさ」

一人暮らし歴が長いこともあって掃除洗濯は人並みにこなすが、料理だけは不得手なのだ。過去には袋入りの即席ラーメンを作ろうとして失敗したという、笑えない経験まである。なので、学生の間はバイトしていた「はる」でまかないを食べさせてもらい、就職以降は常連客として一号店に通いつめていたのが実状だった。

「一基に料理の腕なんか期待するわけないだろ。たぶん準備とか手配を任せるつもりなんだよ。日程も含めて細かい調整が山のようにあるし、その割に短期決戦だしさ」

「短期決戦？」

「告知してから実際にやるまで長くて一か月弱、短いと半月ってとこ。あまり時間がないから、告知が出た早々に参加希望取って数日中に各店内で予選会をやらなきゃならない」

「まじか。それ、いきなり過ぎないか？　ふつうは半年先とか、余裕を持って日程取るもんじゃねえの？　つーか、予選会って何だソレ」

過去に一基が参加させてもらった会では、十前後の試作品が出ていたはずだ。店内予選があるなら予選落ちもあるはずで、だったらかなりの数のメニューが出なければ成り立つまい。

「時間をかければいいってもんじゃない、っていうのがうちのじいさんの言い分なんだよ。昔からそのやり方なんで、シェフはたいてい承知して前々からそれなりに準備してる。採用されると金一封出るし、季節限定や定番でメニューになるときっちりマージンも出る。ノルマはないけど各店舗の面子《メンツ》がかかってるから、シェフはみんな真剣だよ？」

ちなみに店舗ごとの予選会をやる理由は複数あって、ひとつには同じ店舗から酷似メニューが出て潰し合いにならないようにするためであり、別には新人シェフの腕試しを兼ねているのだそうだ。何でも、シェフの間では試食会本番に出せるメニューができれば半人前、出したメニューが採用されたら一人前と言われているらしい。

そして、ここ何年かの試食会の仕切りは神野に任されていたため、準備進行しながら自作メニューを出すというかなりきつい状況だったのだそうだ。

「じいさんにかかると都合よくこき使われるからなあ。ってことで、一基がやってくれたらかなり助かるわけだ。依怙贔屓《えこひいき》扱いも少しは減りそうだしさ」

「依怙贔屓？」

「苗字が違っても社長の孫だから、それだけでいろいろね。おまけに一昨年なんかは一号店店長しながら試食会仕切ったもんで、ハルカにまでとばっちりが少々」

思わせぶりな神野の物言いを聞いて数秒後、一基はようやく意味を理解する。

「社長が一号店を贔屓してるとか、ハルカが有利だとかうるさく言われたわけか」

「そんなとこ。あのじいさん、店に関することとなると親類縁者無関係で容赦なくなるんだけど、傍目にはそこまでわからないしね」

「だろうな。おれも正直、あそこまで鉄のじじいだとは思ってなかった」

学生バイトだった頃は気楽だったし、友人でいた頃は面白い年寄りくらいの認識だったのだ。心身ともに規格外にお達者なのは知っていたが、仕事ではその上を行くほどパワフルだとは思ってもみなかった。

社長を肴《さかな》に話しているうちに、いつになく飲み過ぎたらしい。肩に何かがかかる感触に我に返ると、ソファの上で伸びていた一基の上に神野がタオルケットをかぶせていた。

「飲み過ぎたな。もう遅いからついでに泊まってけば？」

「あー……うん。けど、おれは帰るわ。ヨシのことがあるし」

ぼうっとしたまま言い掛けた時、電子音がした。何の音だと他人事のように思っていると、神野がローテーブルの上にあった一基の携帯を差し出してくれた。

礼を言って開いてみると、メールが届いていた。真っ先に目に入ったそれは祥基からで、「終電間に合いそうにないから長谷さんちに泊めてもらうー」というものだ。

「……はあ？」

思わず声を上げた時、液晶画面の表示がメール受信のものに切り替わる。今度は長谷からのメールで、「帰れそうにないので、祥基くんはうちに泊めます。明日は定刻に仕事に連れて行きますので心配は無用です」とあった。

酒で鈍った頭を、フルスイングでぶん殴られたような気がした。

「一基？　メール、祥基からだろ。何だって？」

「……終電逃したから泊まってくるって……」

自分のその声を他人のもののように聞きながら、携帯電話の画面のすみに表示された時刻が午前一時を大きく回っていることに気づく。

一方、神野の返事はあっけらかんとしていた。

「ああなるほど。ハルカも一緒だよね？　だったら心配ないから、とっとと寝ちまえば。朝、着替えに帰るくらいの余裕持って起こしてやるからさ」

声とともに起き上がりかけていた肩を転がされ、折り畳んだ座布団が頭の下に押し込まれる。肩までタオルケットをかけられたかと思うと、ふっと明かりが落とされた。神野が寝支度をしているらしい物音がしばらく続いて、急に室内が静かになる。

（終電逃したから泊まってくるって）

自分が最後に口にした言葉が、まだ耳の奥に残って反響している。うわんと尾を引くその音と一緒に、思考までぐるりと回った。

自分の部屋に他人を入れるのは好きじゃないと、かつて長谷から聞いた覚えがある。一基の知る限り、あの男が自宅に招き入れるのは一基と、そして親友の久住だけだったはずだ。なのに、そんなに簡単に祥基を泊めるのか。そもそも、日付が変わる前に返すと言っていたのは何だったのか？

闇に慣れた目に、壁際のベッドの盛り上がりが見えてくる。平和に寝入っているらしい神野を今すぐ叩き起こしてやりたい気分になったものの、辛うじて自制した。肩にかかった夕オルケットを引き上げ頭から被って、一基は盛大に顔を顰める。

「胸の奥がもやもやする」という言い回しを、一基はこの時、生まれて初めて実感した。

11

翌日、朝一番に社長のお供で外出した一基は、午後になって「はる」一号店の二階にある社長宅に連れ込まれた。やたら上機嫌な社長が手ずからサイフォンで淹《い》れたコーヒーを出されて恐縮しているうちに、前置きもなく言われる。

「近く試食会をやろうと思うんだが、その手配を頼んで構わんか？」

続けて提示された日程は半月どころか十日後に本番というとんでもなくタイトなもので、危うく目の前の社長を罵倒しそうになった。「それをもっと早く言え」という台詞を辛うじて飲み込んで、一基は仕事用の顔で言う。

「わかりました。すぐに準備に入りますので、過去の資料を拝見させていただいてよろしいですか？」

即答に満足げに笑った社長は、返事の代わりとでもいうように印刷された地図と一本の鍵を差し出してきた。見れば、地図上ではマンションとおぼしき場所が――というより神野の自宅マンションそのものがマーカーで色づけされている。

「すみません。これはどういう？」

まさかこの鍵は神野の自宅の合い鍵で、勝手に行って見てこいということなのか。つい眉を寄せていると、社長はあっさりと言う。

「邦彦の部屋の隣はうちの事務所でね。ここ一年ほどはほとんど使っていなかったが、大抵のものは揃っているから備品も含めて好きに使うといい。ああ、足りない物品に関しては直接こちらに連絡するようにね」

「了解です。ところで、確認してよろしいでしょうか。おれは当面、試食会の準備をメインに動けばいいんでしょうか？」

「それでいいよ。外に出る仕事はひととおり一段落したし、何かあれば改めて連絡を入れよう。念のためにこれを渡しておくから、仕事中は必ず持って歩くように」

言葉とともに、今度は黒い携帯電話を差し出された。ストラップもついていないそれを手の中で持て余していると、社長は妙にしみじみと言う。

「仕事用だよ。別行動になるなら持っていてもらったほうが好都合だと思ってね。いずれにしても、一基がいてくれて助かるよ」

にっこりと笑ったかと思うと、社長は今後の勤務に関する注意事項をくれた。勤務時間は原則八時半から十七時半まで、昼休みは一時間枠できっちり取ること、残業の際は終了時に社長の携帯にその旨メールする等の内容を伝えたあとで、思い出したように「試食会の日取りは今朝のうちに各店長に知らせてあるからね」と付け加える。

要するに、残り十日という超タイトな日程はどうあっても動かせないわけだ。そこまでやったら背水の陣というより嫌がらせだろうと、顔を顰めそうになった。

辛うじて営業用の笑顔を保って挨拶をし、移動することにした。玄関まで見送りに来てくれた社長のにこやかな笑顔に、これは新種の虐めだろうかと埒《らち》もない考えが脳裏をよぎる。

「ああそうだ、今日は昼休憩がほとんどなかっただろう？　代わりにどこかで休みを入れて、昼食を摂るのも忘れないように」

思いやりの持って行き場が、少々ずれてはいないか。思いはしたが口に出せるはずもなく、一基は玄関前から一号店に続く階段へ向かう。

時刻は、ランチタイム真っ直中《ま ただなか》だ。勤務中の神野に声をかけるのははばかられるが、とにかく資料を見ないことには何も始められない。少しだけ時間を割いてもらおうと決めて一号店フロアに続く廊下に出た時、グッドタイミングにも見知った顔と出くわした。

「あ、友部くんだ。元気だった？　うわあ、久しぶりにスーツ見た！　フロアの制服もいいんだけど、やっぱりスーツネクタイが似合ってるわよねえ」

にっこり笑顔で言う彼女——水城はランチタイムのパートだが、一号店での勤務歴は最も長い。つきあいが長い分だけ気安い相手でもある。

「お久しぶりです。仕事中にすみませんけど、神に伝言頼んでいいですか？　例の資料を至急借りたいと」

「いいわよ。ちょっと待っててね」

すんなり請け負って、水城は足早にフロアへ向かう。

聞こえてくる物音や人声から察するに、客はそれなりに入っているようだ。ふだんなら客が引く頃合いなのにと怪訝に思ったあとで、今日は祝日だったと思い出した。

これは、あとで水城まで神野に叱られるのではなかろうか。まずいことをしたと今になって焦っていると、間を置かず戻ってきた水城から見覚えのあるキーホルダーを渡される。

「はい。えーとね、好きに入って持っていけって」

「助かります。もし神に何か言われたら、おれに無理に頼まれたと答えておいてくださいね」

「大丈夫よ。むしろ、店長としては正解だったみたいよ？　友部くんがフロアに来ると、弟さんと長谷くんの気が散るって言ってたし」

けろりと言われて、別の意味で冷や汗が出た。

「あー……すみません、弟がいろいろ面倒かけてると思います。至らないところは遠慮なくびしばし言ってもらって構わないんで」

「それも大丈夫。長谷くんとも和解してるし、弟さんもお仕事はきっちり真面目よ。やっぱり友部くんの弟さんだなあって最近はよく思うもの」

にっこり笑顔で言われて、面映ゆいような微妙な気分になった。

フロアに戻る水城を見送ってから、一基は通用口から外に出た。

神野のマンションは、「はる」一号店から歩いて五分もかからない場所にある。途中のコンビニエンスストアで昼食を買い、マンションのエレベーターに乗った。まずはとばかりに社長が言う「事務所」に入ると、なるほどそこには壁際にデスクがふたつと、中央にミーティング用らしきテーブルと椅子が置かれている。デスクの片方にはノートパソコンとプリンタに電話機まで置かれ、部屋の片隅には仮眠に使えそうなソファが据えてあった。

ひとまず全室の窓を開け放ってから、預かったキーホルダーを手に隣の神野の部屋へ向かう。玄関ドアを開けるなり「探し物は和室」の貼り紙が目に入って、なるほどと感心した。

壁際に積み上げられていた複数冊のファイルを抱えて隣の事務所に移動し、おにぎりを水で流し込みながらめくっていると、ポケットの中がざわめいた。

遅い昼休憩だからよしと携帯電話を開いて、一基はつい眉を寄せる。

一号店が休憩に入ったらしく、メールは弟からのものだ。「今日は長谷サンとカズ兄と三人で夕飯に行くから食べずに待っててねー」とある。

打診ではなく決定かと、胸の奥がもやっとした。そのあとじわじわと昨夜の不快感を思い出して、一基は鼻の頭に皺を寄せる。

傍にあるファイルの山をちらりと眺めて、極力事務的に「仕事があるから無理」と返信した。ついでに神野宛に「資料借りた。今日はマンションの事務室にいる」というメールを送って携帯電話をポケットに突っ込み、上着を脱いでソファに放り出す。

結局、今朝は祥基と顔を合わせていない。着替えのために帰ったアパートは昨夜一基が出た時のままで、本当に長谷のところに泊まったのかと思っただけでむかついてきた。

下手に考えると鬱陶しい思考に陥りそうな気がして、一基はおにぎりを食べ終えたタイミングでテーブルに移る。古いものから順にファイルの内容を確認し、およその内容と流れを摑んだあとはデスクに移動した。パソコンを立ち上げ、必要事項を箇条書きにしていく。

途中で室内が暗いのに気づいて明かりを点《つ》けたものの、時間のことはすっかり忘れていた。まとめ終わった書類を印刷し、気になることや不明な点を手書きで書き加えていく。

次に我に返ったのは、インターホンの音がした時だ。何となく相手を察して玄関先に向かうと、案の定、そこには神野が立っていた。

「お疲れ。夕飯、まだなんだろ？　これ、じいさんから差し入れ」

「助かった。ついでに訊きたいことがあるんだ」

「はいはい。何なりとお手伝いしますよ」

苦笑混じりに上がってきた神野に促されて、ひとまず夕飯を摂った。差し入れの弁当は当然ながら十分売り物になるクオリティで、これも福利厚生のうちだろうかと思う。

その間、神野は一基がまとめた書類に目を通す傍らお茶の準備をしていた。食べ終えた器を一基がキッチンで洗って戻った間合いで、テーブルに湯飲みを置いて言う。

「半日でかなり詰めたんだな。で、何が訊きたい？」

「まず会場だな。試食会の日はちょうど三号店の定休日なんだが、コレはおれが直接連絡していいもんなのか？」

「OKだと思うよ。今朝各店長宛に届いたメールに、今回の責任者及び連絡は一基に一任するって書いてあったし」

「なるほど。今朝には決まってたわけか」

つまり完全な事後承諾だったわけだ。微妙に眉間《みけん》に皺が寄ったものの、これも仕事だと受け流すことにした。

一基の隣の椅子に腰を下ろして、神野は厭そうな顔で続ける。

「ふざけた日程だよねえ。三号店の定休日にぶつけたにしても、十日後はないだろうに」

尖った声からすると、どうやら神野も日取りを知らなかったらしい。苦笑しながら熱いお茶に口をつけてみて、肩や首ががちがちになっていたのを自覚した。

そのまま神野と頭を付き合わせて、書類だけではわからなかった箇所を確認していく。ひととおりの答えを貰い、明日以降にやることを頭の中で算段しながら、一基はふと気づく。

「そういや、その予選会っておまえも出るんだよな？」

「出るよ。といいますか、一号店はふたりとも複数出す予定だよ。ハルカなんか、僕の七光りだと思われるのは業腹なんで、味で納得させてやるってさ。若いっていいねえ」

「若いっておまえ、一歳下なだけだろ」

突っ込んだ一基を窘《たしな》めるような顔で眺めて、神野はゆっくりとお茶を啜った。

「一歳だろうが十歳だろうが、あの負けん気は若いよ。僕なんかはわからないヤツはわからなくてよろしい、くらいにしか思ってないし」

「威張って言うな。で？　一号店の店内予選はいつやるんだ」

「明日の休憩時間中。水城さんに居残りと、絢ちゃんに早めに来て参加してくれるよう頼んでおいた。ああ、一基は参加禁止だからね」

「この状況で参加するほど脳味噌カラじゃねえよ。けど、明日っていきなり過ぎないか？」

「いきなり上等。十日しかないから早めに見極めはしなきゃだろ」

堂々と言い返されて、一基は肩を竦める。

「へいへい。だったら、おまえもそろそろ帰って明日に備えれば。ひととおり聞くことは聞いたし、あとはこっちで何とかするからさ」

社長の孫で一号店店長という立場では、下手なものを出すわけにはいくまい。そう思っての言葉に、神野は「ああ」と眉を上げた。

「気にしなくていいよ。ハルカも祥基と夕飯食べに行ったしさ」

「……はあ？」

ありﾞ得ないことを聞いたと、思った。

「ちょっと待て。ハルカのヤツ、明日予選なのに行ったのかよ。ふつう断るとこだろうが！」

「断ったのは一基だろ。祥基のヤツ、ハルカに泣きついて宥められてたぞ」

「……あの馬鹿、人を口実にまたハルカに迷惑かけやがって」

言ったあとでむかむかが増殖して、一基は自分の携帯電話を摑む。祥基に説教してやると開いたところで、神野が呆れたように言った。

「迷惑ってことはないんじゃない？　今日の明日で今になって慌てても無意味だしさ」

「無意味って、神」

「暗記科目の試験でもあるまいし、自前の料理を出すのにギリギリまでいじくったってしょうがないよ。ハルカだって、じいさんが帰った時点で近々試食会があると踏んで準備はしてただろ。予選の評価を聞いた上で味の改良を考えた方が効率がいいしさ」

「……ああ、そっか」

全面的に納得はできないが言いたいことは理解できて、一基は携帯電話をテーブルに戻す。

その様子をじっと眺めて、神野は奇妙な声音で言った。

「一基さ。このところ何かカリカリしてないか？」

「あぁ？」

「一基にしては珍しいなーと思ってたんだけど。原因は祥基とハルカだよね？」

「――――」

頷けないが、だからといって否定することもできない。そんな気分でしばらく考えてから、一基は観念して口を開く。

「原因がソレかどうかはわかんねーけど、何かむかつくっつーか、腹立つんだよなあ……ヨシのヤツ、あんだけハルカと揉めといてあっさり懐いてやがるし、ハルカはハルカで押し切られて夜遊びの引率するまではいいけど、日付変わる前に帰すとか言っといて自分ちに泊めてやがるしさ。そこまで馴染むんだったら最初っから揉め事なんか起こすなってーの」

「あー、なるほど。言いたいことはわからなくもない。けど、そこで腹が立つっていうのがねえ……僕としては、あのふたりが円満になってくれたのは非常に嬉しいんだけどね」

「そりゃそうだけどな。ものには限度があるってーか、いい加減にしろって思わねえか？」

切々と訴えた一基を何とも言えない微妙な顔で眺めて、神野はため息混じりに言う。

「あいにくちっとも思いませんねえ。……あのさあ。昨日も思ったんだけど、一基のそれってヤキモチだよね？」

「……はあ？」

「自覚ないんだ？　まあ、無理もない気はするけどさ」

言葉とともにやけにまじまじと眺められて、固まっていた思考回路がやっと回り出す。狼狽えて、一基は急いで言った。

「いや待て、そりゃねえだろ。ヨシとハルカで何でおれがヤキモチって」

「やっぱり無自覚かあ。まあ僕はどうでもいいし、ハルカが聞いたらさぞかし喜ぶだろうけど、祥基にはバレないように気をつけた方がいいんじゃない？　大好きなカズ兄に男の恋人がとか知ったら、変な方向に壊れるかもしれないしさ」

「おい！　それだとおれが祥基にヤキモチ焼いてるって前提……」

「え、逆なんだ？　まさかの祥基をハルカに取られるって方？　それはそれで面白いっていうか、ハルカがちょっと可哀想《かわいそう》なんだけど」

即答で切り返されて、その内容に目眩がした。口で神野に勝てるはずがなかったと、よくよく心得ていたはずのことを思い出して、ひとまず落ち着けと深呼吸する。

「確認するぞ。それはつまり要するに、神から見るとそう見えるっていう」

そんな一基を、神野は可哀想なものを見るような目で見返す。トドメのように言った。

「見えるっていうか、もろだね。自覚がないのが不思議っていうか、コレで何も気づいてない祥基はやっぱり一基の弟っていうか。ってことは、今日一基が水城さんに伝言頼んだのって、自覚してたからじゃなかったかー。感心して損したな」

12

日付が変わる頃に帰りついたアパートの部屋は暗く、人気《ひとけ》もなかった。

室内の明かりを点《とも》して、一基《かずき》は携帯電話を見直す。

仕事を終えて事務所を出る時点で届いていたメールは二件、祥基《よしき》からは仕事上がりに長谷《はせ》と食事してくるというもので、長谷からは遅くならないうちに祥基を帰すという内容だ。以降、新しいメールは届いていない。

「遅くならないうちにって、もう日付変わるじゃねえか」

ぼそりと言ったあとで、声音がひどく苦々しく響いたことに気がついた。同時に、事務所で神野《じんの》に言われた言葉を思い出して何とも言えない気分になる。

そもそも一基がむかついたのは、昨夜の自分がハブにされたと思《おぼ》しき状況が始まりだ。今夜の件に関しても、確かに気になるし嬉しくはない。その両方がつまり「ヤキモチ」だと指摘されてしまえば、その通りなのかもしれないとは思うけれども。

「うー……」

ぐしゃぐしゃと頭を掻《か》いて、ひとまず風呂に入ることにした。汗を流しさっぱりして上がってもやはり祥基は戻っておらず、まさか今夜も外泊かとささくれたような懸念を覚える。こんな時刻だからではなく、こんな時刻だからこそだ。携帯に連絡してやると思った時、玄関先でインターホンが鳴った。

合い鍵を持っている祥基は、入ってくるのにいちいちインターホンを押したりはしない。予感を覚えて玄関先に出てみると、案の定、そこには弟を背負った長谷が見るからに申し訳ないという風情で立っている。

「遅くなってしまってすみません。弟さんを送ってきました」

謝罪の言葉よりも、長谷の顔から目を離せなくなった。視線が合うなり長谷の目元が笑うのを知って、一基は先ほどまで胸にあったむかつきがあっさり溶けていくのを実感する。我ながら、つくづく現金だと苦笑が漏れた。

「こっちこそ、弟が面倒かけて悪かった。つーか、ヨシのヤツ、また飲んで潰《つぶ》れたのかよ。学習機能ついてねえのか？　明日も仕事があるってのに」

「それも、すみません。その、俺がよく見てなかったので」

太平楽に寝息を立てる祥基の代わりに、長谷が謝ってくる。それを奥に通して、弟をソファに下ろすのを手伝った。気持ちよさそうにむにゃむにゃと寝言を言う様子に呆《あき》れ果ててから、一基はふと長谷の方にあまり飲んだ気配がないのに気づく。

一基と飲みに行く時の長谷は、間違っても二日連続という誘い方はしない。翌日が仕事の時は、日付が変わる前に帰宅して翌日に備えるのが常だったはずだ。

そもそも長谷は、明日に試食会の予選を控えているのだ。そこまで考えれば、どういう状況で遅くなったのかはすぐに察しがついた。

「コーヒー飲むだろ。冷たいのとぬくいの、どっちがいい？」

「いえ、俺はこれで帰ります。遅くにすみませんでした」

「……そっか。明日も仕事だもんな」

言い合いながら、長谷について玄関先に向かう。駅まで送るつもりで靴を履きかけたら、困ったような声で止められてしまった。

「一基さん、送らなくていいですよ。俺ひとりで帰れます」

「知ってる。だから駅までな。悪いけど、アパートまで送る根性ないし」

「走れば駅まではすぐですから、気にしないでください。——一基さんも、帰ったばかりなんでしょう？　だったら少しでも休んだ方がいいです」

え、と思わず長谷を見上げていた。

ワンルームの玄関は狭く、男ふたりが立っているだけでぎゅうぎゅうになる。そのせいか長谷は遠慮するようにドア寄りに立っていて、何となく避けられているような気分になった。

「何だソレ。おれが送るって言ってんの、迷惑なのかよ」

いつもの軽口のつもりだったのに、長谷はまっすぐに一基を見ている。少し笑って言った。

「迷惑というか、困ります。それに、一基さんも明日は仕事ですよね」

いつもは押した分だけ引いてくれる壁が、今は柔らかく、けれど明確に跳ね返してきた。そんな気がして、一基は困惑混じりに言葉を探す。

「ちょっと駅まで送るくらい、どうってことないんじゃないか？」

「気持ちは嬉しいです。けど、帰せなくなりそうなので」

そう言う長谷はいつもと同じきれいな笑みを浮かべているのに、間に透明な何かがあるように感じた。以前のようにダイレクトに伝わってくるのではなく、薄い膜を通じて触れているように、間遠でもどかしい感覚。

要するに拒否されたのだと少し遅れて気がついて、頭の中が真っ白になった。ぐるぐる回る思考のすみで黙っていてはまずいと思って、一基は必死で声を絞る。

「今日のことだけど、遅くなったのはヨシのせいなんだよな？　あいつがまだ帰らないとか、一杯だけ飲ませろとか駄々捏《こ》ねたんじゃねえ？」

少し困ったように長谷が首を傾ける。それが肯定だということは、一基にもわかった。

「おれが構ってやらない分、おまえにとばっちりが行ってるのかもしれねえが、迷惑だったり面倒な時はびしっと断れよ。拗《す》ねて困るようなら、遠慮せずおれに連絡しろ。おまえがあいつのお守りしなきゃならない理由はねえんだ」

「大丈夫です。俺も、そのあたりはちゃんと気をつけますよ」

「気をつけるったっておまえ、明日は予選だってのに遅くまで飲み歩いてどうすんだよ。体調によって味覚が変わるって、おれに教えてくれたのおまえじゃねえか」

「……その通りですね。反省します」

長谷の神妙な表情を見て答えを聞くなり、「それが言いたかったわけじゃないだろう」と思った。慌てて、一基は両手を振る。

「だ、から！　おれはおまえを責めたいわけじゃなくて、その……いろいろ、ごめんな。結局、おれがヨシを放ったらかしにしてたせいだもんなあ……」

多忙なのは言い訳にならない。昨夜にしても、祥基のメールを見た時点で電話してタクシーを使ってでも帰ってこいと言えばよかったのだ。今日のことを言うなら、メールしてこれ以上長谷に迷惑をかけるなと伝えておけば違ったかもしれない。

腹が立つとか、むかつくとか。そんな理由で弟を放っておいたのだから、結局のところ一基の監督不行き届きなのだ。

「押しつけられたとは、思ってないですよ？」

重いため息をついた一基を気遣ってか、長谷は苦笑混じりに続ける。

「一緒に行くと決めたのも、祥基くんといると楽しくてつい過ごしてしまったのも俺です。だけど、一基さんの言うことが正しいのもわかります。今後は気をつけます」

「ハルカ。おまえさ」

「はい？」

穏やかに見下ろしてくる長谷が、ふっとよく知らない人間のように見える。その瞬間に、霧が晴れたように違和感の正体が見えた。

喉《のど》から出そうになった言葉を無理に飲み込んで、一基は言う。

「……わかった。んじゃ、ここから見送りな。わざわざありがとう。それと、遅い時間なのに引き留めて悪かった。気をつけて帰れよ」

「そうします。一基さん、その前にキスしていいですか？」

「へ？……ああ、うん」

ある意味意外な言葉に当惑して、けれど断る理由が思いつけなかった。

ほっとしたように笑った長谷が、そっと手を伸ばしてくる。手のひらで頰《ほお》をくるむようにして顔を寄せたかと思うと、そっと呼吸を塞《ふさ》がれた。

柔らかく触れては離れて、啄《ついば》んでいくだけのキスだ。唇を掠《かす》める吐息が他の場所に近づくこともなく、玄関ドア横の壁にあった腕が一基の腰を抱き寄せることもない。唇と、頰に添えられた手のひら以外はどこにも触れないキス。

「一基さん、今日は遅くなるって祥基にメールしましたよね。でも、俺が帰る時にはいつもの駐車場に社用車があったんですけど」

「今日の午後から事務所に詰めてんだよ。当分はそうなるんじゃねえかな」

これまで連日のように車を使っていたため、長谷は車の有無で一基の仕事が終わっているかどうかを確認していたのだ。疑問に思って当たり前だった。

案の定、長谷は納得したように頷《うなず》いた。一基の頬に手を当てたままで低く言う。

「一基さん、試食会の責任者をやるんですよね？　そうなると、明日の一号店の予選には」

「無理だな。おれは選考には無関係だが、ほかの店からすりゃ気にはなるだろ。第一、そこでおれが参加したんじゃ社長がおれを一号店から外した意味がなくなりそうだ」

「……そうですね。残念です。一基さんには、食べてみてほしかったんですけど」

落胆したふうに言って、長谷は一基の頬から顎《あご》の付け根をそっと撫《な》でてくる。その手を上から軽く叩いて、一基はけろりと言った。

「採用になりゃオーダーできるだろ。そのつもりで頑張れよ。楽しみにしてるからな」

「はい。やってみます」

頷く長谷に、一基は思い切って言う。

「それはそうと、おまえさ。何かおれに言いたいことがあるんじゃねえのか？」

「いえ。どうしてですか？」

きれいな笑顔とともに返ってきた言葉に、一基は気づかれないよう息を吐く。

「何もないならいい。遅くまでごめんな。気をつけて帰れよ」

「はい。おやすみなさい」

頷いた長谷が、名残惜しげに一基の頬から手を離す。その後ろ姿がドアの向こうに消えるまで、意識して「いつもの顔」を保った。

閉じたドアを睨《にら》むように見据えて、一基は長いため息を吐く。

「……何なんだ、いったい」

これはもう、どうあっても気のせいではないと思った。

このアパートから最寄り駅までは急いで十分、のんびり歩いても十五分だ。長谷が帰る時は最寄り駅まで送っていくのが恒例で、自惚《うぬぼ》れではなく長谷もそれを望んでいたはずだ。なのに、今日の長谷はそれを拒否した。最後に交わしたキスにしても、いつもとは比較にならないほどおとなしかった。

明らかに、距離を置かれているのだ。そのくせ向こうからキスをねだってくるのだから、一基に飽きたり別れたくなったとは考えにくい。

「じゃあ、ナニがしたいんだ？」

ため息混じりにぼやいてから、靴を脱いで部屋の中に引き返す。ソファの上で気持ちよさそうに鼾《いびき》をかいている祥基の寝顔に少しばかりイラっとして、一基は傍《そば》にしゃがみ込む。眠る弟の鼻を摘《つま》んで様子を観察していると、息苦しくなったらしくふがふがと音のような声を上げた。ぐりぐりと頭を振って一基の指から逃げると、またしても寝息をたて始める。

「試食会が、終わるまでだからな」

本当を言えば、さっきあの場でとことん追及してやりたかったのだ。けれど、あの様子では簡単に白状するとは思えなかったし、何より今は時期が悪すぎた。

社長が戻って試食会を開くのを、長谷はずっと待っていたのだ。一基とつきあうようになった春以降だけでも長谷はいろいろな料理を試作し、一基に食べさせては感想を聞いてきた。次は絶対に採用まで持っていくと、真剣な顔で言っていた。

初めて試食会に自前の料理を出した時、長谷は思い切り酷評されたという。その後、複数のメニューが期間限定や通常メニューとして採用されたと聞いてはいるが、それで満足して終わる男ではないのは明白だった。

たったの十日だ。それだけ待てば試食会が終わって、心置きなく長谷を問いつめることができる。自分で自分にそう言い聞かせて、一基は落ち着かない気持ちを無理にも飲み込んだ。

13

「一基。今日はもう帰ったらどうかな?」

六日後の夕方、試食会に関する新しい提案の説明をするために訪れていた社長の自宅のリビングで、社長からいきなりそう言われた。

ぽかんと瞬《しばたた》いた一基をよそに、社長は腰を上げる。キッチンに入って数分後、湯気を立てる皿が載ったトレイを手に戻ってきた。一基の前に置くと、「食べてみてくれ」と言う。脈絡がなさすぎだろうと思ったが、強硬に断る理由もない。「はあ」と生返事をして、一基は箸《はし》を手に取る。少し深めの皿の中身は、野菜がたっぷり載ったスープパスタだ。

「あれ。見た目よりあっさりですね」

「女性向けにね。味付けは薄めに野菜は多く油分は少なく、そこそこ腹持ちがするもの、というコンセプトだ」

「いいですね。薄味ですけど出汁《だし》が利いてるし、具沢山で得した気がします。ボリュームもあるから男にも受けると思いますよ。近く入る新メニューか何かですか？」

「試食会で採用になればだね。ああ、でもこれは邦彦《くにひこ》やハルカには内密にな」

にっこり笑顔で言われて、危なく箸を落としそうになった。

「……それをおれに食べさせてもいいんですか？　といいますか、社長自ら参加ですか」

「一基の案なら十分可能だろう？　たまには素の意見も聞いてみたいんだが、なかなか難しくてねえ。どこかの予選に入れてもらおうにも、どこも受け付けてくれないしね」

「社長。それは仕方のないことだと思いますよ」

呆れ顔で言った一基に、目の前の社長は無邪気な顔でにこにこと笑った。

「提案は採用の方向で検討するから、その心づもりはしておきなさい。それと、今日はここが終わったらまっすぐ帰るように。明日は午後から出て来ればいいからね」

さらりと話を戻されて、思わず顔を上げた。それへ、社長はわざとのように呆れ顔を作る。

「よくやってくれるのはありがたいんだが、連日一号店が閉店したあとまで残業というのは根の詰めすぎだよ。必要な準備はきちんと進んでいるし、今後についてはこちらの検討待ちだろう？　今日早く帰って明日半日休んだところで、さほど影響はないはずだ」

「……はあ。ですけど」

「試食会が終わったあとで一基に頼みたいことがあるんだ。倒れてもらっては困るからね」

「平気ですよ。おれ、これでも頑丈にできてますから」

苦笑混じりに言ったのに、社長の表情も主張も変わらなかった。やんわりとした、そのくせ強引な物言いで、とにかく今日は帰るように言い含められる。

「落ち着かないなら友達と飲みに行くか、少し遊んでおいで。その方が緊張がほぐれそうだ」

最後の言葉に、見透かされたような気分になった。

初めて全面的に任された仕事で神経が張っている上に、連日の残業で疲れが溜《た》まっているのは事実なのだ。それで、今日は素直に甘えることにした。

社長に挨拶《あいさつ》をし、玄関を出てから確かめると、ちょうどディナータイムが始まった時刻だ。フロアに続く廊下に人影がないのを確かめて、一基はするりと通用口からビルの外に出る。

日は西に傾いているのに、降り注ぐ日差しは真夏そのもののように強い。その中を歩きながら脱いだ上着を肩にかけ、ネクタイを緩めた。

事務所に寄って片づけをしてから、一基はまっすぐに帰宅する。念のため、毎日仕事上がりに事務所に顔を出している神野には「今日は早く帰る」とのメールを送っておいた。休憩中に送ったらしく、長谷からメールが届いていた。眉《まゆ》を寄せながら一読し、一基は今度は顔を顰《しか》めてしまう。

メールの内容は、今日一緒に帰れないかというものだったのだ。

一秒考えて、「却下。それより試食会の準備をしろ」と返した。歩きながら携帯電話をスラックスのポケットに押し込んで、一基は長いため息をつく。

長谷が考案したメニューのうちふたつが店内選考を通って、試食会に出すことになったのだ。それを、一基は長谷本人から深夜の電話で知らされた。

目出度《めでた》い話だと、本気で思う。よく頑張ったと電話でもねぎらったし、励みになるというなら帰り道の二回や三回や四回、いや毎日でもつきあってやりたい気持ちもある。

しかし、それは無理なのだ。――無理らしいと、一昨日《おととい》に思い知った。

「優等生、なんだよなあ」

つい一昨日の昼休み、一基は長谷からのメールを受け取った。「メニューの改良のために一号店に残るので、都合がつけば一緒に帰りませんか」という内容だった。

一号店から自宅アパートまで歩く程度なら互いに仕事の妨げにはなるまいと思って、了承の返事をした。実際に仕事が一段落したのは日付が変わる寸前で、メールのやりとりをしてから一号店の前で合流し、肩を並べて帰途についた。

いつもと同じ帰り道だ。それが、ああも居心地の悪いものになるとは思ってもみなかった。長谷が、相変わらず一基に距離を置いているのだ。手を繋《つな》ごうとも肩を抱こうともせず、身を寄せてくることもじゃれつくこともない。話す内容も抑制の利いた落ち着いたもので、一基がよく知る「困りもの」な物言いもない。別れ際のキスがなければただの同僚と変わらないと思えるような、微妙な距離感。

試食会まで待つと決めたはずなのに、堪《こら》えるにはかなりの忍耐が必要だった。下手に気を抜いたが最後、何でそうなったと首根っこを摑《つか》んでがくがく揺さぶってしまいそうだった。

会いたい気持ちは一基にもあるが、この状況ではかえって精神的によろしくない。それで、ひとまず一基の側も少し長谷と距離を開けることにした。

額から落ちる汗を拭《ぬぐ》いながら帰ったアパートで、シャワーを浴びてすっきりする。着替えをすませたあとで、携帯電話にメールが来ているのに気がついた。意外なことに差出人は久《く》住《すみ》で、急だけれど都合がよければ夕食がてら飲みに行きませんか、という誘いだ。

少し考えて、久住に直接電話を入れた。社長の言い分ではないが、このままひとりでうちにいてもかえって落ち着かないと思えたからだ。

通話はすぐに繋がった。待ち合わせ時刻と場所を決めてすぐに部屋を出ると、一基は最寄り駅から電車に乗った。

祥基にメールしようかと思ったけれど、こちらが先に帰る可能性もあるかと保留にした。

先週、「連続で長谷を引っ張って飲んだあげく酔いつぶれて迷惑をかけた」という理由で、一基は祥基を懇々と叱《しか》りつけた。それで反省したらしく、ここ最近の弟は比較的おとなしくなっている。バイト上がりに飲みに行くことはあっても日付が変わる前に帰ってくるし、部屋の散らかり具合もずいぶんましになった。連日帰りが遅い一基を気遣ってか、あの弟にしてはマメに家事を引き受ける上に、一基のために夜食まで作ることもある。

レトルトに一手間かけただけの簡単な夜食は、長谷から教えてもらったのだそうだ。少しの手間でこれほど違うのかという仕上がりで、実際のところとてもありがたかった。

(長谷サンがカズ兄のこと心配してたよー。何かあったらすぐ行くから連絡してって)

ただし、おまけのようにそう言われることに関しては毎度のようにむっとした。

間違いなく顔に出ていたはずだが、幸か不幸か祥基はそれにまるで気づかなかったようだ。これは遺伝性なのかと疑いたくなる弟の鈍さに、今回ばかりは感謝した。

駅の改札口では、すでに久住が待っていた。一基を認めて、人懐こく手を振ってくる。

「どこ行きます? 和食洋食中華その他、友部《ともべ》さんは何が食べたいですか」

「どこでも大丈夫です。ただ、揚げ物は今はちょっと避けたいかな」

「了解です。僕は居酒屋より静かな店の方が好きなんですけど、それでよろしいでしょうか」

願ってもない言葉に、一基は破顔した。

「奇遇ですね。おれも、静かなところで飲む方が好きなんですよ」

「そうなんですか？　よかった」

にっこり笑顔の久住に促され、肩を並べて駅の外に出た。

道々で話したところによると、久住は今日は休日だったそうだ。明日は仕事があるのでそこそこでお願いしますと言われたのには、自分も明日は仕事なのでと合わせて返しておいた。

黄昏《たそがれ》の中、街灯が点り始めた商店街のアーケードを歩く途中で右手にあった路地に入る。数メートル先の小料理屋の引き戸を開けて、先に一基を通してくれた。

応対に出た柔和な笑顔の和装の老女とのやりとりからすると、久住はここの常連らしい。希望する前にカウンターの端の席に案内してくれた。

まずはアルコールを注文し、乾杯をした。お通しの蛸《たこ》の酢の物は実家の祖母が作る味とよく似ていて、それがやけに懐かしかった。

「ここにはよく来るんですか？」

「月に何度か、個人的に飲みたい時に来るんです。料理の味が好きなのと、余所《よそ》では扱っていないような地方の地酒があるので」

そう言う久住が手にしているのは、冷酒が入ったグラスだ。一基はいつものようにビールを頼んだが、それもジョッキではなく丈の高いグラスで出されている。出てきた料理は確かにどれも味がよく、故郷にいる祖母を思い出すことになった。

「ところで友部さん、今日のこと、ヨウには言ってきました?」

「あ、いや。あいつ、まだ仕事中ですし」

「了解です。じゃあひとまず内密にしておきましょう」

「……そうですね。内密にお願いします」

念を押したのが気になったのか、久住が不思議そうに首を傾《かし》げる。カウンター越しに受け取った刺身の盛り合わせをテーブルに置きながら言う。

「もしかして、ヨウがやっぱり変ですか」

「どうやら、おれの前限定で変みたいです。久住さんは、最近あいつと会いましたか?」

「この間、試食してくれって料理を持ってきましたよ。試食会に出すから本当は友部さんに食べてほしいんだけど、そういうわけにはいかなくなったとか何とか。このところ、友部さんが忙しくてなかなか会えないとも言ってましたけど」

目が合うなり柔和な笑みを向けられて、つくづく接客向きの人だと感心する。緩和されたとはいえ目つきの悪さは変わらない自分を振り返って、羨《うらや》ましくなってきた。

「忙しいのも事実ですけど。実を言うと、ここしばらくハルカが気色悪いんですよねえ」

ぽろっと口走ったあとで、「いくら何でもこれはまずい」と思った。あわあわと言葉を探して、一基は早口に続ける。

「その、どういうわけだか、かちこちの優等生になってるんですよ。電話やメールでもそうなんですけど、実際に会っててもこっちを心配して気遣うばかりで本人の要望は言わないし全然くっついても絡んでも来ないし、常に一歩引いてるっていうか、その」

自分の声を聞きながら、「ああこれでは伝わらないな」と思った。

今、並べたこと全部が通常は「思いやりのある」「大人の対応」だ。二十年来の親友がそうしたのを気色悪いなどと口走った日には、気を悪くするに決まっている。

どうしたものかと内心で焦った時、隣の久住が音を立ててグラスをテーブルに置いた。

「マジですか。それって、すごい気色悪いんですけど。そもそもキャラクター違い過ぎるし」

「……は？」

「ヨウって、基本的に構いたがりの構われたがりですよね。相手のことも考えてはいるんだけど、それ以上に自分の欲求が突っ走ってぐいぐい押してって、結果的に自分の好きなようにしてたりとか。気を許した相手には、鬱陶《うっとう》しいくらいスキンシップ激しいのがふつうだし。それが自分から引くっていうのは、確かに変だと思いますよ」

あっさり同意されて、どっと気が抜けた。こちらを見る彼の目が笑っているのを知って、なるほどあの長谷の親友なだけはあると思う。

「前にうちにカットに来られた時に言ってたの、それだったんですか」

「……そんなところです。その時はまだ確信が持てなかったんですよ」

「そっかー。どっかで余計な知恵でもつけたのかな。その気色悪さって、ちょっと前のヨウみたいだし」

「ちょっと前の、ですか？」

微妙に引っかかりを覚えて問い返すと、久住は小鉢のお浸しを摘みながら頷く。

「友部さんと会う前のヨウ、かな。さっき優等生って仰《おっしゃ》ってましたけど、ヨウって僕や友部さん相手だとちゃんと甘えたり拗ねたりするくせに、一線引いた相手には八方美人的にいい顔するじゃないですか。処世術としてはありなんでしょうけど、そういう時の笑顔って判《はん》子《こ》で押したみたいに同じなんですよね。その判子顔でつきあってる相手を恋人とか言われた日には、もう見てて不気味っていうか、何がしたいんだって感じだったんです」

「あー……」

言われた瞬間に、思い出した。

一基とつきあう以前の長谷は、恋人と長続きしないことで知られていたのだ。

長谷の過去の恋人の何人かと話したことがあるが、その誰からも恨み言や悪口を聞いたことがない。むしろ、傍目にもわかりやすく恋人扱いで甘やかし完璧にエスコートする上、別の人間にはちらりとも目を向けない――そんな、いわゆる「パーフェクトな恋人」だったという。

にもかかわらず最長でも三か月しか続かなかったのは、「パーフェクトな恋人」が形だけのものだったからだ。はっきり言えば、長谷の側が時々の恋人に対して本気の気持ちを持っていなかった。

どうしてそうなるのかと一基が真正面から咎《とが》めた時、長谷は自分には恋愛運がないのだと答えた。あれだけ取り巻きがいるくせに何をと呆れていたら、自嘲《じちょう》混じりに言ったのだ。

(俺は本気で好きになった人から好かれたことがないんです)

初恋相手にフラレた高校時代からずっとそうだったから、そういうものだと見切りをつけた。それで、適当な相手と適当に楽しくつきあっている——という、とても微妙な話だった。

「けど、友部さんにくっつかなくなる、っていうのは何なのかな。ヨウのヤツ、友部さんにベタ惚《ぼ》れだし、耐えられないと思うけど」

「べ、たぼれ、……って」

真顔で言われた単語に、頭の中が爆発したような気がした。

「ですよ? 僕なんかたまーに会うと必ず惚気《のろけ》られてますから。こないだ試作品持ってきた時も、友部さんに頑張れって言われた、絶対採用になって友部さんに食べてもらうーって、ご褒美待ってる子どもみたいな顔で言ってましたし」

「ごほうびまってることも、ですか……」

繰り返しながら、何ともいたたまれない気分になった。

悪気の欠片《かけら》もなさそうな顔でするっとそんなことを言ってしまう久住が、とてつもなくやばい人に見えてくる。そして、神野がそういうタイプではなかったことに心底感謝した。

「あれ。そう思いません？　僕、友部さんといる時のヨウを見るたびに初恋ど真ん中とか、遅れてきた思春期って言葉を連想してたんですよ」

「あー……いや、そのへんはその、おれには何とも……」

むにゃむにゃと答えながら、とても微妙な気分になった。

本人から聞いた話だが、長谷の初恋の相手は何を隠そう久住なのだ。しかも二度告白し、二度ともに完膚なきまでにフラレて、かなり長く引きずっていたという。

「何考えてるにしても、友部さんからガツンと言ってやれば目が覚めますよ。ヨウなんか多少のことじゃ応えないですから、遠慮なく盛大に」

「……その予定です。今はとりあえず、試食会が終わるまで待とうかと」

ため息混じりに言った一基に、久住は首を傾げた。

「待つんですか？　とっととどやしつけてやった方がよくないですか」

「そうしたいのが本音なんですけど、今それをやって試食会に影響が出るのは避けたいんですよ。一年振りだし、本人も絶対採用メニューに残ると前から言ってたんで」

訥々《とつとつ》と続けているうちに久住に言い訳している気分になって、慌てて一基は付け加える。

「おれも今ちょっと時間が取れない状況ですし。だったら無理に急いでねじ込まなくてもいいんじゃないかと」

一基が言い終えたあとも、久住の視線はこちらに向けられたままだ。

やけにまじまじと見つめられて、何かまずいことでも言っただろうかと内心で焦った。その時、久住はにっこり笑って口を開く。

「友部さんて、結構甘いっていうか、かなりヨウのこと好きなんですね」

真正面から、剛速球をぶつけられた気がした。とたんにかあっと顔が熱くなるのがわかって、一基はわたわたと狼狽《うろた》える。

「えー、いやあの、そうじゃなく！　同じ職場ですし去年からこっち、諸々《もろもろ》でゴタついた時に店長から顰蹙《ひんしゅく》を買ってるので、間違っても仕事に支障を来すことがないようにと」

「その仕事に支障っていうのも、主にヨウのことですよね？　だって、友部さんは言いたい側であって、言われる側じゃないですし」

間髪を容れずの返答に、今度こそ答えが出なくなった。そんな一基を見つめて、久住は笑顔のままで続けた。

「よかった。安心しました」

「……は？」

「正直、友部さんがヨウとつきあっているのは絆《ほだ》されたとか、根負けした部分が大きいんじゃないかと思ってたんです。ヨウが夢中なのは丸わかりだから、友部さんは多少なりとも引いて見てるっていうか。気持ちの比重はヨウの方がずっと重いんじゃないか、とか」

予想外の言葉に、一基は思わず久住を見返した。

「ヨウがいつまであの気色悪い恋人ごっこをやってるつもりなのかって、ずっと気になってて、だけど僕には何もできないでしょう？　だから、ちゃんとした恋人ができたのは本当によかったと思ってたんです。その相手が友部さんだったのは、友人として大歓迎ですね」

にこやかに言って、久住は手元のグラスをからにする。同じく、中身がほぼなくなった一基のグラスに気づいたように言った。

「お代わりは何にします？　やっぱりビールですか？」

「はあ。お願いします」

頷いて、一基はグラスをテーブルに置く。昔の長谷がこの人を好きになった理由が、ほんの少しだけわかった気がした。

14

時刻が二十一時半を回った頃に、駅の改札口を通ったところで久住と別れた。

「ありがとうございました。楽しかったです。よかったらまたご一緒させてください」

「こちらこそありがとうございました。次はこっちから声をかけさせてください」

「嬉しいです。楽しみにしてますね」

にこやかに笑った久住がホームに上がっていくのを見届けてから、一基は別路線のホームに向かった。整然と並んだ列の最後尾について携帯電話を取り出し、祥基宛に「今夜は遅くなるから先に寝てろ」とメールを送る。

何となく、すぐに帰る気になれなかったのだ。せっかく出てきたなら足を延ばそうと、目的の駅で電車を降りる。通い慣れた通りを歩いて行きつけのバーのドアを押し開けると、カウンターの中にいた顔見知りの店長――シンは、少し意外そうな顔になった。

「しばらくぶりですね。今日はひとりですか。ハルカは？」

シンは長谷の友人で、並ぶと長谷と張る長身とヘアワックスで遊ばせた茶髪が似合う今時の青年だ。長谷とは系統が違うものの誰もが認めるだろう端整な面立ちだが、ほんの少し下がり気味になった目尻が人懐こい雰囲気を作っている。

語尾に付け加えられた問いに苦笑しながら、一基はカウンター席の端に腰を下ろした。

「黙って置いてきた。えーと、前に作ってくれたヤツ、頼んでいいかな」

言ったあとで、いくら何でも注文がアバウトすぎるだろうと思った。にもかかわらず、シンは聞き返すこともなく了解し、慣れた手つきで準備を始めてしまう。

行きつけと言っても、もともと長谷の馴染《なじ》みのバーなのだ。落ち着いた雰囲気が個人的に好みで、職場状況が変わって忙しくなるまでは週に二度の頻度で通っていた。

「どうぞ。――奥にミノルがいますけど、声をかけますか？」

「来てんのか。奥ってどのあたりだ？」

出されたグラスの中身は、一見したところ一基が想定した「前に作ってくれたヤツ」だ。それに口をつける前に店内を見渡すと、奥のテーブルで見覚えのある人懐こい笑顔――牧田《まきた》が手を振ってきた。腰を上げ、自分のグラスを手にしてカウンターに近づいてくる。

牧田はとうに二十歳《はたち》を超えた大学生だが、平均より低めの身長とくりくりした目元が印象的な童顔をしていて、どことなく小動物を連想させる。それも、子犬や子猫ではなく栗鼠《りす》だかハムスターの類だ。もちろん、口には出さず思うだけに留《とど》めておく。

「こんばんは。友部さん、おひとりですか？　同席させてもらってもいいでしょうか」

「ああ、座れよ。つーか、牧田くん……じゃねえ、ミノルは？　ひとりなのか？」

「そうなんです。何となく、飲みたくなって。カズキさんもですか？」

お互い確かめるように呼び方を変えて、どちらからともなく苦笑した。

ここではプライベートは出さない方がいいという長谷の忠告に従って、一基は名前しか明かしていないのだ。それは牧田も同じで、だからシンにもそれぞれ名前で呼ばれている。にもかかわらず互いに苗字が出てしまうのは、知り合った場所が「はる」一号店だったせいだ。

ミノルこと牧田は、去年の夏の終わりまで「はる」一号店でフロアのアルバイトをしていたのだ。その頃の一基はほぼ毎日一号店に顔を出す常連で、牧田とも顔見知りだった。彼が「はる」のバイトを辞めたあとにこのバーで再会し、縁あって今は年の離れた友人として、たまに一緒に食事をしたり飲みに行ったりといったつきあいをしている。

「カズキさん、今日はどうしたんですか。……お店は？」

最後の一言をこそりと口にした牧田は、「はる」一号店の定休日でもない今日、そろそろ閉店というこの時刻に一基がここにいるのが不思議だという顔をしている。

「一時的な人事異動中なんだ。今――」

「なあ、カズキさんて、ハルカと別れた？　実はこないだ、ハルカがぴちぴちの若いの連れ歩いてるの見たんだけどー」

言いかけたその時、急に横合いから声が割り込んできた。

酒を注文するついでか、それとも酒の注文の方がついでなのか。ひょいと顔を突っ込んできた相手はこのバー限定での顔見知りで、見るからに面白がるような表情をしている。カウンター向こうにいたシンがわずかに咎める顔をしたのにも気づかないように、滔々《とうとう》と続けた。

「学生っぽかったけど、背が高くてガタイもいい子だったぞ。そのくせ可愛い系の顔してて、ハルカがすごく甲斐甲斐《かいがい》しく面倒見てた。えーと、確かハルカが呼んでた名前が」

「ヨシキだろ。それ、うちの弟だぞ」

「へ？」という素《す》っ頓狂《とんきょう》な声とともに、相手が黙る。その顔をまじと見返しながら、自分の弟がバイトのためにこちらに来ていること、その弟が長谷に懐いてしまい、一基が構ってやれない代わりに面倒を見てくれていることを説明してやった。

「えー……あれ、本当に弟さん？　それにしてはカズキさんと似てなかったけど」

「おれが地味顔なのは親父似だからで、弟は母親似なんだよ。地元じゃ昔っから似てねえ兄弟で知られてたしな。ホラ」

この際とばかりに、携帯電話で先日撮った祥基の写真を表示して突きつける。ちなみに可愛い弟だから撮ったのではなく、あまりに間抜けで平和な顔で寝ていたのでいつかネタにしてやろうと思って撮ったものだ。

「ああ、……そうなんだ」

やはり祥基だったらしく、顔見知りは見る間にテンションを落とした。シンからグラスを受け取りながら何やらもぞもぞと喋《しゃべ》ったかと思うと、カウンターからそそくさと離れた。

壁際のテーブル席に戻った彼に、近くにいた客が文字通り集っていく。その光景をちらりと眺めて前を向くと、一基の携帯電話に目をやっていたシンが少々意外そうに言う。

「ハルカと一緒にいたっていうの、カズキさんの弟さんだったんですか」

「夏休みのバイトでこっちに来てんだよ。先週だったか、駄々捏ねて仕事上がりに二日連続で連れ回して、しまいには部屋に押し掛けて泊まりやがった」

「……それは、ハルカが弟さんを？」

「逆。連れ回したのが弟で、ハルカは連れ回された方」

即答すると、シンには珍しく目を丸くした。微妙に飲み込めないふうに首を傾げるのをよそに、牧田がそろりと言う。

「その写真の子……カズキさんの弟さんのバイト先って、一号店ですよね？」

「見たのか。つーか、一号店に行ったのか？」

「バイト先の上司がすごく一号店を気に入ってて、食事会っていうとあそこになっちゃうんですよ。この間も行ったんですけど、カズキさんがいない代わりにその写真の人がいたんです。あの、人事異動って春みたいに別の店に？」

「いや、別口。事務系に吹っ飛ばされてる。けど、期間限定のはずだ」

「そうなんですか？」

微妙に心配そうな顔でじいっと一基を見つめていた牧田が、見るからにほっとした顔をする。その様子を、可愛いと思ってしまった。

祥基より年上のはずの牧田は、あの弟と比べると格段に素直だ。高校生に間違われそうな可愛い系の顔と人懐こい雰囲気に、ほんの少し前まではよく祥基を思い出していた。

今の弟を否定する気はないが、たった二年でどうしてああなったと微妙に物悲しい気分になった。その考えを振り払うように、一基はカウンターの中のシンに訊《き》いてみる。

「ところで、今の話って結構噂になってんのか？」

「ハルカの噂は広がりやすいですからね。ここしばらくカズキさんもハルカも来てなかったですから、目撃情報が新鮮だったんでしょう」

「あいつ、やたら目立つ上に昔の行状に問題ありまくりだったもんなあ。つーか、要するにアレだろ？　おれと五か月目に入ったんで、いい加減終わるはずだか終わらなきゃおかしいだか、そういう話になってんじゃねえの」

「否定はできませんね。何しろ最長三か月の男ですから」

シンとふたりでさもありなんと言い合っていると、傍で聞いていた牧田が少し不満そうになった。気づいた一基が目顔で促すと、遠慮がちに、そのくせはっきりと言う。

「でも、見てたらそれはないってわかりそうなものですよね。カズキさんて特別だし」

真面目な顔で素直に言われて、どういう顔をすればいいかわからなくなった。それに気づかなかったのか、牧田は訥々と続ける。

「カズキさんといる時の長谷さんて、全然別の人に見えるくらい違うじゃないですか。顔つきや話し方もですけど、すごくカズキさんのことが好きなんだーって一目でわかりますよ。オレもだけど、他の人とつきあってる時は絶対あんな顔しなかったし、カズキさんにするみたいに甘えたり拗ねたりとかもなかったし！　だから、そんなの見る目のない外野が勝手に言ってるだけです。カズキさんが気にすることないし、相手にする必要もないですっ」

一生懸命な物言いに、今さらに罪悪感を覚えた。同じように思ったのか、カウンターの中のシンも心なしか気まずそうな顔になっている。

去年の一時期、牧田は長谷とつきあっていたのだ。二か月ほどで牧田から切り出して別れたと、他でもない牧田本人から聞いたことがあった。

今の牧田と長谷は友人未満の知人という空気で会えばふつうに話をするし、このバーで同席して飲むこともある。それでも、先ほどの物言いが無神経だったことに違いはない。

「あー……うん。その、ごめん。悪かった」

うまく言葉が見つからず、ストレートに謝った。視界の端で、シンも軽く頭を下げている。

きょとんとしたふうに小首を傾げた牧田は、数秒後に「あ」と声を上げた。

「気にしないでください、ハルカさんとのことはもうとっくに終わったことなんで！　といいますか、今のオレはハルカさんよりカズキさんの方がずっと好きなんです。だからっ」

「――――」

きっぱりとした宣言に、さっきとは別の意味で返答を失った。凝固したように動けずにいると、牧田はまた目を丸くして今度は助けを求めるようにシンを見る。

「あ、あの。オレ、またまずいこと言いました……？」

「要するに、ミノルはカズキさんを兄貴分として好きだ、という解釈でいいんだよな？」

慎重なシンの問いに、牧田は「えっ」と黙る。ややあって、目が回るのではなかろうかと思える勢いでぶんぶんと首を縦に振った。

「そ、そうです！　カズキさんみたいな兄貴がいたらいいなあって、ずっと思っててっ」

「――だそうですよ。カズキさん」

「あー……うん、悪かった。自意識過剰だった」

ほっと息を吐いて、一基は苦笑する。

牧田は、長谷と並んでいても「お似合い」と思うような美少年なのだ。

顔を赤くして黙った牧田をそれ以上つつく気になれずに、一基はカウンターの中のシンに向き直った。

「けどさ、ハルカの態度ってそんなに違うか？　おれにはほとんど変わってねえけどな」

「他の人間に対しても、特に変わってはいないですよ。ミノルが言ってるのは、そもそもカズキさんとそれ以外への態度が違うんだということでしょう」

シンの返答に、牧田が何度も頷いている。その様子にほっとしながら、一基は怪訝《けげん》に言う。

「それ、いつから違ったんだ？　まあ、気づかないおれが鈍いんだろうけどさ」

「いつから、と言われても……俺の知る限りなら、カズキさんが初めてここに来られた時からそうだったと思いますよ」

「オレが、バイト先で初めてハルカさんとカズキさんを見た時からです。ハルカさんの態度がカズキさんにだけ違ってたから、びっくりした覚えがあります」

シンに続いて言った牧田に、一基は思わずストップをかける。

「いや待て。シンの言い分は置いといて、ミノルが言ってんのはちょっと違うだろ。あの頃のハルカは、ピンポイントでおれにだけ態度が悪かったぞ。何しろ初対面で喧嘩《けんか》になりかけたし、会うたびにお互い厭な顔してたくらいだ」

当時、長谷は一基に対して「だけ」嫌みや当てつけ満載で接してきていたのだ。それを目の前で見ていたはずなのに、牧田はあっさりと反論してきた。

「それって、ハルカさんがカズキさんを特別に意識してたからじゃないですか？　ハルカさんがあんなふうに愛想も意地も悪くなった相手って、オレ、カズキさんしか知らないですよ。ハルカさんて、基本どんな相手にも愛想はいい人ですし」

「……ミノルはいい子だな。将来が楽しみだ。そのまんま、まっすぐ伸びていってくれ」

牧田の頭をぽんぽんと撫でていると、静止していたその頭がムキになったように上がる。

「カズキさん！　あのですね、オレは本気で言っ……」

「おれも本気だぞ。ミノルは素直で可愛くて好きだ。部下だったらめちゃくちゃ将来が楽しみだっただろうなあ」

「そっ……」

揶揄《やゆ》したつもりはなかったが、どうやらそう受け取られてしまったらしい。目が合うなり、牧田はまたしても顔を赤くした。

まずいことをしたような、気分になった。頭を撫でていた手を浮かせて、一基は牧田の顔を覗《のぞ》き込む。けれど、牧田は俯《うつむ》いて顔を隠してしまった。

「あー……ごめんな。からかったわけじゃねえんだけどさ」

「いいえ。あの、ちゃんと、わかってます。こっちこそすみません」

そう言うものの、牧田が顔を上げる気配はない。

牧田がつい構いたくなるタイプなのは事実だが、今回は本音を言っただけだ。どうしようかと迷っていると、他の客のオーダーに答えて作業していたシンとまともに目が合った。目顔で牧田を示しながら「追加オーダーしますか？」と訊かれ、意味を悟ってほっとする。

「よろしく。おれの奢《おご》りで、ミノルが好きなヤツ作ってやって。おれのはお代わりで」

「かしこまりました」

営業用の声で答えて、シンは一基たちの注文を作ってくれた。形の違うグラスをそれぞれの前に置きながら、思い出したように言う。

「ハルカの態度が悪かったっていうのは、要するに甘えてたんじゃないですか？　最初はストレートに出せなくてそう見えた……とか。出てくる現象が違って見えても本質が一緒だから、カズキさんにはあまり変化がないように感じられるんじゃないでしょうか」

「そうなのか。つーか、そういうもんか？」

「少なくとも、カズキさんがここに来た時点でハルカから特別扱いされていたのは確かですよ。春以降は特に、カズキさんしか目に入らない感じが顕著になってますしね」

「………」

淡々と告げられた内容に、顔から火が出そうになった。ほんの数時間前に久住と話した時の感覚を思い出して、一基は非常にいたたまれない気分になる。

要するに、シンや牧田からはそう見えているということだ。自分に言い聞かせるように考えて、そのあとで「あれ」と思う。

あの態度の悪さが「甘え」だったと言うなら、長谷は最初から一基に対して「素」の部分を見せていたということにならないか。

神野に引き合わされたあとの第一声で言い合いになって、以降は犬猿の仲で互いに遠慮なしだった。去年の秋にちょっとしたきっかけで個人的なつきあいが生じてからも——友人と呼びたいくらい親しくなった頃にも、長谷は一基に対して皮肉や揶揄はもちろん、言いたいことをずけずけ言ってきたと思う。

一基にとってはそれが当たり前の「長谷」だったのだ。それだから、「八方美人」でいる長谷を隣で眺めては「よくやるな」と半ば感心し半ば呆れてもいた。

長谷のことを、久住は「実は構いたがりの構われたがり」だと言い、シンは「一基に甘えている」と評している。牧田は「最初から一基を特別扱いしていた」と断言した。考えればそのいずれも間違ってはいないと思うし、——だからこそ一基には長谷の「変化」が見えなかったのだという解釈もできる。

そして、一基は当初から「八方美人」の長谷には馴染めなかった。人当たりよく誰ともすぐに親しくなれて恋人に不自由することもなく、友人知人を含めた取り巻きがいる。その様子が、どうにも作り物じみて見えて仕方がなかった。

「――カズキさん？　あの、すみません。オレ、余計なことばかり言いましたよね」

遠慮がちな声に我に返ると、隣の牧田が悄然《しょうぜん》と見上げてきていた。

わずかに首を傾けた様子にやはり小動物系だと何の脈絡もなく思って、無意識に手が伸びていた。牧田の頭をぽんぽんと撫でたあとでまずかったかと手を止めたものの、目が合った牧田は少し困ったように笑っただけだ。

「ミノルのせいじゃねえよ。ちょっと考えごとしてただけだ。今、仕事が立て込んでてな」

「そうなんですか。事務系って仰ってましたよね」

「まあ。簡単な仕組みっつーかシステムを作ってるんだが、フロアの仕事とは無関係だし前の仕事とも畑が違ってて、結構悩みどころなんだよな」

「カズキさんでも悩まれるんですか？　何だか、いったん決めたら一直線に走ってってしまいそうな気がするんです、けど」

意外そうに言われて、感心した。前の職場で営業員をやっていた頃は、確かにそういう傾向があったからだ。

「よく見てんなー。さすがっつーか、じいさんや神が欲しがるわけだ」

「それ、買いかぶりですよ。神野てんちょ……店長とか社長にも過大評価されてるだけです」

「けどミノル、今のバイト先でも重宝されてるんだろ？　でなきゃ、向こうだってわざわざ何度も食事会に誘わねえぞ」

意図的に、話題をそちらに振った。首を傾げる牧田から今のバイト先の話を聞きながら、一基は頭のすみで先ほどの問いを転がしている。そうして、ふっと「ああそうか」と思った。

我《わ》が儘《まま》でくっつきたがりで困りもので手がかかって、おまけに時々鬱陶しい。なのにどうにも憎めない上、一緒にいると楽しくて仕方がない。一基にとっての長谷はそれが自然で当たり前だった。だからこそ「誰にでも穏やかに接する人当たりのいい人気者」の長谷には違和感が拭えないし、一緒にいて居心地が悪かった。

その長谷が、どうして一基の前でまで「優等生」を始めたのか。何を思って素の自分を隠して「八方美人」になろうとするのか？

胸の奥に、じわりと厭《いや》な予感が染みてきた。下手に考えるとろくでもない答えが出てきそうで、一基は手元のグラスの中身を一気に呷《あお》った。

15

翌朝、目を覚ました一基が最初に見たのは、枕元に肘《ひじ》をついてじっとこちらを見下ろしている祥基の顔だった。

ぎょっとして、飛び起きていた。慌てて周囲を見回し、そこがアパートの自分の部屋だと確かめてほっとする。とたん、横から地の底を這《は》うような声がした。

「カズ兄さ、訊いていい？　今朝一緒にうちに来た人たちって、誰」

「……あぁ？」

「っていうか、無断外泊って何。飲んで遅くなるってメールは来たけど、泊まりとはオレ聞いてないし。なのに堂々と朝帰りってどういうこと？」

「無断外泊だぁ？」

「だってそうじゃん。メールしても返ってこないし電話にも出ないし、もしかして何かあったのかもって心配するじゃんか！」

噛《か》みつく勢いで言われて、ようやくぐるぐると渦巻いていた記憶が落ち着いてきた。

久住と食事をしたあと、ひとりで飲みに行ったシンのバーで、牧田と一緒になった。シンも交えた三人で話し込んで気持ちよく酔っぱらって、カウンターにべったり懐いたような覚えがある。困ったように名を呼ばれ、大丈夫だ平気だと請け合っているうちに意識が途切れた。ふっと気がついた時は電車の中にいて、左右を見知った顔に支えられていた。

シンと、それから牧田、に。

ベッドの上に座り込んだまま、顔からざあっと血の気《け》が引いた。

要するに、バーで酔い潰れたあげくシンと牧田にわざわざここまで送らせたわけだ。そういえば、もう少しだとか頑張ってくださいとか声をかけられた覚えがあった。

「う、わ……」

これは祥基に説教できた義理ではない。自己嫌悪と、シンと牧田への申し訳なさに苛《さいな》まれていると、横から尖《とが》った声がした。

「うわって何。カズ兄さあ、オレ怒ってるんだよ⁉　別に飲むなとは言わないよ、カズ兄だってそういう気分の時はあるだろうしさ。けど、だったらオレと長谷サンに声かけてくれてもいいじゃん！　なのに他の知り合いと飲みに行って朝帰りって、それって何。オレは知らないのに、その人たちがカズ兄が今日午後出勤だって知ってるって、何か違わない？」

むっつりとした顔と声で、とても厭そうに言われて我に返った。とりあえず昨夜のことは棚上げすることにして、一基はじろりと弟を見る。

「悪かったな。けど、おれにもつきあいってもんがあるんだよ。つーか、おまえとっとと仕事に行け。急がないと間に合わねえぞ」

「またそうやって話逸《そ》らすっ。カズ兄狡《ずる》いっ」

「あーわかったおれが狡かった。それよりおまえ本気で時間気にしろ。遅刻すんぞ」

精一杯威厳を持って言うと、さすがに時間がないことは理解していたらしく、祥基は渋々と腰を上げた。じいっと一基を見下ろしたかと思うと、通告のように言う。

「今夜帰ったら説明してもらうから！　そのつもりでいなよっ」

「へいへい。真面目に働いて来な」

一基の言葉に眦《まなじり》を吊《つ》り上げた祥基が、わざとのように音を立てて玄関ドアを閉めていく。

それを見届けたあとで、自分が昨夜出かけた時のままの格好で寝ていたことに気がついた。

「……風呂だな」

自分の酒臭さに辟易《へきえき》し、浴室に飛び込んで頭からシャワーを浴びた。洗濯機を回しながら着替えをすませ、買い置きのカップラーメンで朝食をすませる。洗濯物を干して一息ついた頃には、そろそろ出勤準備をしなければならない頃合いになっていた。

身支度をすませて部屋を出ると、戸外は見事なまでの真夏日だ。汗をかくのを覚悟して、歩きながら携帯電話を開く。新着メールは四件、シンと牧田と久住に長谷という面子だ。

シンからのメールは二日酔いの見舞いと飲み過ぎ注意で、牧田からは心配混じりのお礼があり、久住からはつきあってくれてありがとう楽しかったという挨拶だ。前ふたりには世話になったお礼と詫《わ》びを、久住にはお礼のみを送っておいた。

最後になった長谷からのメールを見直して、一基は知らず眉を寄せる。

――無事帰ったみたいでよかったです。午後から仕事だそうですけど、無理はしないでくださいい。できれば夜にでも会いたいです。

「おれが昨夜帰らなかったとか今日午後から仕事とか、何で知ってんだ……？」

ぽつりと落ちた言葉は素朴な疑問だ。何しろ、一基はそのどれひとつとして長谷に知らせた覚えがない。

今朝の祥基の言い分では、午後出勤の件はシンか牧田が口にしたらしい。それなら、ルートは確定だ。祥基から長谷に情報が流れたに決まっている。

「……どこでタッグ組んでやがるんだ、おまえら……」

出勤前から、どっと疲れた気分になった。

ぐったりしたまま、ひとまず社長宅を訪ねた。昨日の提案は全面的に採用との答えをもらい、実行するに当たっての細かいすり合わせをする。

「一基は三号店に顔を出して、当日のための細かい確認をしておいてくれ。それと、今日もできるだけ早く帰るようにね」

「了解です。後ほど報告に上がります」

「特に問題なければメールでいいよ。余分な仕事は省きなさい」

鷹揚《おうよう》に言う社長に礼を言って、一基は足早に事務所に引き上げた。

午前中無人だったマンションだが、戸外に比べればずいぶん涼しい方だ。軽く換気したあとでエアコンをつけ、先ほど社長と打ち合わせた内容をパソコンで文書にする。プリントアウトを終えた時には、そろそろ出かけなければならない時刻になっていた。

隣の市にある三号店までは車で四十分余りと結構な距離があって、先方に着いた時には時刻は午後三時前とぎりぎりになっていた。

住宅街の入り口に近いためか、三号店には家族連れや近隣大学の学生が多い。込み合う時は殺人的な忙しさだが、他の時間帯は落ち着いてゆったりとした空間になる。見渡した駐車場の埋まり具合は半分弱というところで、これなら仕事の邪魔にはなるまいとほっとした。

入り口から入るなり「いらっしゃいませー」と声をかけてきた相手は春までここで一緒に働いていたアルバイトで、一基だと気づくなり素の笑顔になった。

「友部さんじゃないですかー。お久しぶりです！　今日は社長は？」

「おれだけだ。試食会の打ち合わせに来たんだけど、店長呼んでもらえるか？」

「はい。ちょっと待っててくださいっ」

いかにも大学生らしい爽やかさで言って、彼はバックヤードに駆け込んでいく。その場で見送っていると、先日約束の二週間を終えて三号店に戻っていた中本《なかもと》が近づいてきた。

「この間はうちのがいろいろご面倒をおかけしました。ご指導、ありがとうございました」

「どういたしまして。今日は試食会の件だったね？」

「そうです。社長から店長に連絡が行ってると思うんですけど、例年とは少し方法を変えることになったんです。それに関して店長と、できれば中本さんにも知恵をお借りできればと」

話の途中で、顔見知りの店長がやってきた。一基を認めてほっとしたような笑顔を浮かべ、奥の空いた席へと促してくれた。

「社長からメール来てたけど、やり方変わるんだよね？　だったら中本にも同席してもらっていいかな。当日の会場の仕切りとか、手伝えると思うし」

「もちろんです。助かります」

そのまま、店長と中本と三人での打ち合わせになった。おかげで話が進むのは早く、小一時間が経《た》つ頃にはおよその確認は終わっている。

「このやり方だと、仕事ぶりが社長に丸見えなんだよね。ある意味、いいアピールの場になりそうだけど」

「その方向で考えてほしいと、社長は仰ってましたよ。単純に見にきただけでは厨房《ちゅうぼう》には入りづらいので楽しみなんだそうです」

「かえって怖い気もするけど、まあ面白いかな。不採用でもきっちり感想貰《もら》えるなら励みになるだろうし」

苦笑混じりに言う店長と中本に送られて、一基は三号店を辞した。

車に乗り込み、早々にエンジンをかけて窓とエアコンを全開にする。空気が入れ替わるのを待って窓を閉め、シートベルトを嵌《は》めたところで電子音が鳴った。

携帯電話を耳に当てたあとで、それが私用のものだと気がついた。相手に一言断って切ろうと思った時、通話口の向こうから予想外の声がしたのだ。

『一基さん？　俺ですけど』

「……ハルカ？　どうしたよ。おまえ、まだ仕事中だろ」

『休憩中ですよ。もうじき四時になります』

苦笑混じりの返答を聞いた瞬間に、ずいぶん長くこの声を聞かなかったような錯覚に陥って、一基は携帯電話を握る指に力を込める。

「どうしたんだ？　悪いけど、おれは勤務時間中なんだよ。間違えて出ちまったけどさ」

『そうですよね。たぶん出られないだろうと思ってたんで、俺もびっくりしました』

そう言う長谷の声の響きに、「引いている」気配を感じた。まだそれなのかと少し苛立《いらだ》ちながら、一基は意図的に待つことにする。

「だよな。で？」

『うん。その——祥基から聞いたんですけど……』

長谷の言葉が、尻すぼみになるのがわかった。

わからないのは、どうしてそうなるのか、だ。尖った物言いをしたつもりはさらさらないし、そもそも本来の長谷なら一基が少々不機嫌でもこんなふうに過剰な気遣いはしない。

これまでは催促していたが、今回はあえて黙ってみた。とたんに落ちた空白のような沈黙に、「だから言いたいことがあるならはっきり言え」という言葉が口からこぼれそうになる。

結局、今回も一基が根負けした。ただし、ひとまず穏便な物言いにしておくことにする。

「ひとまず、今朝のメールな。今日会おうってヤツ、悪いけどたぶん無理だ。目処《めど》がつかない。それに、おまえだって今はそれどころじゃねえだろ？」

『一基さんも、忙しいんですよね。体調は大丈夫ですか？』

「どうってことねえよ。悪いけど、話がそれだけなら切るぞ？　勤務中だからな」

長谷の返事を聞いてから、通話を切った。待ち受けに戻った画面を二秒ほど眺めてからマナーモードに設定し、携帯電話を助手席に放り出す。

「面倒くせえ……」

ハンドルを握って車を出しながら、電話でよかったと心底思った。昨夜の久住の言葉を思い出して、どんな余計なことを考えているんだと呆れる。

事務所に戻り、社長宛に報告のメールを送った。折り返しかかってきた電話で複数の調整事項を告げられて、書類の余白に記入する。そのあとで、細かい部分をまとめていった。

「午後出勤にしたところで無駄だよね。こんな時間まで残ってるし」

横合いからかかった声に我に返ると、いつものように神野が弁当包みを手に呆れ顔で立っていた。ひょいと包みをテーブルに置くと、一基の手元の書類を指で叩く。

見てもいいかと訊いているのだ。応じて丸ごと差し出して、一基は弁当を開く。食事中、思い出して弟宛に「遅くなるから先に寝ろ。夜遊びは自粛しろ」とメールを送っておいた。

「一基のあの案、通ったんだな。じいさんからメール来てた」

弁当箱を洗ったついでに二人分のお茶を淹《い》れてテーブルに戻ると、神野はまだ書類を眺めていた。一基が差し出したカップを受け取り、啜《すす》りながらも目を離す様子はない。

「一挙両得だって言われたな。匿名性があるから公平が保てるし、それが傍目もはっきり見える。ついでにシェフの手際が間近で見られるって」

「見られる側は阿鼻叫喚《あびきょうかん》だけどねえ。ま、確かに依怙贔屓とは言えないだろうね」

これまでの試食会ではメニュー発案者自らが調理し提供していたのを、今回から発案者を伏せた上で参加するシェフにランダムに調理を振り分けることになったのだ。要するに、振り分け担当になった社長以外に全メニューの発案者を特定できる者はいないことになる。

以前は「味見役」と言いながら口頭で感想や意見を言うだけだったフロア担当者やアルバイトといった面々を含めて、全参加者に各メニューにつき一枚ずつ、評価シートの記入を依頼する。このシートを集計し、一定の点数以上を取ったメニューを採用検討とするまでが試食会だ。その後の具体的な採用については、社長以下各店長とフロア責任者が集まって検討する。採用メニュー発表時に、社長が併せて発案者名を公表するというやり方だ。

採用に至らなかったメニューに関しては、「改良によって採用検討」という項目を新たに設けて具体的なアドバイスをする。試食会時点で外れたメニューについては、今後の参考資料として各店長を介して参加者全員の評価シートが届くという流れになっている。

現在、一基が作成しているのはその評価シートだ。明日には叩き台を社長に提出し、そこから各店長とフロア責任者に回って項目の追加修正削除をし、正式なものを作っていく。

ここにシェフが一名いたのは幸運だ。ひととおりの意見を聞いて、ひとまず余白にメモしていった。それが一段落したところで、ようやく気づいて顔を上げる。

「今さらだけど、おまえこんなとこにいていいのか。準備は？」

長谷と同じく、神野もメニューふたつが予選を通っているのだ。

「納得のいくところまではやったから、もういいかなーと。それより他に手伝うことない？」

「さっきので十分だ。それよりもう帰って寝ろよ。神もたいがい無理してるだろうが」

「いや別に。むしろ一基の方がよっぽど無理してるんじゃないか？」

真面目な顔で言われて、ふっと厭な予感がした。案の定、神野は声音に揶揄を滲ませる。

「朝帰りだったんだよね？　ってことは、まあ寝不足なんじゃないかなーと」

「筒抜けかよ。ヨシだな。あのお喋り」

「意外だったんだろうねえ。朝からテンション高かったよ。カズ兄が朝帰りしたーって」

「……すげえ恥ずかしいっつーか、居たたまれねえな」

神野や長谷はともかく、パートの水城《みずき》やアルバイトの絢子《あやこ》にはあまり聞かれたくない内容だ。やましいところはまったくないが、「朝帰り」という言葉には個人的にいい印象がない。

「それは大丈夫だろ、仕事サボって遊んだわけじゃなし。ただ、個人的に興味はあるけどさ」

「どのへんにだ」

「明け方に一基を送ってきた男ふたりはいったいナニモノなのか、とかね」

「あー……」

やはり祥基はシメておく必要があるらしい。湯飲みの中身を啜りながらうんざり思っていると、神野はひょいと一基の顔を覗き込んできた。

「反応薄いねえ。ハルカ、かなり気にしてる感じだったけど、いいんだ？」

「……あ？」

不意打ちを食らって、一基は手を止める。そういえば、とじわじわ気がついた。

神野がここまで知っているなら、当然長谷の耳にも入っているはずだ。そして一基の知る限り、長谷はその手のことを過剰に気にする傾向がある。どういうわけだか、あの男は一基がそのへんの男女に好かれていると思い込んでいるようなのだ。

そこまで考えた時、午後にかかってきた長谷からの、意味不明の電話を思い出した。

要するに、長谷はそれを聞きたくてかけてきたのか。そのくせ、何も言わずに電話を切ったのか？

思ったとたん、ぴしりと目の前に亀裂が走った気がした。

「一応、ハルカに状況説明だけはしといてほしいんだけどね。去年みたいに変に暴走されて、職場環境が悪くなっても困るしさ」

「……兆候が見えたら言え。それまでは放置する」

神野に気づかれるほど気にしているのなら――祥基とタッグを組んで一基の状況を探るまでするなら、直接訊いてくればいいのだ。もともと暑苦しいくらい何でも訊いてくるたちだったくせに、何を思って口にフタをするのか。

先ほどに輪をかけて、腹が立ってきた。

「放置って、一基ねえ」

「試食会が目の前だろ。あいつも出る予定なんだし、そっちに集中すんのが先だ。そもそも本人が何も訊かないもんをどうしろってんだよ」

嚙みつく勢いで言い返すなり真顔の神野と視線が合って、冷水を浴びせられたようにざあっと頭が冷えた。この場合、神野は無関係なのだ。

「悪かった。今の、ペナルティにカウントしといてくれ」

「はいはい。けどさ、それって連絡のしようがなかったとかじゃないか？　休憩時間はズレてるし、一基は仕事中は携帯に出ないだろ。着信とかメールは来てない？」

「午後に電話があって、仕事用のと間違って出た。なのに、向こうからは何も言わねえんだよ。何しにかけてきたんだって思うくらいな」

「それっきりなんだ？　じゃあメールでも来てるんじゃない？　そんな怖い顔してないで、携帯見てみれば」

「勤務中だ。社長の孫が適当なこと言うんじゃねえ」

嚙みつくように言って、一基は湯飲みを置いてパソコンに向き直った。「おや」と言いたげな顔をした神野をよそに、キーボードに集中する。

黙って見ていた神野が、ため息混じりに部屋を出ていく。自宅に寝に帰ったのだろうと思っていたら、数分後に事務所に戻ってきた。悠然とソファに腰を下ろしたかと思うと、話の続きのように言う。

「一基さ。携帯は見なくていいから、エントランスまで降りてやってくれないかな」

「あぁ？　何だそりゃ」

「ハルカ。一階のエントランスで、一基を待ってるみたいなんだよね」

「……はあ？」

ぎょっとして目をやった壁の時計は、とうに二十四時を回っている。

「マジかよ。本当に下にいたのか？」

「見間違えるはずはないと思うけどなあ。声はかけてないけどね。本人、気づかれないように隠れてるっぽかったから」

「おまえね……」

自分でもどうかと思うほど長い息をついたあとで、一基はおもむろに腰を上げる。ソファの上に投げていた上着を拾って私用の携帯電話を取り出すと、大股《おおまた》に玄関へと向かった。

「行ってくる。おまえ合い鍵持ってないんだから、勝手に帰るなよ」

「了解ー」

軽い返答の半分をぶった切るように、背中で玄関ドアを閉める。ちょうど静止していたエレベーターに乗って、一階のボタンを押した。

時刻を思えば当然のことに、マンション内はひどく静かだ。エレベーターの機械音だけがやけに大きく耳につく中、一基は携帯電話のフラップを開く。数通のメールはあったものの長谷からのものは届いておらず、どういうことかと眉を寄せてしまった。

日付を越える時刻まで待つなと、ずいぶん前に言ってあったはずだ。何より、連絡もなしに待っていてどうするのか。

一号店は明日も営業日であり、試食会はもう目の前なのだ。

人気《ひとけ》のない一階エントランスは、けれど煌々《こうこう》と明るかった。ざっと周囲を見回してみてもそれらしい人影は見あたらなかったが、神野の言い分を思えば帰ったとは考えにくい。

「――ハルカ。いるんだろ？　出て来な」

ため息混じりに一声呼ぶと、エレベーター前からはちょうど死角になる柱の陰で気配が動いた。大股に数歩近づくと、うずくまっていた人影がゆっくりと腰を上げるのが見えた。

「おまえなあ……いったい何やってんだよ」

気まずそうにこちらを見る長谷の表情に、気がついたらそんな言葉がこぼれていた。足を止めて、一基は高い位置にある恋人の顔を見据える。

「今日は無理だって、電話で言ったよな。だいたいもう日付変わってんじゃねーか。明日も仕事なんだから、早く帰って寝ろ。こんな時間にそんなとこに座り込んで、不審者と間違われて通報されたらどうすんだよ」

神野が暮らすこのマンションに、これまで長谷は出入りしていないはずだ。住人に見つかれば、即通報される可能性も十分にあった。

「すみません。迷惑をかけるつもりは、なかったんですけど」

「阿呆《あほ》。おれがどうこうじゃねえよ。おまえ、仕事だけじゃなく試食会もあるだろうが。余計なこと考えずに集中しろ」

「余計なこと、ですか。でも、俺は」

心外そうに言いかけた長谷は、けれど半端に口を噤《つぐ》んだ。

「またか」と思った、その瞬間に一基の中で「何か」が切れた。

まずいとは思ったけれど、止まらなかった。向かいに立つ長谷をまっすぐに見据えて、一基は真正面から切り込む。

「おまえさ。おれに何か言いたいことがあるんじゃねえのか?」

「――――」

とたん、長谷はわかりやすく表情を変えた。それへ、一基は畳みかけるように続ける。

「そのためにここでずっと待ってたんだよな? だったら今、ここで言いな。ちゃんと聞いてやるよ」

「一基さん……」

思わずといったふうに、長谷が一基の名を呼ぶ。そのくせあとに続く言葉を口にしようとせず、切り取ったような沈黙が落ちた。

ぶつかった視線を、どちらも逸らさなかった。一基は今度こそ長谷の言葉を待つつもりだったし、長谷は長谷で思うところがあるのか、唇を結んだまま開こうという気配を見せない。静寂を破るように、車の排気音がする。近づいてきた直後に行き過ぎて、じきにまた音がなくなった。

長谷が、小さく息を吐くのが聞こえた。

「仕事中に、邪魔をしてしまってすみません。今日は、もう帰ります」

「……あのなあ。おまえ」

何なんだそれは、と言いかけて、寸前で飲み込んだ。襟首《えりくび》を摑んで問いつめてやりたい衝動をぎりぎりのところで堪えて、一基はやっとのことで深呼吸をする。

「そうしろ。けど、試食会が終わったらちゃんと話すからな」

「一基さん」

「おれが言いたいことは、その時に全部言う。だからおまえも何もかも話せ。これは決定事項だからな」

有無を言わさず続けると、長谷は驚いたように目を瞠《みは》った。視線を逸らさず睨む勢いで見つめていると、神妙な顔つきで頷く。

「……わかりました。そうします」

手を伸ばせば届く距離にいるのに、遠い。どうしてか、そう感じた。

「いろいろ、すみませんでした。一基さんも、なるべく早く帰って休んでください」

気がかりそうに言って、長谷は一基に背を向ける。見慣れた足取りで、エントランスから出ていった。

先ほどの位置から動かずに、一基はそれを見送った。

ため息をついたのを、自分の耳で聞いてから自覚した。同時に、わかりきっていたことを確かめたように思う。

いつか、久住が言った通りだ。こんなふうになっても、一基は長谷の背中から目を離せない。きちんと話そうと約束を突きつけておきながら、どこかに恐れを抱《いだ》いている。

……長谷が一基にまで「優等生」になったのは、心変わりしたせいなのではないかと——牧田のように可愛くもなく祥基のように開けっぴろげにもなれない自分に飽きて距離を置きたくなったのではないかと、思っている。

そんなのは厭だと、できれば聞きたくないと願っている——。

「結構、重症じゃねえか。つーか、……そんなにハルカが好きかよ、おれ」

つぶやきは、我ながらかなり呆れた響きがあった。それなのに、口にした言葉はそのまますとんと胸に落ちて、わずかにずれかけていた隙間を押し込むように収めてしまった。

ため息混じりに、一基はエレベーターの前に立つ。

とにかく、試食会を終えることだ。改めて、そう思った。

16

一年振りということもあってか、試食会は予想以上の盛況だった。

何しろ、出されたメニューが二十近かったのだ。次から次へと厨房から運び出され、ナンバリングされたトレイの上に並べられていく。それを、参加者たちがそれぞれ皿に取り分けて、味わいながら評価シート欄を埋めていく。

その様子を眺めながら、一基は腕時計の時刻と頭の中にある予定表を突き合わせては会場フロアを動き回っていた。

会場となった三号店フロアはけして狭くはないはずだが、集まった人数が多いだけに人いきれがした。諸々の理由であえて立食形式にしたが、どうやらそれは正解だったようだ。

「あ、友部さん、いいですよ。それ、わたしがします」

テーブルの端に積み上げられた使用済みの取り皿がいかにも邪魔に見えて手を出した時、横合いから声がした。見れば、この春まで同僚だった相手がトレイを手に立っている。ひょいと手を伸ばすと、例の取り皿を慣れた手つきで自分のトレイに重ねてしまった。

「ありがたいんだが、大丈夫かな。重すぎないか?」

「このくらいは平気です。あと、テーブルの上の片づけはこっちでしますから、友部さんは気にしないでご自分の仕事をなさってください」

にっこり笑顔で言う彼女は、三号店のフロア店員だ。苦笑混じりに礼を言った一基に軽く会釈をして、別のテーブルを片づけに向かう。他にも、よく知った顔がそこかしこでテーブルの片づけや料理の切り分けと進行を助けるために動いてくれていた。

華奢《きゃしゃ》な背中を見送りながら、一基は今になって社長の配慮を思い知らされていた。

単純に日程だけの問題ではなく、試食会責任者となった一基がやりやすいように、社長はここ三号店の休日に日取りをぶつけたのだ。

全店を挙げての試食会なのだから、会場がどこでも協力はあったはずだ。とはいえ、これが二号店や四号店、五号店だったとしたら、これほど動きやすくはなかっただろう。

「ねえカズ兄、試食は？　まだ全然食べてないよね？　フロアだったらオレが見てるから、カズ兄も何か食べなよ」

急に袖《そで》を摑まれて目をやると、取り皿を手にした祥基がいた。どういうわけかその背後には顔見知りの三号店の学生アルバイト――豊田《とよた》と柴野《しばの》がいて、同じようにこちらを見ている。手元のテーブルに評価シートがあるところを見ると、どうやら書き込み中だったようだ。

「ありがとな。けど、却下。これはおれの仕事だ」

「でも、全然休憩してないじゃん。シェフの人たちだって食べたり座ったりしてんのに」

ムキになったようにシャツの袖を引っ張られて、一基はわざと呆れ顔を作る。

「阿呆。そりゃ当たり前だ。役割分担ってもんがあるだろ」

「でもっ」

「そんなに気になるんなら、おれの代わりにしっかり食ってシートを埋めといてくれ。せめて半分は書けよ」

「えー、半分も？　オレ、そういうの苦手」

気まずそうに言う弟の前の評価シートは、どの欄も罫線《けいせん》の二行目以下が真っ白だ。隣のバイト学生たちのシートも同様で、やはりあからさまに困った顔になっている。

「深く考えずに、思ったように書けばいいんだよ。これはうまかったとかあれはまずかったとか、また食べにこようとかこのメニューはもういいとかさ。ああ、けど、好き嫌いとかアレルギー関係で食えない場合はそれだけ断り書きしといてくれ」

「そんなんでいいんですか？　もっと格調高いこと書かなきゃ駄目なのかと思ってました」

「最初に説明しただろうが。おまえらバイトなんだから、遠慮なく好き勝手書けばいいんだよ。つーか、そこで遠慮して書かれたんじゃあそのシート集めるだけ無駄だ」

「あー、そんでコレ、無記名になってんですか」

「わかった。んじゃそれで書いてみる」

「なるほど了解です」

揃《そろ》えたように頷く弟とバイト二名は、先ほどまで中本の指示を受けて会場の整備をしていたのだ。どうやら意気投合したらしく、三人で固まる様子は馴染んだ友人同士そのものだ。

安堵《あんど》半分に、一基は柴野たちに言う。

「お守りさせて悪いな。うちのが面倒かけるようだったら、いつでも声かけてくれ。おれがいないようなら中本さんでもいいぞ」

「ちょっ、お守りって、何それカズ兄！」

「お守りですか」

「お守りって」

祥基の文句に、豊田と柴野の声が重なる。揃えたように顔を歪《ゆが》めたかと思うと、豊田は笑いを堪えるふうにそっぽを向き、柴野はあっけらかんと笑った。

「そっちも了解です。……って、友部さん、弟さんて俺らより年上なんですけど」

「いっ、今の撤回してよカズ兄！　オレのこと何だと思ってっ」

「文句があるか。言える立場か？」

意図的に軽く睨んでやると、祥基はぐっと返事に詰まった。その頬を軽く抓《つね》って、一基はフロアの見回りに戻った。

途中で中本と出くわし、少し休憩して試食してくるように言われる。それをやんわり受け流して厨房を見に行こうと向きを変えた時、ふと視線を感じた。足を止め、何気なく振り返って、一基は嘆息する。

数メートル離れたテーブルに、長谷がいた。担当分の調理が終わって試食に回ったらしく、シェフ仲間と思しきお仕着せの数人に混じって、料理が載った皿を手にしている。やけに静かに、それなのに強い視線で、まっすぐにこちらを見つめていた。

そんなふうに視線に気づくのも、三秒待たずに向こうから目を逸らすのも、今日だけで何度めだろうか。そうやって気がつくと一基を見ているくせに、長谷は声をかけてこようとしない。一基もあえて近づこうと思わないから、今日は一度も言葉を交わしていなかった。

隣にいたシェフが、長谷の肩を叩いて声をかける。応じた長谷がそちらに視線を向けるのを確かめて、一基はまっすぐ厨房に向かった。

とにかく、今は試食会を無事終わらせる。そちらに神経を集中させた。

採用検討枠に入ったメニューのナンバーの発表を最後に試食会が終わったあと、一基はいったん社長を連れ帰ることになった。

日を置くと印象がぼやけるという理由で、このあと引き続き採用メニューを決める会議があるのだ。その会場として、社長は自宅を指定していた。

この場はひとまず中本に預けて、一基は一号店まで車を走らせた。ビル寄りの路肩に車を停め、ナンバー別に評価シートが入った紙袋を二階まで運び上げる。

「一基。これを持って帰りなさい」

最後の荷物をリビングに届けてすぐに、社長から紙袋を差し出された。反射的に受け取ってみれば、中には弁当らしい折り詰めと小振りのステンレスボトルが入っている。

「あの、社長……？」

「試食会のメニューを取り分けておいたから、あとで食べるといい。それと、明日明後日《あさって》は一基は休みだ。有休じゃなく通常の休み扱いにしておくから、ゆっくり休みなさい」

「いや、ですけどそれは」

不意打ちの言葉に返答に迷った一基を穏やかに見上げて、社長は笑う。

「ありがとう。一基のおかげで、いい試食会になった。楽しませてもらったよ」

「それは、各店長やスタッフが——特に三号店の中本さんたちが協力してくれたからだと思います。いろいろ不手際もありましたし、その」

「初回だから、不手際があるのは当たり前だよ。それにしても、よくやってくれたね」

しみじみとした口調で社長が言った時、インターホンが鳴った。

「ああ、皆が来たな。どっちにしても、一基は今日はこれで終わりだ。帰っていいよ」

「はい。ありがとうございます、いただいていきます」

社長に礼を言い、やってきた各店長とフロア責任者たちに挨拶をして、社長宅を出た。

採用検討会議の参加者は、社長を加えたそのメンバーなのだ。本来なら一基も加わるはずだったが、今回は社長と話し合ってあえて入らないことに決めていた。

紙袋を抱えて戸外に出たあとで、会場の片づけがまだ残っているのを思い出した。慌てて社長に電話を入れ、会場に戻るので車を借りると断りを入れる。許可を取り付けてから、一基は三号店まで引き返した。

もっとも、結論から言えば無駄足だった。一基が辿りついた時には、厨房もフロアもきれいに清掃が終わっていたのだ。厨房は残ったシェフたちで、フロアはフロア担当者たちが全員で、さくさくと片づけてしまったという。

「わざわざすみません。こちらから連絡すればよかったですね」

中本に片づけの指示を受けたという顔見知りのフロア担当者に申し訳なさそうに言われて、一基は「いや」と苦笑した。

「こちらこそ、役に立てなくて申し訳なかったです。何か問題はなかったでしょうか」

「問題はないですし、役に立てなくて、もないですよ。友部さん、大活躍だったじゃないですか。それに、片づけの時は弟さんも手伝ってくれたんですよ。豪快な働きっぷりでした」

にっこり笑顔の彼女が目を向けた先では、祥基が柴野たちと固まってこちらを見ている。会釈をして彼女と別れるなり、跳ねるような足取りで駆け寄ってきた。

「カズ兄、お疲れ！　あのさ、オレ、これから遊びに行ってきていい？　面白い店があるって誘ってもらったんだけどー」

「いいけどおまえ、帰りの時間に注意しろよ。終電に乗り損ねて迎えに来いとか言っても却下するぞ」

「平気ですー。豊田が時刻表持ってるし、そのへんは注意するし！」

「だったら好きにしろ。ああ、けど飲むつもりなら自重しろよ。酔い潰れてそのへんで寝られたら迷惑だからな」

「へーい」と嬉しそうに笑う弟に、一基は続けて訊いてみる。

「ところでハルカはどうした。もう帰ったのか？」

片づけが終わって解散になっていたせいだろうが、三号店に残っている人数はごく少なく、見た限り長谷の姿はなかったのだ。

「一緒に遊びに行こうって誘ってみたんだけど、疲れたから帰るって断られた。採用候補に残ったし、気が抜けたんじゃないかな」

「……候補に残ったのか。片方？」

「両方。神野さんも両方だったよ。すごいじゃん一号店！　って感じだった」

自慢そうに言われて、正直ほっとした。最後にもう一度豊田たちに弟のことを頼んで、一基は車に引き返す。

運転席に戻って開いてみた携帯電話には、メールも通話も着信がない。

「……試食会が終わったらって、言っただろうが」

ここにはいない男に文句を言いながら、具体的にいつと決めていなかったものは仕方ないかと息を吐く。

いったん帰って、長谷のアパートに行ってみよう。思い決めて、一基は車のハンドルに手をかける。慎重に、車を出した。

散歩中らしい犬連れの女性に、やたらじろじろと見られた気がした。

寄りかかっていた門柱から背を離して、一基は駅に続く通りに目を向けた。

まだ日が長いとはいえ、十九時半を回ればすっかり夜だ。等間隔に点った街灯の下を歩く人影は案外に多く、今も片手ほどの人数がこちらに向かってきている。けれど、あいにくなことにその中に待ち人の姿はない。

「――どこで何やってんだ、あいつ」

ぽつんとこぼれたのは、本音の疑問だ。

三号店から取って返し、車を所定の場所に返してから、一基は一度自宅アパートに帰った。社長の心尽くしの折り詰めで空腹を満たし、着替えたジーンズの尻ポケットに携帯電話と財布だけを押し込んで、飛ぶような気分でここを――長谷のアパートを、訪れた。

ところが長谷は不在だったのだ。

寄り道でもしているんだろうと軽く構えて、ついでに待つと決めた時には周囲は十分明るかった。それから数時間、ずっとこうして立たされ坊主の待ちぼうけを食らっている。どちらかと言えば短気な方だと自負してはいるが、勝手に待っている立場では文句も言えない。短くため息をついて、一基は再びアパートの門柱に凭《もた》れかかる。

コンクリートに後頭部を預ける形で見上げた夜空に、いくつか名前を知る星座を見つけた。それをぼんやり眺めていると、近づいてきた足音が止まったのが耳につく。

何げなく視線を向けると、そこには十数分前に行きすぎたはずの犬連れの年輩女性がいた。何やら窺《うかが》うような、疑うような顔つきで、じろじろとこちらを眺めてくる。目が合うなり露骨に顔を背け、早足に通り過ぎていった。

意味がわからずぽかんと見送ったあとで、遅ればせながら気がついた。——いつかの長谷ではないが、不審者と間違われているのではなかろうか。

数時間単位でここに突っ立っていたのだから、その可能性は十分にあるのだ。服装は長谷の見立てだからまずい方向ではないはずだが、一基の目つきは客観的にもあまりよろしい部類とは言えず、むしろ胡散《うさん》くさがられる可能性が高い。

「……いくら何でも、まずいか」

ゆっくりと、一基は門柱から離れた。振り返ってアパートを見上げ、少しばかり考えて、長谷がいつも使っている最寄り駅へと向かった。

歩きながら開いた携帯電話に、長谷からの着信はない。もっと言うなら、試食会の採用枠に自分のメニューが残ったことすら知らせて来ない。

このまま待つか、連絡してみるか。

何度も考えたことを反芻《はんすう》して、やはり前者に軍配が上がる。連絡して捕まえるのは簡単だけれど、今回はそうしたくなかったのだ。サプライズだのといった愉快な理由ではなく、考える時間や余地を長谷に与えたくない。そのためにも、不意打ちを食らわせてやりたかった。

住宅街を過ぎたあと、まだ明るく人通りの多い商店街を突っ切って数分で駅前に着く。ここまではほぼ一本道だから、行き違うことはないはずだ。

駅構内のファストフードに入り、ホットコーヒーを手に改札口が見える席に腰を下ろして思い出す。前はこのシチュエーションで、弟と長谷それぞれから「ふたりで飲みに行く」というメールが来たのだ。

いくら何でも、今日はそれはないはずだ。祥基は豊田たち大学生グループと遊んでいるし、長谷は――。

「もしかして、飲みにでも行ってんのか……？」

ふっと落ちた疑念が、確信に変わるのは早かった。

一基がそうだったように、長谷もしばらく夜遊びをしていないはずだ。祥基と出かけたのはほぼお守りだったはずだし、長谷が自分の行きつけに弟を連れては行くとも思えない。

今日で無事に試食会が終わったのだし、明日は一号店の定休日だ。それこそ夜通し飲み歩いたところで憚《はばか》る理由はない。

「おいおい……」

唸《うな》るようにため息をついて、一基は携帯電話を操作する。携帯ではなく固定電話のナンバーを表示し、通話ボタンを押して耳に当てた。

ほどなく、耳慣れた声が店の名を口にする。短く名乗って長谷がいるかどうか訊くと、すんなりと返事があった。

『カウンターの端っこで、妙に黄昏ているんですが……何かありましたか?』

「捕獲に行くから逃がさないように頼む。おれから連絡があったのは口外無用でよろしく」

『了解です。では、お待ちしています』

笑いを含んだ答えを聞いてから通話を切り、ホットコーヒーを一気飲みする。気合いを入れて腰を上げ、電車に乗って目的地へ向かった。

17

駆けつけた店のカウンターの端の席に見知った広い背中を見つけた時、最初にこぼれたのは呆れ混じりのため息だった。

後ろ手に入り口ドアを閉めていると、カウンターの中にいたシンと目が合った。表情だけでその背中が長谷だと教えられて、一基は短く頷いて返す。周囲がざわめく気配があって、視線が集まったことも自覚した。

シンのバーの常連の多くが長谷にとっては友人知人、あるいは元恋人で、一基と一緒に来ていてもそこかしこから声がかかるのが常だ。それがひとりで来たのなら、周囲が放っておくわけがない。

本人が、望まない限りは。

なるほど、シンが「黄昏ている」などと言うわけだ。要するに、自主的にあしてひとりの世界を作っているに違いない。

——面倒くさい。鬱陶しい。

ぽんと頭に浮かんだ単語がそれで、懐かしいと思ってしまう。そんな自分に、これは完全にいかれているらしいと納得した。

短く息を吐いて、一基は大股にカウンターに近づく。何を思っているのか、むやみに重苦しい空気を背負ってカウンターに肘をついた背中の横に回り、無造作に肩を摑んでやった。

「おまえ、こんなとこで何やってんだよ」

「——」

驚いたように顔を上げた長谷が、一基を認めて大きく目を瞠る。それをつぶさに観察しながら、「こんなとこ」呼ばわりはシンに悪いなと頭のすみで気がついた。

「一基、さ……」

「今日のが終わったらって、前に言ったよな？　おかげでこっちはおまえんちの前で、延々待ちぼうけ食らったぞ」

「え。うちって、ですけど」

「まあいいや、とにかく来な。ここで込み入った話すんのも何だろ」

有無を言わさずの口調で告げて、長谷の前にあったほとんど氷の溶けたグラスをカウンターの奥に移動させた。声もなく見返すばかりの肘を摑んで、強引にスツールから引き下ろす。

「ごめんな、シン。さっきの、このバーがどうこうって意味じゃねえから」

「承知してますよ。ところでうちでよければ奥を貸しますけど、どうしますか？」

「いや、いい。気持ちだけもらっとく。またな」

一基と長谷のやりとりに何か感じたらしく、シンは少し心配げな顔をしている。それへわざと軽く返して、長谷を引っ張るように出入り口へと向かった。

申し出はありがたかったが、どんな結末になるか見えない以上は知り合いのいない場所で決着をつけたかったのだ。

幸いにも、長谷は抵抗らしい抵抗をしなかった。拍子抜けするほどおとなしく一基についてバーを出ると、独り言のようにぽつんと言う。

「一基さん。あの」

わざと返事はせずに、一基は長谷の肘を摑んで歩き出す。

時刻が時刻だからか、両側に飲み屋の看板とネオンサインが連なる通りを歩く人影はそれなりに多い。そんな中、自分より背の高い男前を引っ張って大股に歩く姿はどう見えるのかとちらりと思う。けれど、バーに入って長谷の背中を見た時の苛立ちに比べればどうでもいいことだと考えるのを放棄した。

どこかふたりで落ち着いて話せる場所をと考えながら歩いているうち、横合いにあった色鮮やかな看板が目に入った。

あそこなら、他人に話を聞かれることもなく割り込まれる心配もないはずだ。よしとばかりに矢印の指示通り角を曲がって進んでいくと、背後から「あの！」と焦った声がする。

「一基さん、そっちは駄目です。まずいですって！」

「やかましい。てめえは黙ってついて来やがれ」

唸るように言ってやると、背後の長谷は怯《ひる》んだように黙った。摑んだままの肘から伝わってくる困惑を振り切るように、一基は目についた看板の奥にあった出入り口へ直行した。

「一基さん、いくら何でもここはちょっと……場所を変えた方がいいんじゃあ」

「何でだ。何か不都合でもあんのか？」

踏み込んだ先は、やや明かりを絞ったホールだ。真正面に大きめのパネルがあり、区切られたそこにホテルのパンフレットに載っていそうな写真が嵌め込まれている。半分ほどの写真が明かりを落としたように暗くなっているのは、どうやら使用中ということらしい。

それを睨むように眺めながら、一基はさらに近づいてみた。

長谷がじたばたしているせいで、一基が摑んだ肘を中心に微妙な綱引き状態になっている。焦ったような上擦った声がした。

「不都合って、だって一基さん、ここは」

「うるさい。こっちはこういうとこは初めてなんだ。どうやって部屋取るんだか、わかってんだったら教えろ。つーか、おまえがやれ」

看板を見た時に察しはついていたが、大きめのパネルを目にして確信した。

いわゆるラブホテルという奴なのだ。正直、シティホテルの方がよかった気もするが、今のこの状態でフロントで手続きするよりはずっとマシだったかもしれない。

「は、じめてって、だったら何もこんなとこ、使わなきゃいいじゃないですか！　第一」

長谷が言い掛けた時、背後で扉が開閉する音がした。そのとたん、いきなり頭から何かを被《かぶ》せられ、肩ごと抱き寄せるようにされた。

「おい、ちょっ……」

「黙っててください。部屋は俺が取ります」

妙にひそめた声で切羽詰まったように言ったかと思うと、長谷が何やら操作する気配がした。ほとんど足元しか見えないが、金属的な音がした直後に肩ごと引かれて歩かされたところからすると、どうやら手続きを終えて鍵を受け取ったようだ。

すぐ近くで、人の声がする。と思った時には、何だか狭いところに押し込められていた。直後に響いた機械音とふわりと浮いた感覚に、エレベーターに乗ったらしいと気づく。

「まだ取ったら駄目ですよ。そのままおとなしくしててください」

頭から被せられた布が熱苦しくて手をかけたら、叱りつけるような声で咎められた。むっとして引っ張ったら今度は頭ごと長い腕に囲い込まれて、さらに視界が狭まった。

「何すんだよ。外せって言っ……」

「いいから黙っておとなしく！　あんた、こういうところは知らないんでしょう？」

珍しく強い口調に、言質《げんち》を取られた気分で仕方なく黙った。あとで二十倍にして言い返してやると心に決めて、ひとまずおとなしく長谷について歩く。立ち止まったすぐ傍で鍵を開けてドアが開く音がしたかと思うと、さらに数歩歩かされた。

「――少しは気にしてくださいよ。知り合いに出くわしたらどうするつもりなんですか」

ため息混じりの小言とともに視界を塞いでいた布――長谷の上着がやっと外れて、そこがもう客室の中だった。目の前にいた長谷を、一基はじろりと見上げてやる。

「そんなもん、お互い様だろ。ここで出くわした時点でどっちもどっちだ」

「俺はどっちもどっちでいいですよ。けど、一基さんは違うでしょう」

「あぁ？　何だそりゃ」

おもむろにじいっと見据えてやると、長谷は怯んだように視線を逸らした。先ほどまでの強引さが嘘だったように、ぼそぼそと言う。

「どうして一基さんがここにいるんですか。採用検討会議中じゃなかったんですか？」

「おれは参加してねえからな。つーかおまえ、てめえのメニューが残ったことくらい知らせて来やがれ。こっちがどんだけ気を揉《も》んでたと思ってやがるんだ」

「でも、今回からは各店長だけでなくフロア責任者も参加するって話でしたよね。会議に出れば、どのメニューが採用検討に残ったかはわかりますよね？」

怪訝そうに言われて、長谷が試食会のあとアパートに帰らず一基に連絡もしなかった理由がわかったと思った。

「おれは試食会仕切ったから不参加だ。社長を一号店まで送ってってお役ごめんなんだよ。それと、会議に出てりゃ残ったメニューはわかるが、発案者を知ってんのは本人と店内選考で試食したヤツと社長だけだ」

「そうなんですか？　それでさっき、うちの前で待ってたって」

困惑気味に頷いた長谷が、すっと身構えるのがわかった。その瞬間にスイッチが入って、一基はじろじろとひとつ年下の恋人を見上げる。

「そういうことだ。――で？」

「え、……」

最後の一音を尻上がりに、無言のまま長谷を見据えてやった。

一基本人が唐突だと思ったのだから当然だろうが、長谷の中ではうまく話が繋がらないらしい。それを承知で、一基は困惑したように見下ろしてくる男をただ見返した。

落ちてきた沈黙は、思いのほか長く続いた。どちらもドアを入ったその場に突っ立ったま
ま、手を伸ばせば届く距離で互いに見合っている。

とことん待ってやろうと思っていたものの、五分近く経っても長谷は困った顔のままだ。

何か言い掛けてはやめるの繰り返しで、気が短い一基の方が先に音を上げることになった。

「おまえ、おれと別れたいのか？」

こぼれた言葉は自分でも予想外で、なのに「あれ」と思うほど淡々と事務的だった。そのくせ、その声を自分の耳で聞いたとたんに胸の奥がぐらりと大きく傾くのがわかる。

要するに、それが一番気にかかっていたわけだ。認識して、笑いたくなった。

「厭です。別れません」

間髪を容れず返った言葉に、じわりとした安堵が胸に広がった。それならと続く問いを一基が口にしかけた時、長谷が堅い声で訊いてくる。

「一基さんこそ、俺と別れるつもりなんじゃないですか？　あいにくですけど、俺を説得しようったって無駄ですよ。絶対に、納得なんかしませんからね」

「……はあ？」

何でそうなるのかと、思った。ぽかんと見上げたままの一基をどう思ったのか、長谷はさらに表情を険しくする。

「一基さん、ここしばらく俺を避けていたでしょう。――試食会の準備で忙しかった、というのは聞きませんよ。それだけが理由じゃないのはわかってますから」

「それだけが理由じゃないって、おまえ」

「俺がどんなに誘っても、会ってくれなかったじゃないですか。仕事帰りに会いたいってメールしたのを断って、その日に飲みに行ってたんですよね？　それを俺が知ってるのをわかってて、説明も言い訳もしてくれなかったですよね」

「おい。だから、待てって」

「まさか、ミノルとつきあうつもりですか。それで、シンに口止めまでしたんですか？　あいにくですけど、俺に内緒にしたいならあのバーは駄目ですよ。シンが言わなくても、他に教えてくれるヤツがいくらでもいますからね」

立て板に水のごとくまくし立てられて、ぽかんとするより呆気に取られた。

避けていたのも誘いを断り倒したのも、そのくせシンの店に出かけて牧田と一緒になって飲んだのも事実だ。けれど最後の推測、もとい憶測は何なのか。何がどうなったら、一基と牧田が「つきあう」話になるというのか。

本気で呆れ返りながら、けれど一基は妙に安堵していた。

いつもの長谷だと、思ったのだ。一基のことをやたら気にして逐一知りたがって、時にとんでもなくありえない方向で変な思い込みをして、それを真正面からぶつけてくる。「優等生」の時にはけして見せなかった、生の感情を向けてくる――。

気が緩んだせいか、ほっと小さく息が漏れる。ため息ではなく、安堵の吐息だ。

それなのに、ふいに長谷の表情が堅くなった。すうっと表情が消えたかと思うと、急に穏やかな声で言う。

「……すみません。こんなふうに、問いつめるつもりはなかったんです」

それきり、長谷は妙なふうに黙ってしまった。

目《ま》の当たりにした変化は唐突で、その分露骨だった。

また「優等生」になったと気づいたとたんに、何かがぶつんと切れた。

「ナニがすみませんだ。てめえ、またそこでだんまりやる気かよ」

一応わずかに残っていた配慮が、じゅわっと音を立てて蒸発する。あとに残るのは、積もりに積もった苛立ちだけだ。それを、今度こそ容赦なくぶつけてやった。

「言いたいことがあるならはっきり言え。変なふうにへらへら笑ってごまかすな」

「――」

よほど思いがけなかったのか、長谷がぎょっとしたように目を剝《む》いた。足元まで半歩下がったあたりでもろに引かれたと察しはついたが、手加減してやる気はさらさらない。

「先に態度がおかしくなったのはおまえの方じゃねえか。変に距離置いたかと思や、八方美人の優等生になりやがって。そんな気色悪いもん、避ける以外にどうしろってんだよ」

「きしょくわるいって、一基さん」

「本当だからしょうがねえだろ。ナニ言ってものらくらにこにこ、脳味噌《のうみそ》からっぽのマネキンとどこが違うよ。訊きたいことだの気になることだの全部言わずにだんまりで上っ面だけ丁寧にして、そのくせ説明も言い訳もしてくれないだあ？　ふっざけんな、知りたきゃてめえのその口で訊けよ」

「………」

「おまえ、本気でおれの説明だの言い訳が聞きたかったのか。本当はもう興味がなかったんじゃねえのか？　だからおれ相手にまで八方美人の優等生やってたんじゃねえのかよ」

「――」

絶句していた長谷が、ぱくぱくと唇を開閉する。それを険しく見据えながら、一基は最後に余計なことまで言ったなと思い、自分で考えていた以上に長谷の「八方美人の優等生」が応えていたことを思い知った。

「俺は、そういうつもりじゃあ」

「言い訳はいらねえよ。ついでにおれとまともに話す気があるなら、その八方美人も優等生もやめろ。続けるってんなら話はもう終わりだ。おれは帰らせてもらう」

言い切った瞬間に、長谷が息を飲むのが聞こえた。

再び落ちた沈黙は、最初のものよりもずっと重苦しいものになった。

「……以前のままの自分では、駄目だと思ったんです」

絞り出すような長谷の言葉はまったく予想外のもので、一基は目を見開く。その視線から逃げるように、長谷は目を伏せた。

「去年落ち込んだ時に、俺は仕事にまで影響を出しましたよね。それで神さんの信用をなくしたのは自業自得ですし、これから取り戻すつもりだったんですけど……先月、祥基が一号店にバイトに来るようになってから、気がついたことがあって」

「何だ、それ。ヨシが何か言ったのか？　けどおまえ、それはちゃんとうまく受け流してたんだろうが。神が感心してたくらいだしさ」

「本当は、祥基の我が儘っぷりに腹が立ってたんですよ。去年の二の舞はできないから我慢していただけです。気がついたっていうのはそっちじゃなくて、祥基を見ていて、俺もあいつと大差ないんじゃないかって思ったってことで」

予想外の言葉に、一基は思わず眉を顰《ひそ》める。

「大差ないって、どこがだよ」

「俺も、我が儘ばかり言ってるじゃないですか。我慢がきかなくて諌《いさ》めてもらったり、しょっちゅう勝手なこと言って、結局は一基さんに譲歩させたり」

「譲歩って、そうまで言うことじゃ」

「祥基と言い合いになって、神さんと中本さんが仲裁に入ってくれて、一基さんが一号店まで来てくれたことがありましたよね。あの時に、思い出したんです。去年、俺がおかしくなった時も、あんなふうに一基さんが助けてくれたんですよね」

いったん言葉を切ったかと思うと、長谷は先を続けるのを躊躇《ためら》うようにふと黙った。顔を上げ、一基と視線を合わせて淡く笑う。その顔が、やけにきれいに見えた。

「歓迎会の帰りに神さんと一基さんが話してるのを聞いた時点で、正直、考えてしまったんです。一基さんにとって、俺と祥基はどう違うのかって」

「どうっておまえ、そりゃ」

「一基さんが面倒見がいいっていうのは、前から知ってました。前の会社の後輩から今でもメールがあったり、三号店のアルバイトに懐かれたりしてるのもわかってます。だから、もしかしたら俺のことも、弟分として放っておけないだけなんじゃないかって。実際に見てても話を聞いていても、一基さんの祥基の扱い方って、俺にするのとよく似てましたから」

「…………」

頭の中が、真っ白になった。やっとのことで、一基は声を絞る。

「おい。おまえ、そりゃ……」

「一度そう考えたら、このままでは駄目だと思えたんです。どうにかして変えていかないとまずいって」

言いかけて、長谷は電池が切れたように黙った。

ひどく気まずそうな、言いづらそうな顔をしている。それを知った上で、一基は言う。

「何がどうまずいから、どう変えようと思ったんだ？　この際だ、全部吐け。そこまで言ったら隠しても意味ないだろ」

「……一基さんて、よく俺に言うじゃないですか。自分は鈍いから、気づかないことがあるって。実際にその、失礼かとは思いますけど、恋愛には疎いところがありますよね。それで、もしかしたら一基さんは俺に対する気持ちを取り違えてるんじゃないかと思ったんです」

「ハルカ。おまえな……」

「もしそうだったら、どうにか弟じゃなくて恋人のポジションになれないかって考えました。それで、一基さんへの俺の接し方が弟ポジションの理由なんだったら、もっときちんと大人らしくすればいいんじゃないかって」

訥々と続いた言葉に、心底「おい」と突っ込みたくなった。

「おまえ、あれが大人らしいって言うか……？」

「自分では、そう思ったんです。その……実際のところ、去年まではそれでうまくやれてたし、今でも結構有効に使えるし。だから」

「だとしても矛盾してるよな。恋人にはべたべたに甘いのが、おまえの標準装備だろ？　それが、大人らしく恋人っぽくを始めてろくにくっついてこないってのは何なんだよ」

内心で引っかかっていたことを指摘すると、長谷はとたんに困った顔になった。言いづらそうに、ぼそぼそと口を開く。

「本来はそうなんですけど、一基さんにそれをやるとまずいことがわかったんですよ」

「まずいって何だ。何がどんなふうにまずいのか、言ってみろ」

「腕を組むとか肩を抱くとか、すごくやりたかったんですけど、そうするといつもの調子に戻りそうだったんです。一基さんとつきあう前はちゃんと計算できたんですけど、一基さん相手だと自制が効かなくなるというか。祥基をアパートに送っていった時も、一基さんとふたりきりになったら絶対に離せなくなると思ったから、必死で自制してただけで」

「……ハルカ。おまえなあ……」

ぼやくように言いながら、全身から力が抜けた。大きく息を吐いて、一基は目についたソファに歩み寄る。すとんと腰を下ろし、片手で額を押さえてしまった。

どうしてそんな妙な方向に暴走するのかと思った。その結果があの気色悪い八方美人の優等生かと、考えただけで最初とは別の意味でむかむかした。

ちらりと目をやると、長谷はまだドアの近くに突っ立ったまま、神妙な顔つきでこちらを見ている。その様子が、叱られてうなだれている子犬のように見えた。

まあ待てと、自分自身に言い聞かせてみた。

先ほどの長谷の言い分は、たぶんおそらくいわゆる告白でもあるはずだ。とても回りくどくてわかりづらくて、おまけにとんでもない方向に動いてくれたとはいえ、根本的な動機は「きちんとした恋人になりたい」だと解釈していい。

だがしかし、その動機であの行動に出るあたり、一基のことを「疎い」と言えるのか。五十歩百歩と言うのか、ある意味で一基よりよほど厄介《やっかい》ではなかろうか。

いずれにしても、最終的に思うことはひとつだ。

「面倒くせえ……」

そのくせ微笑《ほほえ》ましいように思っているのだから、これはもう観念する以外にあるまい。

じろりと目をやると、長谷は困り切った顔で先ほどの場所にいた。ソファに腰掛けたまま指先だけで手招き、神妙に近寄ってきたのへ無言でソファの隣を示す。

珍しく遠慮したのか、それとも一基の顔がよほど怒って見えたのか。おとなしく腰を下ろした長谷と一基の間には、人ひとり座るには狭い程度の隙間が残っていた。

無言でシャツの袖を引っ張り、もっと近くに寄るよう促す。緊張した顔で距離を詰める長谷はそれこそ悪人に捕まったお姫さまのようで、自分の発想に危うく笑いそうになった。

顰めっ面を保って身体《からだ》ごと向き直り、指先でちょいちょいと示す。強ばった顔で身体を屈める長谷の様子は、拳骨《げんこつ》が来るか抓られるかと覚悟した時の祥基と同じで、これだからと呆

れ半分に思う。

そう。これだから、この男を放っておけないのだ。

少々懲らしめるつもりで、摑んだ髪ごと頭を引っ張り寄せる。軽く顔を顰めるのを見ながら、一文字に結ばれた唇に噛みつくようなキスをした。

間近にあった長谷の目が、いきなり開いたのがわかった。構わず薄めの上唇に歯を立てると、綻《ほころ》ぶように長谷の唇が——歯列の合間が緩む。そこに無造作に舌先をねじ込んで、奥にあった長谷の体温を探り当てた。

「……、ん、——っ」

長谷が動いたのはその直後だ。馴染んだ手の感触に頬を包まれたと同時に、腰ごと強く抱き寄せられる。舌先を搦《から》め捕《と》られ、痛いような力で吸われて、知らず喉の奥で声を上げる。

容赦がないというのとは違う、縋《すが》りつくようなキスだ。祥基の歓迎会の帰りに公園で交わしたのとよく似た、強引なくせに懇願しているような。

絡んでくる体温から逃げて、一基は長谷の髪に絡めた指に力を込める。力尽《ちからず》くで顔を離すと、吐息が触れる距離から長谷が食らいつくような顔でじっとこちらを見据えていた。

「一基さん……」

「弟分相手に、こんな真似ができると思ってんのか、この阿呆」

唸るような声で言ったとたん、長谷が目を瞠った。それを鋭く見据えて、一基は続ける。

「確かにおれは恋愛事には鈍いし、疎いけどな。だからって、弟分と恋人を混同するほど間抜けじゃねえよ」

「…………」

「阿呆馬鹿間抜け。ちったあ反省しろ。言いたいことがあるなら言えって、何遍も言ったな？　なのにへらへら笑ってばっかりでろくに返事もしないで、何が大人だよ。ふざけてんじゃねえっての」

言いながら、摑んだままだった長谷の顔をぐいぐいと揺さぶった。それだけではどうにも気がすまずに、左右の頰を手加減なしにびろりと引っ張って男前を台無しにしてやる。

「訊くたびに何でもないってはぐらかされて、それでおれがどう思うかとか、おまえ全然考えてなかったろ」

「…………」

「神や久住さんに聞いてもいつも通りだって言われて、じゃあ気のせいなのかって考えて、それでもやっぱり違うんじゃないかって——何があったんだろうってこっちがどんだけ心配したと思うよ？」

突きつけるような言葉に、長谷がいたたまれない様子で視線を落とす。それを許さず、額がぶつかるほど近くで囁《ささや》いてやった。

「ヨシのことは、もちろん可愛いさ。弟だからな。三号店の柴野や豊田や牧田くんだって、何かに困ってるんだったら――おれにできることがあれば助けてやりたいと思うよ。けどなあ、弟分だから気になるからって理由で誰とでも気軽にこういうことができる性分だったら、もっと恋愛事に慣れてるに決まってんだろうが！　そんくらい考えつかなかったのかよ」

言いながら、ぐいぐいと長谷をソファの端に追いつめる。ソファに座った長谷の脚の間に片膝《かたひざ》をついた形で、上から覆い被さるようにして長谷の顔を覗き込んだ。

「ついでに、おまえがどんだけ間抜けか教えてやるよ。そもそもおまえの得意の八方美人……てーか、外面か。それ、最初っからおれには使ってねえだろうが。去年の今頃はさんっざん嫌み合戦やってたし、例の虫除《むしよ》けの頃だってお互い言いたい放題だったよな。それに、おまえが挙動不審になって店に迷惑かけたきっかけが、おまえのその外面だったろうが。それも忘れたのかよ」

「それは、その」

「そういうことも全部この目で見てきて、その上でおれはおまえとつきあうって決めたんだろ。それを、今さらおれ相手に優等生やってどうすんだ。この阿呆」

言いざま、長谷の左右の頬を平手でぱしんと挟んでやった。

「手遅れなんだよ。おまえが我が儘でくっつきたがりの助平で、面倒くさくて鬱陶しいのはとっくに知ってんだ。なーにが大人だ、誰がそんなもんになれって言ったよ？」

「……、――」

仕上げとばかりに長谷の頬を思い切り潰してやってから手を離すと、追いかけるように左の手首を取られた。そのまま、一基を見上げるようにしてひどく申し訳なさそうに言う。

「すみません。その……一基さんの言う通りでした」

「馬鹿。謝りゃそれですむと思うなよ。反省しろ、反省」

「はい。そうします。本当にすみません」

近い距離にある長谷の顔が、ほっとしたように緩む。苦さの混じったその表情を見返しながら、ふっと——弟が来たばかりの頃を思い出した。

（一基さん。俺のこと、好きですか？）

（本当ですか？）

あの頃の長谷は、たびたび同じような言葉を口にしていた。そして、一基は気恥ずかしさにそれをやんわりと流してしまうのが常だったのだ。

だったら、足りなかったのは一基も同じだ。態度に出ているつもりでも、見ていればわかるだろうと思っていても、それでは確信を得られない時もある。信じているとかいないとかいう話でも言葉ひとつを盲信するという意味でもなく、ただ聞いて安心したい。目には見えない気持ちだからこそ、あとには残らない言葉だからこそ、きちんと確かめておきたい。

（できれば、このままウチに連れて帰りたいんですけど）

（一基さんのことが好きだなあと思ったんです）

長谷はいつでもそうやって、一基に言葉をくれていた。意図的に会わずにいた時にも、「会いたい」とメールで一基に気持ちを伝えることを忘れなかった。

それでも、一基の中の不安は消えてくれなかったのだ。そんなはずはないと知っていても、気持ちのどこかがぐらぐらと揺れて自分でも制御できなかった。

まともな言葉ひとつ伝えていなかった一基に対して、長谷がどれほどの気掛かりを抱えていたのか。思うだけで、申し訳ない気持ちになった。

「遅くなったが謝っておく。おれにも足りないところがあったんだよな。悪かった」

「いえ、そんな。一基さんは、何も」

「けどな、おれはちゃんとおまえが好きだぞ。ただ、そういうのを言うのが苦手なだけで」

付け加えた言葉に、長谷は大きく目を瞠った。ふわりときれいに笑って言う。

「知ってます。一基さんがそういう人だっていうことも、そこがいいっていうのもわかってるつもりです。結局、俺が」

まだ続きそうな長谷の言葉を、唇を摘んで黙らせる。物言いたげな様子を知った上で、一基はわざと笑ってみせた。

「よし。んじゃ、この話はこれで終わりな」

「終わりって、でも一基さん、反省しろって言いましたよね……？」

「当然だ。反省はしろ。おれもそうする。けどなあ、おまえ今回は仕事に何の影響も出さなかったんだろ？　オマケに試食会の採用検討枠にも残ったんだ。十分、上等じゃねえか」

近い距離でにっと笑ってやると、長谷はようやく表情を緩めた。

「上等、ですか？」

「だろ。少なくとも今回は神にねちねち言われずにすむぞ。何かあったって気がついてんのはおれとおまえと、あと久住さんくらいだ」

「それ、さっきも言ってましたよね。タロと話したんですか。いつですか？」

「先月カットしに行った時に今度食事でもって誘われて、こないだ行ってきた。おまえが大人してて気色悪いって話したら、思いっきり同意してくれてほっとしたぞ」

一基の返答に、長谷は露骨に厭な顔をした。さりげないふうに一基の背中を抱き寄せて、そのままますとんと座らせてしまう。

「どういう話してるんです？　もといい、食事に行くなら俺も誘ってほしかったんですけど」

「いや、誘われた時の条件がおまえヌキだったし。そういや、おまえには内緒の話だったな」

「ヌキで、内緒ですか。すごい怖いんですけど」

「何でだ。まずいことでもあんのか？」

「ないですよ！　ですけどあいつ、幼稚園レベルでの俺の失敗までやけにしつこく覚えてるんですよね」

とても厭そうな顔で言われて、「へえ」と興味が湧《わ》いた。

「いいこと聞いたな。そのうち詳しく聞いてみるか」

「ちょっ……よしてくださいよ。ちなみに、くどいんですけど訊いていいですか。シンのバーでミノルと飲んだっていうのは」

「久住さんと夕飯に行って別れたあとで、ついでにシンのとこに顔出したんだよ。そしたらたまたま牧田くんも来てたんで、じゃあってんで一緒に飲んだだけだ」

「で、朝帰りですか。一基さんを送ってきたのは、ミノルとシンだったわけですね？」

真顔で訊かれて、何となく居心地が悪くなった。つい言い淀んでいると、腰に回っていた長谷の手が促すように背中を撫でてくる。

「……たぶん、そんな感じ。目が覚めたらウチで、ヨシが上から覗き込んでた」

「一基さん。それって、祥基とやってることが一緒なんじゃあ……」

「いや違うぞ。おれはそういうの、一回こっきりだし！　潰れんのは自分ちか神《じん》のとこか、おまえの部屋だけだって決めてるしっ」

必死で言い訳をする一基をじーっと見つめて、長谷は小さくため息をつく。

「俺には黙ってろって、シンに口止めしたんですよね。それはどうしてなんですか？」

「全然覚えてねえんだよなあ。おまえを問いつめるのは試食会のあとだって決めてたからじゃねえかな」

「試食会のあと、ですか？」

「一年以上振りだったしな。おまえ頑張ってたし、邪魔すんのはアレかなーと」

一基の言葉に、長谷は瞬く。短く息を吐いて言う。

「重ねてすみません。ですけど、今後もし飲みに行って潰れそうになった時は、必ず俺に連絡してください。俺の方も、一基さんだけで飲みに行くことがないよう注意しますんで」

「待て。おまえ、それは根本的に何か違わねえか……？」

言い返した語尾に重なって電子音が鳴った。一基の携帯電話のメール着信音だ。

長谷に一言断って尻ポケットから取り出した携帯電話を確認し、一基は思わず声を上げる。

「……ってまた、何でそういう話になるんだよ」

「どうしました。何かトラブルでも？」

「いや。ヨシのヤツが、これから豊田んちで三人で飲んで、そのまま泊まるとか言ってきた」

弟からの脳天気なメールを眺めて「いいのかそれで」と思った時、立て続けにメールが入ってきた。今度は豊田と柴野それぞれからで、要は三人で朝まで飲みます、弟さんは預かりますのでご安心を、というものだ。

三人で結託しているならいいかと、一斉メールで返信した。豊田と柴野宛には弟が面倒を起こしたら遠慮なく放り出してくれとし、弟には他人に迷惑をかけるな落ち着いて自分で対処しろと釘を刺しておく。

「今日の今日で泊まりですか。祥基って本気で物怖《ものお》じしませんよね」

「怖いもの知らずなんだろ。脊髄《せきずい》反射で生きてるようなもんだ」

「ニュアンスはよくわかります。ところで、一基さんは明日も仕事ですか？」

「休み。社長が明後日まで休養していいって言ってくれてさ」

何気なく答えた時、長谷の表情が少し変わった気がした。おやと思いじっと眺めていると、目の前のきれいな顔がにっこりと満面の笑顔になる。

「だったら、一基さんも今夜は帰らなくていいですよね。俺も明日は休みだし」

「あぁ？」

ね、と首を傾げるようにして言われても、すぐには意味が飲み込めなかった。胡乱《うろん》に眉を寄せたのに気づいたはずなのに、長谷は笑顔のまま説明しようとしない。

「おい？　いったい何」

言いかけた唇を、不意打ちで奪われた。舌先を搦め捕られ、やんわりと歯を立てられながら、慣れたふうに動く手のひらに背中や腰を撫でられる。

「——、ン……っ」

なじみの感覚に煽《あお》られて、肌の表面にじわりとした熱が点る。最初は小さかったその範囲が、背中や肩を撫でられて、触発されたように広がっていく。

考えてみれば、まともに長く話をするのも、こんなふうに触れ合うのもずいぶん久しぶりなのだ。そのせいか、気がついた時には一基は長谷の首にしがみついて、呼吸を共有するキスに夢中になっていた。

口に出して言ったことはないし、今後もけして言えはしないだろうけれど、一基は長谷のキスがかなり好きだ。あっという間に脳味噌が茹《ゆ》だったようになるけれど——あげくあとで後悔する羽目になったこともないではないけれど、それでもとても心地いいと思う。

「……、——っ」

指先に絡んだ長谷の髪の、さらりとした感触を確かめるように握り込む。指通りのいいそれを乱すように抱きしめているうちに、長かったキスが下唇を噛んで離れていく。頬に触れ顎の付け根を啄んで、やんわりと耳朶に齧《かじ》りついてきた。

ふっと我に返ったのは、その時だ。手が早いと言うべきかうまいと言った方がいいのか、いつの間にかシャツの裾《すそ》がジーンズから引き出されている。そこから潜り込んだ長谷の手のひらに心得たように弱い場所を探られて、危うくやばい声を上げてしまいそうになった。

「ちょっ……待て！　待て、って、言っ……」

訴えたとたんに首の後ろを摑まれて、噛みつくようなキスに言葉を封じられる。反射的に腕で突っ張ったものの、向かい合った体勢でがっちりと腰を抱かれていては逃げ場はなく、酸欠になるかと思うほどしつこく唇の奥をまさぐられた。だからといっておとなしく言いなりになるわけにもいかず、一基は必死で長谷の顔を押しのける。

滲《にじ》んだ視界に映った長谷は、ひどく落胆したような顔をしていた。上目にじっと一基を見つめて、窺うように言う。

「駄目ですか。……俺の反省が足りないからですか？」

「そ、ういう意味じゃなく！　時と場所を考えろって言っ……」

「夜ですから時はクリアですよね。場所はそれこそ問題ないと思うんですけど」

「問題ないって、おまえ」

言い返しかけて、いきなり気がついた。――もとい、思い出した。

今までは目に入ってもまともに見ていなかったが、ソファの背後、つまり一基の真正面にあるのは無駄なまでに巨大なベッドだ。仕事で使ったことのあるビジネスホテルのものとは形といい大きさといい明らかに別物で、要するに用途が違う。その向こうにある大きなガラス張りの空間は間違いなく浴室で、さらに視界の端にある自動販売機の陳列窓に並んでいるのは、見るからにアレな品物ばかりだ。

……入る時はとにかく「邪魔が入らずふたりで話せる場所」としか思っていなかったが、ここはいわゆるそういう時に利用するためのホテルなのだ。

長谷をここに連れ込んだのは他でもない一基自身だ。おまけに一基はソファに座った長谷を跨《また》ぐ形で座り込んでいて、傍目にはやる気そのものの体勢になっている。

顔だけでなく、全身が爆発するかと思った。

「一基さん……？」

「――わ、かった。わかったけど、とにかくここは出よう」

「え、出ちゃうんですか。せっかく入ったのに？　一基さん、こういうところ初めてなのに、もったいなくないですか」

とても残念そうな顔で言われて、脳味噌が溶け崩れそうになった。何をどう答えればいいのかわからないまま、一基はどうにか言葉を返す。

「いいから移動だ。つーか、ここにいたいならおまえは好きにしろ。おれは帰るぞ」

「厭です。――と言ったらどうします？」

間髪を容れずに言われて硬直していると、じっと一基を見つめていた男がふわりと笑う。

見慣れているけれどここしばらくは見ることのなかった、悪戯《いたずら》小僧のような顔だった。

「嘘ですよ。残念ですけど、移動しましょう。俺の部屋に来てもらってもいいですか？」

願ってもない言葉に、一基は必死で頷いた。

18

帰り道は、やけに静かだった。

たまにぽつぽつと確認のような話をするだけで、どちらもほとんど喋らなかった。ホテルから最寄り駅に向かう間も電車に乗ってからも、長谷のアパートに近い駅で降りて歩く時にも、会話らしい会話はなかったように思う。

それなのに、少しも気まずさは感じなかった。むしろ、電車の乗り降りや駅の改札口を抜ける時に横にいる長谷が必ず振り返って一基の存在を確かめていることに、むず痒《がゆ》いような気恥ずかしさを覚えた。

「一基さん、うちのアパート前で待ってたって言ってましたよね。いつからいたんですか？」

駅から続く商店街を抜けて住宅街に入るなり、思い出したように長谷が言う。

「四時過ぎくらいからだな。ああそうだ、たぶんおれ、近所の人に不審者だと思われたぞ」

「え、何でですか？」

「人相が悪いからだろ。今のご時世だし、おれみたいのが二時間以上近所の同じ場所に突っ立ってりゃ、気になるのが人情ってもんだ」

自嘲混じりに言うと、隣を歩いていた長谷は露骨に眉を寄せた。

「別に、人相は悪くないですよ。服装も髪型も似合ってるし清潔感があるし、不審者に間違われる要因もありません。そもそも一基さんて、自分で言うほど怖い顔はしてないんだし」

「顔は地味だもんな。悪いのは目つきなんだ。わかっちゃいるんだが、これぱっかりはなあ」

「それは目つきが悪いのではなく、目力があるって言うんじゃないですか？」

「違うだろ。そりゃ、アバタもエクボってヤツだ」

呆れ半分に言い返した時、横から伸びてきた手にするりと手を繋がれてしまった。

二十一時は微妙な時間帯だ。帰宅する人影は減っていてもそれなりにいるし、家々の明かりも点《とも》っていて、いつどこで誰が見ているかわからない。そして夏真っ盛りの八月は夜になっても薄着であり、冬場のコートのようにカモフラージュにはなってくれない。

いつもなら即振り払って説教するところだったが、今日ばかりはそうする気になれなかった。それでも気になって周囲を見回していると、繋がっていた手が急に互いの指を絡める形に繋ぎ直される。傍らを見上げると、長谷は見とれるようなきれいな顔で笑った。

「大丈夫です。他に人がいたら足音でわかります」

「そういうもんか？　ここで見られてまずいのはおれじゃなくておまえの方だぞ」

「俺は平気ですよ。ですけど、一基さんが厭なら無理にとは言いません。今後はできるだけ、時と場所も考慮するようにします」

苦笑混じりに言ったかと思うと、長谷はするりと指をほどいてしまった。確かめるように最後に一基の手の甲を撫でて、呆気《あっけ》なく放れていく。

このシチュエーションで、長谷の方から手を放したのは初めてだ。思いがけなさにぽかんと見上げた一基に、苦笑混じりに言った。

「ということで、今は手を繋いでも大丈夫ですか？」

「……おまえが耳ダンボで人目を考慮できるんなら可。できないなら不可」

「了解です。考慮します」

笑い混じりにもう一度、手を繋がれる。その時には、長谷のアパートが見えてきていた。時刻を考えて、足音を立てないよう外階段を上がる。久しぶりに入った長谷の部屋を玄関先から見渡して、自分でも不思議なほど懐かしく感じた。

靴を脱いで先に上がりかけたところで、背後から長い腕に囚《とら》われる。振り返った目元にキスをされて、反射的に瞼《まぶた》を落としていた。

一基さん、と囁く声がする。返事代わりに腰に回った腕を握ると、こめかみから頬を伝ったキスに唇の端を齧られた。そのまま身体を反転させられ、改めて唇を塞がれる。

「ン、……っ」

歯列を割って深くなったキスの合間に、背中や腰を撫でられる。その手にジーンズの前を探られて、いきなりのことにぎょっとした。

思わず引いた腰ごと背中を玄関の壁に押しつけられ、ジーンズの前を緩められて、一基は長谷の手首を掴む。しつこく続くキスから顔を背けて、目の前の男を睨み上げた。

「……………っ、ちょっと待てハルカっ、急ぐな！」

「急いでません。ホテルからここまで待ちました。けど、もう限界です」

即答とともに、今度は耳朶に食いつかれた。やんわりと歯を立てられ、輪郭をなぞるように舐《ねぶ》られる感触に肌がざわめくのを自覚しながら、一基はジーンズの中に入り込もうとする長谷の手を押し返す。

「いや、そうじゃなくて！　その前に風呂——シャワーでいいから行かせろよ。おれ、朝からバタバタしててかなり汗かいてるしっ」

いったんアパートに帰って食事をして、シャワーを浴びようかと思ったものの気が逸《はや》ったせいでそのまま出てきてしまったのだ。

「気にしなくていいですよ。どうせまたすぐ汗をかくことになりますから」

「却下。おまえはよくてもおれが気になる。とにかくシャワーが先だ」

ぎろりと睨み上げると、吐息が触れる距離で一基を見ていた長谷が落胆を露《あら》わにする。場合によっては絆されてしまいそうな表情だけれど、これぱかりは絶対に譲ってやる気はない。その決意が伝わったのか、長谷は長いため息をついた。話している間も怪しく動いていた手を止めて、軽く一基の額に額をぶつけてくる。

「一基さん、そういうところ潔癖ですよね……」

「潔癖じゃねえだろ。当たり前のマナーだ」

これから何するか考えろと言いかけて、一基はその言葉を引っ込める。前にそのまま言ってしまった時に、いろいろ反論されたのを思い出したのだ。途中で脳味噌がパンクしたのでろくに覚えていないが、またアレを聞かされるのは真っ平だった。

「マナーですか。そうですね。一基さんの言う通りです」

すんなりと頷かれて、ほっとするより先に警戒信号が点った。

一基が身構えたのに気づいたのかどうか、長谷はさらに顔を寄せて目尻や頬にキスをしてくる。目線を合わせて、やけに爽やかに言った。

「じゃあ、一緒に入りましょうか」


もう少し、反省させた方がよかったのだろうか。

「ん、……ぅ、あっ――」

明るいベージュ色の天井を見上げながら、頭のすみで一基はそう思った。

この部屋の天井には壁紙と同じものが貼られているが、無地に見えて実は凹凸に沿った地模様がついている。意識や視界がクリアな時にはくっきりと見て取れるそれは場所によって何かの形に見えるのだけれど、それを眺めるのが結構好きなのだ。

もっとも、今はそれも無意味だ。明かりが落とされているせいもあるけれど、何より一基の視界が滲んでしまって、照明器具の輪郭すらはっきりしない。喉からこぼれる声は意味のない音にしかならず、握りしめた手は長谷の髪を摑んだつもりで指に絡めているだけだ。

「……っ、ん、……ふ、っぅ……」

声を嚙んでどうにか顔をもたげた先、目に入った光景はほんの少し前に見たのと同じだ。大きく開かされた脚の間に長谷が顔を埋《うず》めて、身体の中でもっとも過敏な箇所を唇で煽っている。目には見えない腰の奥を長い指先が深く穿《うが》って、焦《じ》らすようにゆったりと動いていた。耳につくのは一基自身の殺しきれない声と、長谷の手の動きと連動して響く水っぽい音ばかりだ。

浅い呼吸をしながら横を向けた頬に当たるふわりとした感触は、シーツではなくバスタオルだ。浴室を出る時点で腰砕けになっていた一基を、長谷がくるんで運んでくれた。

一緒に風呂に入ろうという提案を、一基は当初、ありえないとばかりに丁重に辞退した。ひとりで入る、すぐに出てくると何度も言ったのに、長谷は不思議そうに言ったのだ。

（マナーだったら、一基さんだけじゃなく俺も風呂に入らないと駄目ですよね？）

（それぞれで入ってもいいんですけど、余分に時間がかかりますよね）

（そこまでは待てません。一緒に入るか最初から入らないか、どちらかに決めてください）

必死で述べた反論異論はものの見事に論破され、真面目な顔でぐいぐいと迫られた。最終的に、長谷の一言に頷いてしまったのだ。

（うちの風呂は狭いからのんびりするのは無理ですよ。さっさとすませてしまいましょう）

長谷の部屋の浴室はトイレや洗面所とは別だが、それにしては確かに狭い。大の大人がふたりも入ったら、その時点で満杯になるに決まっている。

そんな狭い場所で何かしてくることはないだろうから早々にすませて出てしまえばいいと、思ってしまったのだ。そして、数分後にはその判断を心底後悔する羽目になった。

さっさと出るんじゃなかったのかとか、こんな狭いところで何をするとか話が違う場所を考えろとか、声が響いて聞こえたらまずいとか。必死の訴えはきれいになかったことにされ、最後の懸念に関しては「じゃあこれで塞ぎましょう」の言葉とともに舌先が絡むキスを続けられて、文字通りさんざんに煽られ二度ばかり限界を迎えてしまった。

それでも、まだ浴室の中の方がマシだ。狭かったからかもしれないけれど、少々意地の悪いことはされたけれど、ここまで執拗に焦らされはしなかった。

ベッドに移るなり一基の膝に手をかけた長谷は、以降ずっとこうして一基の熱を煽っているのだ。もう無理だと、終わらせてくれと何度訴えても、あのきれいな笑顔で「もう少し」と返すばかりだ。堪えきれなくなった一基が自分で手を伸ばしたのも阻止され、懇切丁寧な口調で「それは駄目です」と言われて、完全に逃げ場を失ってしまっていた。

「ヨ、ウ……もう、――」

必死で絞った声は吐息に近く、ほとんど音になっていない。それなのに、長谷はすぐに顔を上げてこちらを見た。

ひどくいたたまれないのに、ぶつかった視線を逸らせなかった。

滲んだ視界の中で、長谷の顔が笑ったような気がした。続いて、低く掠れた声がする。

「無理ですか。もう少し我慢できない？」

「……、っ」

返事の代わりに、自分から長谷に向かって両手を伸ばしていた。重なってきた重みの馴染んだ体温にほっとしていると、寄ってきた吐息に呼吸を奪われる。舌先を搦め捕られ、やんわりと食《は》むようにされた、そのタイミングで下肢の間を無造作に摑んだ手のひらで煽られて、それでなくとも限界近かった熱は呆気なくはじけてしまった。

「……っ、ン、――」

喘《あえ》ぐようになった呼吸すら奪うように、執拗なキスに唇の奥まで探られる。間を置かず、余韻のように震える膝を摑まれた。

身構える猶予もなく腰の奥に割り込んできた体温に、ぞくぞくと腰が揺れる。知っているはずなのに、とんでもなく深い場所まで入り込まれた気がした。ようやく解放された唇からこぼれた引きつったような吐息に、何度も息を飲む羽目になる。

「そういえば一基さん、前の時から今日までどうしてました？」

「…………？」

不意打ちの問いに思考がついていかず、一基はぽかんとする。その頬にキスをして、長谷は内緒話のように続けた。

「しばらく間が空いたでしょう。その間、自分ですることもあったんですか？」

言葉とともに、先ほど終わったばかりの箇所を指先で探られる。空白になった頭の中にその意味が落ちてきたのは数秒後で、一基は今度こそ絶句した。

この状況で、言うことがそれかと思った。

「ば、……何、言っ——」

「前から思ってたんですけど、一基さんて、自分でしてるイメージがあまりないんですよね。俺とこうなる前にどうやってたのか、ずっと気になってたんです」

「そ、んなん他人が詮索《せんさく》することじゃねえだろ」

ふいと顔を背けると、手のひらで頬ごと引き戻された。額がぶつかりそうな距離に顔を寄せられ、低く問われる。

「恋人のサイクルを知りたいのは、当たり前じゃないですか。だから、ちょっとだけ教えてくださいよ。もしかして、自分でこっちも触ったりします？」

真面目な顔でろくでもない台詞《せりふ》を吐いたかと思うと、繋がったままの腰の奥を緩く突かれた。とたんにびくんと跳ねた下肢を押さえつけられ、もったいをつけるように手のひらで背中から腰のラインを辿られて、肌の底が波立ったようにざわめき始める。

馴染んだその悦楽に半分引きずられながら、思考は見事なまでに凝固したままだ。瞬《まばた》きも忘れてかちかちになっていると、長谷が笑い混じりに唇を啄んでいく。

「もしかして図星ですか？　だったら今度、どうやってるのか見せてもらおうかな」

「……ば」

しれっと囁かれた台詞を耳にするなり、脳味噌の一部がショートした。今の今まで思考と一緒に固まっていた手足をバタつかせて、一基は長谷を押し返そうとする。

「ハルカ、……ヨウ！　てめえ、ふざけんのもいい加減に……っ」

険しくなった声を遮るように、上から覗き込んでいた男が動く。半端に途切れた声すら楽しむように唇の端にキスされて、悔しさのあまり噛みつき返してやった。その間も長谷の動きは止まることなく、連動したように身体の奥からぞわりとするような悦楽が滲んでくる。

「駄目ですか。想像だと、すごく可愛いはずなんですけど」

「そ、うぞうって何――お、まえなあ！　何考えて」

「何って、俺は一基さんのことしか考えてないですよ？」

余裕たっぷりの言葉とともに両の手首を摑まれて、顔の横に貼り付けるようにシーツに押さえつけられた。まともに真上から見下ろされる羽目になって、かあっと全身が熱くなる。

今さらだとは思うけれど――これまでに何度もあったことだけれど、こんなふうに真正面から見られるのは苦手なのだ。厭だとか不快なのではなく、とにかく居たたまれない。できることなら、即刻裸足《はだし》で逃げ出したくなってくる。

「……一基さん」

頬を掠めて落ちたキスに、耳元をなぶられる。思わずびくりと動いた喉元から鎖骨へ、そして肩へと移ったキスの合間にも名前を呼ばれて、低い声が含むやたらと甘ったるい響きに勝手に肌に震えが走った。顎に戻ったキスにやんわりと歯を立てられ、そこから反対側の耳元までを吸い付くようになぞられて、どうしようもなく腰が揺れる。気がついた時には、一基は背けていたはずの目で睨むように長谷を見据えてしまっていた。

「お、まえな……だ、からそういう――」

さっきから、わざとゆったりとしか動かずにいるのだ。一基が焦れて自分から切り出すように仕向けるために、言いにくい返事を要求し、弱い部分に決定打に欠ける刺激を与えてきている。その証拠に、見下ろしてくる顔はいかにも「何か言わないか」と待ち構えていた。

「ど、こが恋人には甘い、だよ。この、性悪……っ」

握り合う形になっていた長谷の手にわざと爪《つめ》を立ててやったのに、長谷は平然としたままだ。作ったような悲しそうな顔になって言う。

「一基さん……その言い方はひどくないですか？」

「どっちが、だ！　いい加減、とっとと動け……っあ！」

語尾を押さえつけるように、いきなり長谷の動きが大きくなった。握り合っていた手が離れたかと思うと、今度は強く腰を抱かれて深く奥まで突き上げられる。望んだこととはいえ急激すぎる変化に、どうしようもなく喉から悲鳴のような声が溢《あふ》れた。

「う、ぁ……っ、待っ――」

「無理です」という声を、耳元で聞いた気がした。

引きつけられた腰を逃げようのない力で固定されて、深く浅く抉られる。身体だけでなく視界までもが小刻みに揺れて、そのたびに腰の奥の深い場所からヒリつくような悦楽が溢れた。もう馴染んだはずなのに一向に慣れないその感覚はあっという間に深くなって、一基は摑んだシーツに爪を立てながら溺《おぼ》れているしかできなくなる。

「……っぁ、――ん、や……っ」

寄ってきたキスに、顎の付け根を啄まれる。複雑な形まで覚え込むように動く舌先が、一基が呼吸を詰める場所を探すように耳朶のすみずみまでを嘗《な》めていく。最後に小さく歯を立てたかと思うと、おもむろに深く呼吸を奪われた。

「ン、……ぅ、ン――」

互いの身体の間に入った手のひらに、過敏な箇所をまさぐられる。やんわりと握り込まれて、自分のその箇所が熱を含んで形を変えていたのを自覚した。

肌の底から浮かんできた悦楽が、じわりと集まって水たまりを作る。搦め捕られた舌先だけでなく、腰を摑まれている感覚や、時折長谷の顔が一基の顎や頬を掠めていく感触にすら、ぞくぞくとするような熱が生まれた。

「一基さん……捕まるんだったら、こっちに」

色を含んで掠れた声に吐息混じりに囁かれて、危うくてっぺんまで上りつめそうになった。導かれるまま伸ばした指先で広い背中にしがみついて、一基はほんの少しほっとする。

言ったことはないし、これからも言えはしないだろうけれど、こうやって長谷の背中に捕まっているのは安心する。

そう思うのは、相手が「長谷だから」だ。誰が知らなくても一基は知っているし、自分がわかっていればそれで十分だとも思う。

揺らされるたびそこかしこから起きる悦楽に、肌の表面がざわめくのがわかる。小さかったはずの流れはいつか大きな波を作って、一基の思考までも攫《さら》っていく。

「……っ、——」

食らいつくようなキスに、呼吸が詰まって喉が鳴る。見えない何かを詰め込まれたように頭の中が飽和して、何も考えられなくなる。いつのまにか激しくなっていた波に、確実な高みへと押し上げられていく。

声を上げたかどうかも、意識になかった。目の前が弾《はじ》けたような錯覚にしがみついていた肩に額を擦《こす》り付けたのと同時に身体の奥で長谷が弾けたのを知って、吸い込まれるように意識が薄れていく。

一基さん、と呼ぶ声がする。誘われるように瞼を押し上げると、間近で見つめる長谷と目が合った。確かめるように頰を撫でられ、唇を覆われる。すぐさま深くなったキスについていけずされるがままでいると、今度は頰ですり寄ってきた。

構ってくれと、言われた気がした。重い腕を上げて長谷の髪をわさわさ撫でてやると、ほっとしたように笑ってまたしてもキスしてくる。その唇を、今度はこちらから齧ってやった。

ゆっくりと長谷が離れていくのを、触れた肌だけでなく身体の奥で感じて鳥肌が立った。未だに慣れないその感覚を奥歯を噛んでやり過ごしていると、額を撫でられて吐息に近い声で名を呼ばれる。横を向いたまま目をやるなりまともに視線がぶつかって、反射的に顔を背けてしまう。気恥ずかしさに、その場で蒸発したくなった。

おそらくこういうところが「ムードがない」のだろうけれど、身体が離れてしまったとたんに落ち着かなくなるのだ。ほんの数秒前まで平然とできたことが、スイッチが切り替わったように難しくなる。

「一基さん。その顔、すごく可愛いんですけど、どうします？」

「ば、……おまえ、なあ。前から思ってたけど、正気かよ」

たった今、一基は長谷を「睨んで」いたはずだ。それを可愛いと表現するあたり、この男は確実にどこか壊れていると思う。

「一基さんこそ、少しは自覚した方がいいですよ。今度、鏡で見せてあげましょうか？」

露骨な呆れ顔になっていたはずなのに、上から覗き込んで言う長谷の顔は笑ったままだ。軽く額をぶつけてきたかと思うと、目元やこめかみを啄んで鼻の頭にちょんと触れ、おもむろに唇を合わせてくる。柔らかいキスの合間、気遣うような腕に腰と背中を抱き込まれた。

慣れたようなその仕草を、年下のくせにそれはどうなんだと憎たらしく思うことも多い。半面、心地良いと感じているのも確かで、どういう顔をすればいいのか迷う。それでも何かしたくなって、伸ばした手のひらで長谷の頭を掴んだ。無造作に引っ張って、お返しのつもりで形のいい鼻の頭に歯を立ててやる。

近い距離にあった長谷の目元が柔らかくなるのがわかって、つられたように頬が緩んだ。じゃれるようなキスが落ち着くのを待って、一基は「なあ」と切り出す。

「前に言ってた役割分担っての。そろそろ交替してもいいんじゃねえか？」

「——はい？」

「おまえ、あの時に慣れだって言っただろ。だったらその、おれもちょっとは慣れてきたはずだし、やばいところは教えてくれたらそれなりに」

「無理です。まだ早すぎますよ」

お伺いを立てるつもりでそろりと言ってみたら、間髪を容れずに却下された。素早すぎる返事に、一基はむっと顔を顰めてしまう。

「何だ、それ。即答するか？」

「慣れてきたから教わったって、それでできるものじゃないんですよ。知識と経験がないと、お互いに大怪我《おおけが》をするって言ったの、覚えてますよね？」

「そりゃ、覚えてるけどさ。でも今月末が来ればつきあって丸五か月なんだし」

「やっと五か月、の間違いでしょう。一基さんは俺しか知らないはずですから、明らかに経験値が足りません。その状況で交替するのは無理だし、無謀ですよ」

「——」

経験値を持ち出されてしまうと返す言葉はなく、一基はむっとしたまま口を閉じる。それへ、長谷は畳みかけるように続けた。

「俺と一基さんが揃って仕事を休んだりしたら、神さんは絶対に不審に思います。下手をしたら、理由がバレるかもしれません。それでも交替したいですか？」

この台詞が、決定打だった。

長谷とのことを承知しているとはいえ、幸いなことにあの友人はそちら方面にはまず突っ込んでこない。せいぜい去年の長谷の暴走をネタにしたり、職場でくっつかれると鬱陶しいなどと小言を言う程度だ。

だがしかし、仕事に支障を来した場合はけしてその限りではない。そしてあの友人は一基のこととなるとむやみやたらと聡《さと》い上に、一基は隠し事がとても苦手だ。

万一、その手のことを見透かされたりしたら——あげく仕事上の注意を食らった日には、おそらく一基は二度と神野の顔をまともに見られなくなる。そう思えば、答えは一択だ。

「……了解。んじゃ、もうしばらく見送りな」

「そうしましょう。無理は禁物です。人それぞれ、適性というものもありますしね」

「適性？」

さらりと返った長谷の言葉が気になって顔を向けると、不意打ちで唇を齧られた。そのまま深くなったキスを受け入れている間にころりと仰向《あおむ》けにされて、気がついた時には脚の間に長谷の身体が割り込んでいた。

おい、と言いかけた言葉は、歯列を割ったキスに飲まれた。舌先が絡んで深くなったキスに眉を寄せている間に、内股を手のひらで撫でられる。

まだやる気かとは思ったけれど、今日のところは仕方なしと身体の力を抜いた。

弟は明日にはアパートに帰ってくる。明日以降も兄弟で寝起きするのだから、長谷とこんなふうにくっついて過ごすわけにはいかない。さらに言うなら弟がいる今月末まで一基は社長付きになるため、長谷とはまったくの別行動で休日も重ならない。

それなら明日の朝まではと思ったのだ。物足りなかったのはお互いさまで、長谷だけでなく一基もまたこういう時間が欲しいと思っていた。

「……おい。適性って、どういう」

「ふつうの意味ですよ。向き不向きとも言います」

その前に確認しておこうと思ったのに、長谷の返事は何やら微妙だ。それは辞書的な意味であって、こちらの問いにまともに答えてないだろう。すぐに言い返すはずが言葉はまたしてもキスで封じられてしまった。

目が覚めたら、きっちり問いつめてやる。思い決めて、一基は恋人の背中にしがみつく指に力を込めた。

ついでに今日一日遊んで帰る、というメールが祥基から届いた時、一基はまだベッドの中にいた。

「どんだけ元気なんだ……つーか、若いってことか」

メールによると、大学生三人での飲み会は大いに盛り上がったようだ。買い込んでいた酒は早々になくなったため真夜中に追加の買い出しに行って、出来上がった三人で日の出を拝んでから寝たという。それで昼前に「遊んで帰る」のメールができるのだから大したものだ。

ちなみに真夜中の買い出しだの日の出云々《うんぬん》は、前後して届いた豊田と柴野のメールにあった内容だ。三人同じ部屋にいるくせにそれぞればらばらにメールを寄越すあたり、律儀なのか遊んでいるのか判断に迷うところだった。

「若いってことでいいんじゃないですか？　それはそうと一基さん、起きられますか。もうじき食事、できますけど」

「ああ、うん。起きる。……からおまえ、ちょっと移動よろしく」

ベッドの中でタオルケットを被ったまま返すと、一基よりずいぶん早く起き出したらしい長谷は、キッチンに立ったままでとても微妙な顔になった。

「それって、あんまり意味がないいんじゃないですか？　昨夜は一緒に風呂にも入ったんだし」

「それとこれとは話が別。移動が面倒なら一分ほど後ろ向いとけ。その間にこっちが動く」

何しろ、タオルケットの下は素っ裸なのだ。首まで埋まった格好でじろりと睨みつけると、長谷は苦笑した。

「じゃあ、俺は買い物に行ってきます。十分ほどで戻ります」

「了解」

そそくさと出ていく背中を見送ってから、一基はそろりとタオルケットを剝《は》いだ。少々重かったり怠《だる》かったりする手足を叱咤《しった》して、のろのろと浴室に向かう。

久しぶりだったせいできれいに忘れていたが、盛り上がった時の長谷はしつこくなるのが常だ。昨夜がもろにそれで、時計こそ見ていなかったが結構長くつきあわされたように思う。もとい、自主的につきあったら想定外にあれこれされてしまったのだ。おかげさまで、身体の節々が痛かったり腰が重怠かったり他人様《ひとさま》には言えない箇所がアレだったりする。

そういう間柄で着替えを見るなと文句を言うのは妙なのかもしれないが、日常的な場面で見られるのはどうにも気恥ずかしいのだ。長谷には悪いと思うが、これればかりは性分なので諦《あきら》めてもらうしかあるまい。

のんびり浴室を使っていると昨夜のあれこれを思い出しそうで、手早くシャワーをすませてバスタオルを使った。下着は新しいものが置いてあったのでありがたく使わせてもらい、洗面もすませたあとで、一基は初めて「それ」に気がついた。

剃刀《かみそり》の横に、白緑青の順に歯ブラシが並んでいたのだ。

互いの部屋に泊まることがよくあるため、長谷と一基の間では互いが使う日用品を色で区別している。たとえば今使った剃刀も一基用は白で長谷のものは青だ。

じゃあ緑は誰なんだと眺めてみると、ご丁寧にも持ち手の側面には見覚えのある文字で「ヨシキ」と書かれていた。

ずん、と気分が悪くなった。消えてなくなれという勢いで睨みつけていると、ふいに洗面所のドアが開く。

「一基さん？　そろそろ食事の支度できますよ」

「確認事項がいくつかある。隠さず正直に答えろ」

不意打ちで突きつけると、おそらくしばらく前には帰ってきていたのだろう長谷がドアに手をかけたまま動きを止める。それへ、一基は鋭く詰め寄った。

「おまえさ。ヨシとはどうなってんだ？」

「……はい？　どういう意味でしょうか」

「最初あんだけ険悪だったくせに、いきなり親しくなったよな。ふたりで食事に行くわ飲みに行くわ、しまいにはここに泊めたんだよな？」

言いながら、これはいわゆるヤキモチだなと認識した。

真正面から長谷にぶつけるには恥ずかしい上に、みっともないという気がとてもする。けれど、それも今さらだ。昨夜あれだけ言い合ったのだから、この際今のうちに訊いておけ、という心境だった。

「それはまあ、和解したあとは何だか懐いてくれてますので、それなりに」

「それなりの相手とは飲みに行くのに、おれに声をかける気はなかったわけだよな？　合流するって言ったのも断られたしなあ」

我ながら、かなり恨みがましい言い方になった。それが意外だったのか、長谷がきょとんと目を瞠る。

「それって、祥基と俺が初めて飲みに行った時の話ですか？」

「泊めた翌日もふたりで食事に行って、酔いつぶれたヨシを負ぶって帰ったんだよな。おまえ、そこまであいつが気に入ったのかよ」

昨夜の今朝で、長谷を疑う理由はない。祥基にしても邪気なく懐いているだけなのは、いかに鈍い一基でも感じ取れる。

要するに、一基の心が狭いということだ。黙って流すのが大人だろうと思っても、こればかりは腹に据えかねた。

しばらくぽかんと一基を見下ろしていた長谷が、おそるおそるという風情でそろりと言う。

「一基さん。もしかして、ずっと気にしてました……？」

「違う。根に持ってるだけだ」

一基にとっては大きな違いを堂々と主張したとたん、いきなり長谷が満面の笑顔になった。胡乱さに「おい」と言いかけるなり、がばりと全身で抱きついてくる。

「ちょっ、おい！　馬鹿、何やってんだよっ。ちゃんと答えろって言っ――」

言葉が半端に途切れたのは、顎を取られてキスされたせいだ。数秒後に我に返って腕を突っ張ったものの、昨夜の疲労が残る身体では長谷の力に敵《かな》うわけもなく、ユニットバスの壁に押しつけられて舌先を搦め捕られてしまった。

「ん、……ちょっ……から、待て！　って言ってるだろうが！」

広い背中をばしばしと叩いても腕は緩まなかったので、思いついて脇の下を掴んで擽《くすぐ》った。さすがに驚いたらしく腕が緩んだところで、今度は顔を掴んで引き剝がす。

「いて、……一基さん、ひどいですよ。ただの愛情表現じゃないですか」

「阿呆。そんなもん時と場合を考えてやれ。人の質問すっ飛ばして盛るんじゃねえ」

「盛ったんじゃなくて、喜んだんですけど」

「あぁ？　何でだよ。ナニに喜ぶって？」

鬱陶しいことを言ったはずだと胡乱に見上げていると、長谷は上機嫌そのものの笑みを浮かべて一基の肘を取った。

促されるまま浴室を出て、ソファに座らされる。待つように言われて、要ははぐらかされたのかとまたしてもむかついてきた。

運ばれてきた朝食はごはんに味噌汁に焼き魚に出汁巻き卵という純和風で、当たり前のことに味は文句なしだ。せっせと食べているうちに気分はあっさり浮上して、こんなにも簡単に懐柔される自分をどうなんだと思う。

「祥基のことなら、気に入っているのではなく別扱いしているだけですよ」

食後のお茶を持ってくるなり、長谷はソファに座った一基の足元に腰を下ろす。座面に肘を乗せるようにして、いきなり巻き戻った話に目を見開いた一基を見上げた。

「最初の態度が悪かった時に我慢した理由も同じなんですけど、できれば祥基には嫌われたくありませんし、こっちから嫌うのも難しいんです」

「何だそれ。嫌われたくないとか、嫌うのが難しいとか」

「だって祥基、一基さんと似てるじゃないですか。何をされても一基さんを思い出すのに、嫌えるわけがないですよ」

打てば響くように言われて、何となく顔が熱くなった。それでも引っかかりが消えずに、一基はぶっきらぼうに言う。

「理由ってのは？　何で別扱いなんだ？」

「物理的には、終電がなくなったからです。タクシーだとかなりの金額になるし、それは祥基もキツいと言ってましたし。けど、俺にとっての理由は少し違います。あんな時刻に祥基が出入りすると、一基さんが休めなくなると思ったからです。あの頃、一基さんはずいぶん忙しいようでしたから」

予想外の言葉に、湯飲みを持ったまま動けなくなった。そんな一基をきれいで優しい顔で見上げて、長谷は言う。

「うちに泊めた理由は祥基が一基さんの弟だからで、それ以上も以下もありません。相手が親しいバイトというだけなら、適当なカプセルホテルに押し込んで終わりにします」

「だったら、おれが行くって言った時に止めたのは何なんだよ」

「あー……それはですね」

今の今まで笑っていた長谷が、微妙に困った顔になる。口ごもる様子にごまかすなとばかりに睨みつけると、ひとつ息を吐いて見上げてきた。

「実は、祥基と情報交換をしていたんです。俺としては、食事や飲みよりもそっちが主目的だったんですよ」

「情報って何のだよ。仕事の関係か？」

「そうではなくて、……一基さんに関する情報なんです」

「……はあ？」

思いも寄らない返答に、かくんと顎が落ちた。口を開けたままじっと見下ろしていると、長谷はばつの悪そうな顔で訥々と言う。

「こっちでの一基さんの様子を俺が話す代わりに、祥基から一基さんが実家にいた頃のことを聞かせてもらってました。お互いの希望が一致したので」

「きぼうがいっちって」

「なので、一基さんに来てもらうわけにはいかなかったんです。あの日は、早い段階でそういう取り引きになっていましたから」

「おまえらな……」

そんなくだらないことが原因で、あんなにむかむかする羽目になったのか。考えただけで、全身からふしゅうと空気が抜けていく気がした。

「すみません。一基さんはそういうの、厭がるか怒るかするだろうと思ったんです。祥基もそれは同意見で、だから黙っていようと」

「………」

思わず、長いため息が出た。

当然だ。弟と恋人に、自分の日常に関する情報交換をされた日にはたまったものじゃない。そしてもうひとつ気がついた。要するに、その一端があの祥基と長谷のタッグだったわけだ。

「ヨシもだけど、おまえも暇すぎねえか。そんなもん聞いて、ナニが楽しいんだよ」

ぼやく声は、自分の耳にも疲れ果てて聞こえた。

少々気まずそうな顔になった長谷が、きれいな動作でソファの一基の隣に上がってくる。ひょいと顔を覗き込んで言った。

「俺は一基さんが好きで、だから一基さんのことが知りたいんです。それでなくとも、神さんには敵わないことが多いですからね」

「敵うも何も、神は友達だって言ったろうが」

「そうですね。でも、昔のことを知りたいという意味ではお互い様ですよね？　一基さんだって、タロから俺の話を聞いたんでしょう？」

にっこり笑顔で言われて、ぐうの音も出なくなった。それでも黙っていられずに、一基は矛先を今ここにいない弟に向けてみる。

「……おまえはまあよしとしても、だ。ヨシのヤツはどうすんだか。あれで、まともな大学生活送れてんのか？」

「大丈夫でしょう。友達からよくメールや電話が来てるようですよ。彼女からもしょっちゅう連絡がありますしね」

「――へ？」

言われた言葉の意味がすぐに理解できずに、一基はぽかんと傍らの男を見上げる。長い指に頬を撫でられて、やっとのことで我に返った。

「あいつ、彼女がいるのかよ。いつの間に作ったんだ、そんなもん」

「この秋に二年めに入るそうです。写真だと才女って感じのきれいな子でしたよ。もしかして一基さん、聞いてなかったんですか？」

「初耳だぞ。つーか、ヨシのヤツ、何でハルカには言っておれには黙ってやがるんだよ」

言ったあとで、とても悲しいことに思い当たった。

すぐ下の弟——匡基《まさき》は、三年前に結婚して家庭を持っており、義理の妹はすでに身ごもっていると聞いている。そして、祥基にもきれいな彼女がいる。

しかし一基は、この春まで——長谷とつきあうようになるまで、一度として「恋人」というものがいたことがない。長谷とのことは家族に話していないから、おそらく「恋人いない歴イコール年齢」だと認識されている。

つまり要するにもしかして、一基の耳に入れるには気が引けるという理由で黙っている可能性が非常に高いのだ。それも、九も年下でかつてはオムツまで替えてやった弟に、だ。

「何だかな……」

何とも言えない、微妙な気分になった。

ため息混じりに手の中の湯飲みを眺めていると、横から伸びた手に取り上げられる。それが目の前のローテーブルに置かれる前に、背中に回った腕に軽く抱き寄せられてしまった。

「おい」

「いいじゃないですか。一基さんには俺がいるんですから」

にっこり笑顔で真正面から言われて、おまけに額にキスまでされてしまった。

自己申告通りのべたべたっぷりがつくづく懐かしく思えて、一基は苦笑する。伸ばした指で長谷の髪を掴んで引っ張り、鼻先がぶつかる距離で言い返す。

「んなこと言うんだったら、もうあんな阿呆な真似すんじゃねえぞ」

語尾に重なるように、長谷がキスをしてくる。触れるだけのそのキスは、食べたばかりの味噌汁の味がした。

カフェラテの決心

初めてその人と会った時、ずいぶん刺々《とげとげ》しい物言いをする人だと思った。

アルバイト先の店長から店舗異動の打診を受けた時、牧田穂《まきたみのる》が最初に思ったのは「どうして自分が？」ということだった。

今の店で問題があるという理由での打診でないことは、すぐにわかった。なぜなら異動先が一号店――「はる」グループの社長がメインシェフを務める、全店の中でも特別な店舗だったからだ。おまけに当時のバイト先店長は、「できれば牧田くんにはうちにいてほしいんだけどね」と言ってもくれた。

しばらく考えた結果、異動を受けることにした。理由は簡単で、大学からも自宅アパートからも近くて便利だったからだ。

数日後、シフトの相談と顔見せを兼ねて、牧田は一号店に出向くことになった。

大学での用事が長引いて遅れそうになって、慌てて駆けつけた一号店の入り口扉には「Ｃｌｏｓｅ」の札がかかっていた。

電話で指示されていた通りその扉を押し開けて、牧田はその場で棒立ちになった。

目の前で、ラフな私服姿の目つきの鋭い人とシェフのお仕着せの長身の男が、見るからに険悪な雰囲気で睨《にら》み合うように対峙《たいじ》していたのだ。

（それにしても、あんた暇ですよね。せっかくの休みにひとりで外食ですか）

(だから何だ。てめえには関係ないだろうが)

耳に入った嫌みの応酬につい腰が引けたけれど、バイト先への挨拶《あいさつ》から逃げるわけにはいかない。躊躇《ためら》っていると、目つきが鋭い方の人が気づいたようにこちらを見た。

瞬間、視線に射竦《いすく》められたような気がして動けなくなった。けれど、直後にその人の目元がふわりと柔らかくなったのが、はっきりと伝わってきた。

(あー……もしかして、新しいバイトかな?)

気遣うような問いに、緊張気味に頷《うなず》いた。そうしたら、その人は奥の方向に声を投げた。

(神《じん》!　新しいバイトの子、来てるぞ)

それが、牧田と友部《ともべ》一基《かずき》との出会いだった。

□

珍しいこともあるものだと、思った。

馴染《なじ》んだバーのカウンター席に腰掛けたまま、牧田は目を丸くして、隣でテーブルに突っ伏してしまった背中を見つめていた。

「……ぐっすり?」

落とした声に顔を上げて、いつの間にかカウンターの中にいたこのバーの店長――シンが前に戻ってきていたことに気づく。こくこくと頷いて返すと、男前だけれど目元の表情が優しい彼は困った顔で顎《あご》を掻《か》いた。

「迎えを呼ぶしかなさそうだな。ハルカに連絡するか」

「そうですよね。今の時間ならすぐ連絡はつくはずですし」

「……ぱすだ。それはナシ、でー」

続いた声に驚いて目をやると、今の今まで突っ伏していた顔がいつの間にかこちらを向いていた。片頬《かたほお》をカウンターにつけたまま、あからさまに呂律《ろれつ》の怪しい口調で続ける。

「あいついま、ししょくかいのじゅんびちゅうなんだ、よ。じゃますんのなし、なー」

「なしって、でもカズキさん、ひとりで帰れますか。無理なのでは？」

「へーき、だ。おれはあ、どーにでもなーる……とーにかく、はるかにれんらくすんのはぜったいに、なし、だ。よろーしくー……」

眠そうな顔でほわあと言ったかと思うと、その人――友部一基は瞼《まぶた》を閉じた。気持ちよさそうにもぞもぞと顔の位置を変えたかと思うと、今度こそ寝息を立て始めてしまった。

何となく、シンと顔を見合わせていた。

「……カズキさんがこんなになるのって、初めて見ました」

「俺もだ。さて、どうしたもんかな。ああまで言われてハルカに連絡するのも気が引けるし」

ハルカというのは隣の席の人――友部一基の恋人であり、シンにとっては友人に当たる人物だ。このバーに来る時はたいてい一基と一緒だったはずだが、今日は最初から不在だった。

「ミノル、カズキさんの知り合いの連絡先とかわかるか？」

「それが……十時までだったら、弟さんやカズキさんの友達と連絡がついたんですけど」

一基とその恋人のハルカの勤務先になる洋食屋「はる」一号店は二十二時に閉店し、以後は留守電に切り替わってしまうのだ。

「じゃあ、ひとまず奥に入れるかな」

「でも、カズキさんがいたらマスターが出入りできないんじゃあ？」

シンの言う「奥」は文字通りカウンター奥にある三方を棚に囲まれた倉庫で、人がふたりも入れば満杯になるほど狭い。眠ってしまった一基がゆったり休めるとは思えなかった。

「だからって、そこで寝ていられるのはちょっとな。あとでハルカに恨まれても困る」

「恨まれるんですか？　どうして」

首を傾《かし》げた時、横合いから知った声がした。

「あれ？　そこで寝てんの、カズキさんだよね。今日は、ハルカは一緒じゃないんだ？」

「所用だそうです。あとで迎えに来るそうですよ」

シンの即答に顔を上げると、席についた牧田の横からじっと一基を見ている男とまともに目が合う。愛想のように笑った相手は三十代半ばほどの年齢で、このバーの常連客であり牧田とも顔見知りだ。意味深に首を傾げて言う。

「熟睡してるみたいだから、迎えを待つにしてももっと静かな場所に移動した方がいいんじゃないか？　この近くにちょうどいい心当たりがあるから、案内するよ。ハルカには、ここに来た時点でマスターから伝えてくれたらいいだろ」

「ここがいいっていうのが、カズキさんの希望なんですよ。そもそも、今日はミノルに会いにいらしたそうですし」

へえ、と眉《まゆ》を上げた相手に、妙にしげしげと眺められてしまった。

「だったらミノルごと移動すればいいだろ。本当、すぐそこだしさ」

「すみませんが。ハルカに、ここで待つよう言われたそうですから」

「マスターは関係ないだろ？　こっちはミノルに言ってんだよ」

相手の執拗《しつよう》さとシンの受け答えで状況は読めた。それで、牧田はにっこり笑って言う。

「ありがとうございます。でもやっぱり、一基さんと一緒にここで待ちます」

「何、ソレ。もしかして俺、警戒されてる？　それはないよー。ミノルは可愛いと思うけど、好みかっていうと違うしさ」

笑い混じりに皮肉られて、疑念はあっさり確信に変わった。それでも表面上は笑顔のまま、不思議そうに言ってみる。

「それはないですよー。ミドウさんこそ、どうしてカズキさんをよそに連れて行きたいんですか？　っていうか、ミドウさんとカズキさんてそこまで親しくされてましたっけ」

わざと直球で訊《き》いてみると、相手はわかりやすく返事に窮した。何も知らないフリで見上げた牧田に苦い顔をしたかと思うと、シンが差し出したグラスを受け取ってそそくさと壁際のテーブルに戻っていく。それを見届けるなり、ほっと肩から力が抜けた。

「……助かった。今度ミノルに奢《おご》るよう、ハルカにも言っておく」

「そんなの、必要ないですよ。っていうか、こういうことってよくあるんですか？」

牧田の知る限り、ミドウとハルカはあくまで顔見知りであって親しいわけではない。というより、むしろミドウとその周辺は何かと目立って華やかなハルカとその取り巻きを少し離れて斜めに眺めているような雰囲気がある。

そして、このバーではハルカの友人がイコール一基の友人だ。ミドウからあんな申し出をされる理由はないはずだった。

カウンターの向こうでグラスを磨いていたシンは、牧田の問いに軽く肩を竦めた。

「ハルカの手前、露骨に出すヤツはまずないけど、カズキさんを気にしてる人は結構いるよ。一見キツそうに見えて、実は無防備で隙だらけっていうのがいいらしい」

「あー……」

「純粋な話し相手や友人としてならいいんだが、あわよくばっていうのも一定数いるからな。ハルカには、なるべくカズキさんひとりでは来させないよう言ってあるんだけど」

「ハルカさんに、ですか。カズキさん本人には？」

「言ってはみたけど、のれんに腕押しだな。考えすぎとかあり得ないとか言われて、まともに受け取ってもらえなかった」

「わかります。カズキさんて、そういうとこありますよね」

すっきりさっぱりしていて話していて楽しく、嫌みがない。面倒見がよく、何かと親身になってくれる人だから、一緒に飲みたいという気持ちはよくわかる。

にもかかわらずと言うべきか、一基は自分のことには無頓着《むとんちゃく》だ。恋人のハルカが周囲にもてはやされているのはちゃんと認識しているくせに、自分に関しては「ありえない」と思っているのが傍目《はため》にも丸見えなところがあった。

「さっきも地味顔がどうとか言ってましたよね。目つきが悪くて怖がられるとか」

「目つきが悪いんじゃなく、目の力が強いんだと思うけどな。確かに、初対面だとキツそうな印象はあるけど」

「それもわかります。ていうか、正直、オレは初対面で怖そうな人だと思っちゃったし。もちろん、違うのはすぐわかりましたけど」

一号店でバイトを始めてすぐに、一基に対する認識は「見た目怖そうだけど気さくな人」に変わった。ハルカとつきあって別れて「はる」でのバイトも辞めて、偶然このバーで再会したあとには「一緒にいると楽しくて気持ちのいい人」であり、「尊敬できる人」になった。

……ただの顔見知りでしかなかった牧田のために、一基は本気でハルカに怒ってくれたのだ。「おまえが悪い」とハルカを叱《しか》りつけたあとで、不器用にこちらを気遣ってくれた。

思えば、それが牧田と一基が個人的に連絡先を交換するきっかけになったのだ。本音を言えば多少の引っかかりはあったけれど――その頃の牧田はまだハルカへの気持ちを完全に思い切れていなかったけれど、一基と会っているうちに少しずついろいろなことが見えてきた。

何よりも、牧田自身が一基をとても好きになっていたのだ。ハルカがこの人に惹《ひ》かれるのは当然だと、そんなふうに思うようになった。

「何のかんの言って、長男体質だからな。ミノルのこともずいぶん気に入っているようだし」

「だと、嬉しいんですけど」

「さっき、面と向かって好きだとか言われてたろ」

「あー……そ、ですね。うん」

思い出したとたんに、頬が熱くなった。言葉を濁していると、シンがふと話を変える。

「悪いが、ミドウさんが帰るまでいてもらえないか？　どうもまだ諦《あきら》めてないようだから」

「もしかして、まだこっちを見てるんですか？」

思わず振り返りかけたのを辛うじて堪《こら》えて訊くと、シンは真顔で頷く。

「ミノルが先に帰ったら、即食いついてくるだろうな。ハルカがいないのも、カズキさんが寝てるのも滅多にないチャンスだし」

「だったら、カズキさんが起きるまでつきあいますよ。どのみち明日はバイト休みで、特に用事もないんです」

にっこり笑顔で言いながら、ほんの少し胸が痛かった。ちらりと目をやった先、カウンターに顎をつけた一基は、先ほどの一幕もこの会話も知らないふうにすやすやと眠っていた。

□

よほど疲れていたらしく、一基はバーの閉店時刻になってシンが声をかけるまで、一度も目を覚まさなかった。

「カズキさん、大丈夫ですか。もうじき駅ですけど、うちまで歩けますか？」

「んー」

「えっと、今日も仕事なんですよね。どこに何時までに、なんでしょうか」

「いちごーてんのまえにじゅうさんじー」

一基の口調は常になく間延びしている上、足取りが危なっかしく左右からの支えが必要だった。とはいえ意識はそれなりにしっかりしているようで、始発電車に間に合うようバーを出て最寄り駅に向かう途中で自宅住所を訊くと、何番線のどこ行きに乗って降車駅はそれこれ、と明瞭《めいりょう》に答えてくれた。

「まずいよなあ。われながら、ナニやってんだか」

電車の座席に腰を下ろしてぼやいた一基に、立って吊革《つりかわ》を握っていたシンは苦笑した。

「まあ、よしとしましょう。カズキさんにはこれまでいろいろ助けていただいたことですし」

「オレもです。ええと、これまでのお礼ということで」

「おれ、たすけたか？　シンとー、まきたくんと……」

不思議そうに言った一基が、隣に座っていた牧田にふいと視線を当ててくる。何か思いついたように、じーっと眺められた。

自分の顔を「地味」だと評する一基だが、牧田の認識はそれとは違う。ハルカの華やかさやシンの端整さとは違うけれど、この人は「年齢《とし》相応のとてもいい顔」をしていると思う。

その「いい顔」に正面から見つめられて、勝手に顔が熱くなった。

あのとかそのとか言っている間も、一基の視線は牧田に当てられていた。何を思ってかシンは傍観者に徹していて、微妙な沈黙に追いつめられた気分になる。目的の駅のアナウンスを聞いた時には、心底ほっとした。

やはり歩くのが覚束《おぼつか》ない一基を、ふたりがかりで左右から支えて改札口を抜けた。本当に大丈夫かと危ぶんでいたが、幸いにして一基の自宅アパートが見えてくる頃には軽く手を貸すだけでよくなってきた。

持っていた鍵で自室ドアの鍵を開けたあと、一基は振り返って牧田とシンを見た。

「ありがとうな。おくってもらってたすかった。めんどうかけてもうしわけなかった」

「気にしないでください。こっちこそ、楽しかったです」

「二日酔いにならないことを祈りますよ」

時刻を鑑《かんが》みて三人で声を落として笑っていると、一基が摑《つか》んでいたドアが急に大きく開いた。お、とのけぞった一基の背後に焦った顔の大柄な青年――「はる」一号店にいたアルバイトが顔を出して、「ええええっ？」と上擦った声を上げる。

「カズ兄っ⁉　おかえりって、それはいいけどこんな時間までどこ行ってたんだよ！　電話もメールもないし、オレがどんだけ心配……っ」

「やかましい。でかいこえでしゃべるな。ときとばしょをかんがえろ」

「何それ、こっちの台詞《せりふ》……って、酒臭いんだけど、飲んできたんだ⁉　オレが誘ったの断ったくせにっ？　ていうかその人たち誰！」

「……うるさい」

むっつりと言うなり、一基は器用に青年の頭を奥に押し込み、手際よくドアを閉めてしまった。どんどんと内側からドアを叩いているらしい弟をよそに、もう一度牧田たちを見る。

「またこんど、うめあわせさせてな。あと、ゆーべのことはハルカにはないしょにたのむ」

「はあ。それはいいんですが」

「えっと、了解です。ハルカさんには内密に」

「うん」と笑った一基は、どうやらまだ半分寝ていたようだ。その証拠に呂律はまだ怪しく、おまけにしっかりしたと思った足取りが玄関に入る時に変な具合に引っかかった。

「うわちょっと、カズ兄っ！」

「……カズキさん！」

転ぶ前にドアの中から手を出した弟と協力して支えたシンに、一基は「ごめん、ありがとう」と律儀に礼を言う。そのままふらりと中に入っていくのを見送りながら、念のためにかシンは弟に向かって一基が今日は午後から出勤らしいと伝えていた。

さすが兄弟というのか、きちんと礼を言った一基の弟は、けれど最後まで胡乱《うろん》そうな顔のままだ。それに挨拶をして、揃《そろ》って駅へと引き返す。

「あれはカズキさんの酒癖か？」

「どうでしょう。もし酒癖だったらすごく律儀だし、カズキさんらしい気はするんですけど」

「確かに。——ところでこれから朝食に行くんだが、よければ一緒に行かないか」

何でも、来たばかりの路線を少し戻った駅の近くにシンの行きつけの店があるのだそうだ。夜中から昼前までの店で、アルコールと和定食を出すという。そういえば空腹だしコンビニでは味気ないと、便乗させてもらうことにした。

電車で数駅戻って改札口を抜け、歩いて四分ほどで古びた店に着いた。しわくちゃの小さな老女と気難しげな老人が立ち働く、カウンター席だけの小ぢんまりとした料理屋だ。おすすめの朝定食を頼んで店内を見回すと、涸《か》れた筆文字で書かれた短冊の品書きが貼ってある。

どうやらシンは常連らしく、老女がかける声は孫にするような親しみのこもったものだった。

「確かに兄弟には見えなかったな。身体《からだ》つきも顔立ちも全然違う」

「カズキさんと弟さんですか？　でも部分的には結構、似てると思いましたけど」

朝定食はごはんと汁物に焼き魚とお浸しの小鉢と焼き海苔《のり》、それに香の物というシンプルなものだ。なのに、最初に口をつけた味噌汁《みそしる》はつい二度見直すくらいに美味《おい》しかった。

「似てるかな。どのあたりが？」

「仕事中の雰囲気はかなり似てますよ。弟さんが、カズキさんのミニチュアみたいで」

「ミニチュアね。弟さんの方が大柄だったと思ったが？」

苦笑混じりに指摘されて、そういえばと牧田は首を傾げる。

「でも、そういう印象だったんですよね。何でなんだろ」

「いや、ニュアンスはわかる。——ところでミノルは大丈夫か？」

「はい？」

定食を食べ終えたタイミングで急に訊かれて、牧田はきょとんと瞬《しばたた》く。

湯飲みのお茶を手にしたまま、シンは真顔でこちらを見ている。目的語のない言葉の意味に気づいたのは数秒見合ったあとで、思わず俯《うつむ》いてしまっていた。

沈黙の中で、隣にいたシンが腰を上げる。カウンターの奥にあったヤカンから、牧田の湯飲みにお茶を淹《い》れてくれた。それを見ながら、やはり隠しきれなかったかと臍《ほぞ》を噬《か》む。

「あの。友部さんとハルカさんには、内緒に――」

「言わないよ。そもそも俺が言うべきことじゃない」

即答にほっとしたものの、気まずさに顔を上げられなかった。シンに促されるまま店を出て、駅近くのコーヒースタンドに立ち寄った。

それぞれ注文してカップを受け取り、窓に面した窓際のカウンター席に腰を下ろす。そのあとで、牧田は「あの」と自分から口を切る。

「どっからわかったんですか。やっぱり昨夜の？」

話の勢いで、「ハルカより一基の方が好き」と言ってしまったのだ。そういえば、「兄貴みたいなもの」というシンのフォローはやけに素早かった。

「五月だったかな。最初は兄貴分として懐いてるんだと思ってたが、何となく」

「えー。それって、オレが自覚したのより一か月近く早いじゃないですかー」

笑おうと思ったのに、声と唇の端が妙なふうに歪《ゆが》んだ。カップに口をつけてごまかしていると、隣でシンが「そうなのか」とつぶやく。

「オレの態度って、マスターから見てそんなに露骨ですか？　もしかして、友部さんやハルカさんにも気づかれてるとか」

言ったあとで、さっきから一基のことを「友部さん」と呼んでしまっていたのに気がついた。まずかっただろうかとぼんやり思った時、シンが言う。

「カズキさんに関してはまず心配はないだろう。そこで気づく人なら、俺やハルカがミドウさんその他に警戒する必要もない」

「そっか。……もちろん、ハルカさんは気づいてるんですよね？」

ハルカは一基にベタ惚《ぼ》れだし、何より恋愛沙汰《ざた》にはとても聡《さと》い。シンが気づいたことを見過ごすとは思えない。

牧田の懸念に、けれどシンは苦笑した。

「だからって、ミノルとカズキさんが親しくするのを邪魔する気はないだろ。そんな真似したらカズキさんに叱られるだろうしな」

「何ですか、それー。オレじゃあハルカさんの敵になれないってことですか？」

「それ以前の話だろ。そもそもミノルには、ハルカの敵になる気はなさそうだ」

知っていたことのように言われて、何となく拍子抜けがした。

シンとハルカは友人同士でも、牧田はただの常連だ。おまけに、ハルカの元恋人でもある。それだから、この気持ちが知れたら間違いなく呆《あき》れられると思い込んでいたのだ。

「敵になれるもんなら、なってみたいですけど。どう考えても無理なんですよね」

ぽつんと口にしながら、自分のその言葉が身に沁《し》みた。

そう、無理なのだ。それは考えて結論づけたというより、直感に近かった。

「オレが初めてハルカさんとカズキさんを見た時って、ふたりでかなり辛辣《しんらつ》な言い合いしてたんです。険悪そのものの、ひんやりした皮肉の応酬っていうか」

「ハルカに関しては予想はつくが、カズキさんもか？」

問いに顔を上げて、牧田はシンを見返す。

言いたいことはよくわかったから、つい苦笑がこぼれた。

「そうなんです。顔をつき合わせるとお互い厭な顔して当てこすりばっかり言うって、店長……カズキさんの親友で、ハルカさんの上司の人が呆れてたくらいで。けど、カズキさんがそういう態度に出る相手って、ハルカさんだけだったんですよね」

年上だろうが年下だろうが、多少突っかかられてもいちいち相手にはしない。そういう人が、ハルカとだけはまともに嫌み合戦をしていた。その時点できっと、一基にとってのハルカはどんな意味であれ「特別」だったのだ。

「オレは確かに、カズキさんに可愛がってもらってると思います。けど、カズキさんは絶対、オレとはまともに喧嘩《けんか》や言い合いはしてくれない。それって単純に距離感がどうこうじゃなくて、カズキさんにとってのオレが対等な相手じゃないからだと思うんです」

わかりやすく言うなら、一基のハルカへの物言いは、十年来の親友になる「はる」一号店の店長に対するものとほとんど同じだ。遠慮も容赦もなく、はっきり本音を口にする。けれど、同じ一号店のパートやアルバイトの女性たちに対する一基の言葉は、多少の崩れこそはあっても先に相手への気遣いが見えるものだった。

牧田への一基の物言いは、彼女たちに対するものの延長上にあるのだ。だからこそ、一緒にいて居心地がよく安心できるのだと思う。

そういう自分が、一基と本音で喧嘩ができるハルカと張り合えるのか。

考えるまでもなく、答えは否だ。ハルカがどうこう言う前に、そもそもそういう意味では一基の眼中にも入っていない。

「考えてみたらオレの一基さんへの好きって、弟分の立場で都合よく考えた好きなんじゃないかって気がするんですよね。だったらもう、恋愛以前っていうか」

「……都合よくも何も、基本的に恋愛というのはそういうものじゃないか?」

「でも、どっちにしても玉砕するのは目に見えてますから。それに、そうなったらカズキさんは絶対、オレに気を遣うと思うんです」

「だろうな。だからって、わざわざ避けたり態度を変えたりはしない人だと思うぞ」

「知ってます。それでかえって言いにくいっていうか」

昨夜、牧田がはずみで「ハルカさんより好き」と言ってしまった時、一基はぽかんとしたあとでひどく困った顔をした。シンの「兄貴分として」を牧田が肯定するのを聞いてから、ほっとしたような表情を見せたのだ。

牧田の前でハルカの「以前」の話をしたのを、「悪かった」と謝ってくれる人だ。そういう人を、わざわざ困らせる気にはなれなかった。

「あと、オレもちょっと学習したんです。前の時も気持ちだけで突っ走ったせいでちゃんとハルカさんのことが見えてなくて、あとで後悔ばかりでしたから」

「ああ……」

言いたいことを察してくれたらしく、シンはそれ以上何も言わずにカップを口に運んだ。

去年「はる」一号店でアルバイトをするようになって間もなく、牧田はハルカに対する恋愛感情を自覚した。告白して恋人にしてもらって別れるまでのあの二か月間は、確かに自分なりに本気だったと思う。

けれど、今にして思えば当時の牧田の「好き」は、ハルカの外側だけを都合よくなぞって思っただけの、薄っぺらいものだった。ハルカの内側に壁があるのを知った上で、それを乗り越えることも壊すこともできず、そのくせ彼の本当の気持ちを欲しがった。そうして、勝手に諦めて別れを切り出したのだ。

結局のところ、牧田は最初から最後まで「自分にとって都合のいいハルカ」しか見ていなかったのだ。そんな相手に本音など見せられるはずがなかったと、今となればそう思う。

「だから、カズキさんのことは諦めます。それで、今後の教訓にしようと思うんです」

「前向きだな。いいんじゃないか？」

ガラス向こうの通りを見たままで、シンが言う。その直後、ふいに手を伸ばしてきた。

あれ、と思う間もなく首の後ろに気配があって、直後にふわりと目元に何かが被《かぶ》さってくる。着ていたシャツのフード部分だ。海に行く時の日焼け防止にいいかもしれないと、友人たちと笑いながら選んだ——。

「マスター、……？」

「もう一杯分つきあってくれ。奢るよ」

さらりと言ったかと思うと、シンはふいに席を立った。視界に被さったフードの下、ぱちぱちと瞬きながら追いかけたガラスの上の長身の影が、レジカウンターに向かうのが見える。

「……何で？」

ぽつんとつぶやいたあとで、自分の声が滲《にじ》んでいることに気がついた。

目元に熱が集まって、じわりと揺れた視界が輪郭を失う。色と色が混じりあい境界線が曖《あい》昧《まい》になっていく。

このままでは駄目だと思った。もうじきシンが戻ってくるし、そうしたら間違いなく今の状態に気づかれてしまう。

「とりあえず、二杯目はカフェラテな。さすがにコーヒーばかりは胃に来るし」

「…………」

低い声とともに、伸びてきた手が牧田の前にカップを置く。続けて同じものを隣に置くと、背の高いスツールに手をかける。

どうしようと思った時、フードの上からぽんと頭を叩かれた。

一基がいつもするのとよく似た、ぶっきらぼうだけれど優しい感触だった。それきり何事もなかったように席について、シンはカフェラテのカップに口をつけている。

だからフードを被せてくれたのだと、数秒、白いカップの中を見つめてから気がついた。

周囲に気づかれにくいように、もし気づかれてもごまかせるように。

お礼を言いたかったのに、言葉にできなかった。ぐっと奥歯を嚙んだ瞬間に透明な滴がカップのふちに落ちて、それでも辛うじて声を殺す。

泣くつもりではなかったのにと、何となく笑えてきた。

自分の気持ちに気がついた時から、諦めようと決めていたのだ。なのに、底の底にはまだ諦めきれない気持ちが残っていたらしい。はっきり口に出すことで今度こそ終わったのだと、そんな気がした。

□

「すみません。カフェラテって、いくらでしたか？」

十数分後にやっと発した声は少し滲んでいたけれど、シンの返事はいつも通りだった。

「こんな時間までつきあわせたんだから、今回は奢るよ」

「でも、マスター」

「コーヒーでも飲まなきゃ電車の中で寝そうだったしな。お互い完徹だし、そろそろ帰るか」

軽く腰を上げながら見下ろすシンと意識して目を合わせて、牧田は苦笑する。まだ目元が少し痛かったけれど、それを意識させないよう笑顔を作った。

「平気です。オレ、これでも結構徹夜には強いんですよ」

「そうなのか。いつも帰りが早いから、あまり強くないのかと思ってた」

「強い弱いじゃなくて、翌日講義やバイトがあるとやっぱりまずいですから」

シンについて店を出ながら、牧田は被っていたフードを肩に落とした。

朝食を摂った食堂はもちろん、コーヒーショップも駅に近かったため、改札口まではあっという間だ。そして、ここからはシンと別の路線になる。

「助かった。ありがとう」

「こっちこそ、いろいろありがとうございました。それと、愚痴言ってすみませんでした」

改めて、その場で頭を下げた。

個人的に親しいというわけでもないのに、諸々《もろもろ》を知られた上に自分からも暴露してしまったのだ。改めて思い返して、自分で自分に呆れた。

「気にしなくていい。もう忘れたしな」

「は？」

「人と話すのが仕事だから、いちいち覚えていると記憶がパンクしそうでね。聞いた端から自動的に忘れるようにできてるんだ」

さらりと言って、シンは「じゃあ」と片手を上げた。そのまま牧田に背を向け、自分が乗る路線のホームに向かっていく。

ぽかんと見送ってから、慌ててもう一度頭を下げた。顔を上げるともう長身は人混《ひとご》みに紛れていて、それでもしばらくその場で彼が去っていった先を見つめていた。

（もう忘れたしな）

さらりと告げられた言葉が、ひどく耳に残った。

「もう、忘れた。だから、……諦められる」

押し出すように口にしたら、胸の奥がかすかに痛んだ。同時にふっと軽くなった気がして、牧田は小さく頷く。それでいいんだと、何だかすっきりとそう思えた。

「今度誰かを好きになる時は、絶対に、間違えないようにする」

つぶやきはすぐに雑踏に紛れてしまったけれど、自分の耳にはちゃんと残った。

よし、と気持ちを切り替えて、牧田は自宅沿線のホームに向かう。耳慣れたアナウンスに足を早め、階段を蹴《け》るように登っていった。

面倒臭いヤツ

「前々から、訊《き》いてみようと思ってたんですけど。長谷《はせ》さんとカズ兄って、結局のところどういう関係なんですか？」

□

何の脈絡もなくいきなり真正面から切り込まれて、長谷遥《よう》は答えに詰まった。

場所は「はる」一号店のフロアであり、時は定休日前の夜だ。その日が最後のバイトになる友部祥基《ともべよしき》の、送別会を兼ねた食事会をしようということになった。

ちなみに発案者は店長の神野《じんの》でも祥基の兄であり長谷の恋人でもある一基《かずき》でもなく、勤務先である「はる」全店を束ねる社長だ。一介のアルバイトにどうしてそこまでするのかは、今日の今日、ほんの数時間前に社長本人から披露された。

ある意味当事者のはずの一基すら知らなかった「事情」を聞かされて眉《まゆ》を顰《ひそ》めていた神野は、しかし引き続き暴露された社長からの「新体制の発表」を耳にするなりあっさりキレた。今現在、中央のテーブルについた社長と中本《なかもと》を相手に、膝詰《ひざづ》め談判の様相を呈している。道連れにされた一基は神野の隣で微妙な顔をしていて、その様子を少し離れたテーブルから水城《みずき》と絢子《あやこ》が興味津々に眺めているという構図だ。

そこまでは、よしとしよう。本音を言えば長谷自身も膝詰め談判の一員でありたかったが、話し合いの内容はあとで一基が教えてくれるはずだ。だがしかし、そういう場面の中にあってどうして長谷だけがフロアのすみで祥基に追いつめられる羽目になっているのか。

「どういう関係も何も、前に一基さんが言った通りだろ。友達、兼、同僚だ」

「それにしては濃ゆいですよね」

「何が。どういう意味なんだ？」

平静を装って、長谷は淡々と聞き返す。すると、祥基は満杯のグラスを握りしめたままで、はがゆいような顔で少し考え込んだ。

「雰囲気が濃ゆいんです。ただの同僚で友達には見えません」

「だったら祥基にはどう見えてるんだ？」

「そこんとこがわからないから、こうやって訊いてるんじゃないですかー」

不満そうに言って、祥基はぷくりと頬《ほお》を膨らませる。二十歳《はたち》を超えた大学生でしかも彼女持ちなのに、そんな表情に違和感がないことに内心で感心した。

「カズ兄と神野さんとの間の空気って、太いんですよ。鋼鉄製のワイヤーっぽくて、煮ても焼いても揚げても刻んでも食えないみたいな。けど、長谷さんが相手になるとすごく濃ゆいんです。でもって、オレが間に入れません」

「それは要するに、神さんとの間になら入れるってことか？」

「いやあっちはあっちで下手に無理に割り込んだりしたら吹っ飛ばされますけど！　でも、

長谷さんとだとそもそも割り込む余地がないっていうか！」

思い切り力説されて、つまりその両方に割り込もうと試みたのだと察しがついた。同時に興味が湧《わ》いて、ふと訊いてみる。

「ちなみに神さんだと吹っ飛ばされるっていうのは？」

「えーと、最初はさりげに押し出されるんです。それに負けずにぐいぐい割り込んでいくと、一定のところで思いっきりはじき出されるっていうか、尻を蹴《け》っ飛ばされるみたいな感じで。まあ、神野さんとまともに張り合おうとしたオレが馬鹿だったたんですけどっ」

「……おまえ、根性あるなあ。あの神さんに張り合うか」

「しょーがないじゃないですかっ。だってオレ、まだ小学生だったたんですよ？　まさか相手があんな――」

言いかけて、祥基は不自然にぱくんと黙った。その視線が自分の背後に向かっている気がして、長谷はちらりと振り返る。けれど、そこには相変わらずの膝詰め談判と高みの見物二人組がいるばかりだ。

「祥基？」

「……すみません目が合っちゃったんで、その先はパスで」

やけにか細い声で言われて、瞬間的に意味を摑《つか》み損ねた。ややあって、長谷は納得する。

「――神さんと？」

こそりと訊くと、祥基はこくこくと頷《うなず》く。おもむろに、長谷を見上げてきた。

「オレが訊きたいのはそっちじゃなくて、カズ兄と長谷さんのことなんですっ。オレ明日には帰るんだし、もう本当のこと言ってくれてもいいんじゃないですかっ？」

「なるほど。……ところでおまえ、まだそれ全然飲んでないよな？」

にっこり笑顔を作って、長谷はつい先ほど注ぎ足してやったばかりの祥基のグラスの中身――ビールをさした。

主役ということもあって、祥基は乾杯以降ほぼ全員から「はいお代わりー」の洗礼を受けている。もっとも今日は事前に一基から「潰《つぶ》れたら今夜は路上に放置する」と釘を刺されていたためか、ずっと飲んだフリだけでやり過ごしていた。

案の定、祥基は窺《うかが》うような上目でこちらを見上げ、首を傾げてみせた。

「えー……飲まなきゃ駄目ですかー？」

「人に頼みごとをする時は、それなりの誠意を見せるべきだと俺は思うが？」

最近はほぼ一基専用になっていた極上の笑顔を意図的に向けてやると、祥基は微妙に顔を赤くした。

「……半分くらいでいいですか？」

「せめて三分の二だな。ああ、けど無理はするなよ。それで潰れても今夜は送ってやらないからな」

「うわ、それひどくないですか⁉　オレが飲んだら寝るの、長谷さんは知ってるじゃないですかっ」

「一基さんと俺と神さんをまとめて騙《だま》してたヤツに親切にしてやる義理はないね」

にっこり笑顔で当てこすってやると、とたんに祥基は困った顔になった。

「別に、オレが騙してたわけじゃ……黙ってろって言われたからその通りにしてただけでー」

「それは祥基側の言い分だな。こっちの認識とは別」

「もしかして長谷さん、結構根に持つ人ですか」

上目に訊かれて、肩を竦《すく》めて返してやった。

「少しばかりな。もっとも、根に持つって言ったら神さんの方が上手だと思うが」

「ああう……そうですよねえ?　オレ、さっきからあっち、怖くて近づけないですよ。神野さん、ずっと怖い顔してるしー」

祥基が目をやった先に顔を向けてみると、ヒートアップした神野が社長に煙に巻かれ、一基に宥《なだ》められているようだ。渦中にあって、中本はその様相を面白そうに眺めている。

神野が根に持つとしたら祥基云々《うんぬん》ではなく社長が発表した「新体制」の方だと思ったが、好都合なのであえて訂正はしないことにした。代わりに少々思案するフリをし、勿体《もったい》をつけてから言ってやる。

「全部飲んで潰れた時は、介抱して一基さんの部屋まで送っていってやる。ってことでどうだ？」

「まじですか！　じゃあ飲みますっ」

すかっと即答した祥基は、どうやらもともとの話題——長谷と一基の関係云々をきれいさっぱりどこやらにすっ飛ばしてしまったらしい。

「えーと、じゃあよろしくです！　っていいますか、お任せしますけど神野さんにはあんまり近寄らないようお願いしますっ」

「了解」

どれだけ神野が怖いんだと訊きたくなるような宣言をして、祥基がグラスに口をつける。それを長谷は興味半分、安堵《あんど》半分に眺めていた。

□

翌朝、二日酔いの頭痛を訴えながら目を覚ました祥基の第一声は、「あれ。何で長谷さんがウチにいるんですか？」だった。

「ほら見ろ。だから路上に転がしとけって言ったろうが」

「はあ。けど、飲ませたのは俺ですから」

結局、昨夜も潰れた祥基を長谷がここまで背負ってきたのだ。すでに終電が終わっていたこともあって、一基の言葉に甘えて泊めてもらった。

もっとも、潰れていた本人にその記憶があるはずもない。ソファの上で起きあがった祥基は、枕代わりの座布団を抱えてむうっと唇を尖《とが》らせた。

「そーだよ。だいたいオレに飲ませたの、長谷さんじゃんっ。そりゃ交換条件だったけどっ」

「何だソレ。どういう条件だったんだよ」

即座に突っ込んだ一基の追及に負けて、祥基はしおしおと昨夜の経緯——神野と一基の反応が怖かったのでつい酒に逃避したことを白状する。それをうんうんと聞いたあとで、一基はおもむろに言った。

「そういやおまえ、今回のバイト代って二重取りなんだよな。だったら、食費と水道光熱費くらい払って当然だよなあ?」

「やだなー、どっちも労働報酬じゃん? オレが働いた見返りー」

一瞬「まずい」という顔になった祥基が、即座に開き直ったように言う。それを眺め下ろす一基の顔は、とても真面目で重々しげだ。

「だったら、おまえをここに置いてやったおれにもそれなりの見返りがあって然《しか》るべきだよな? 今日明日にはマサに電話して、バイト代から必要経費分抜いてこっちに寄越すよう言っておくからな」

「ちょっ、それ卑怯《ひきょう》! カズ兄、何でそういちいちマサ兄に言いつけんのっ?」

「言いつけるんじゃねえ。ついでにマサもシメておくんだ。家族郎党で結託してスパイまがいの真似しやがって、てめえら何考えてやがる。『はる』のことが知りたいだけなら、直接おれに訊けばすむことだろうが」

つまり、それが祥基の「事情」なのだ。

祥基が一基に会いたがっていたのも、社長にバイトに誘われたのも嘘ではない。が、その機会に乗じた一基の両親と弟夫婦が新しい取引先となる「はる」の状況をよく観察して来いと祥基に厳命し、報告料となるバイト代まであらかじめ決められていたのも事実だ。

要するに、社長は祥基を「新規取引先から預かった」人物として扱っていたわけだ。歓迎会に気前よく金を出すのも送別会を主催するのも道理だった。

「訊くったって、そもそもカズ兄は神野さんとご隠居に拾ってもらったんじゃん。そうなると絶対、恩とか義理で目が眩《くら》むってマサ兄が」

「黙ってたのはマサの差し金か。よくわかった」

「え、いやそうじゃなくてほら、オレの修業代わりっていうか！　ウチと『はる』の契約そのものはちゃんと決定事項だったんだしっ」

「やかましい。来た早々に、私情でトラブル起こしたヤツがでかい口叩くんじゃねえ。つーか、とっとと着替えて支度しろ。時間ないぞ」

「あーうー」

むっつり顔でばさりと切り捨てた一基の顔を窺いながら、祥基はもぞもぞごそと身支度にかかる。その様子を、長谷は少し離れた壁際で眺めていた。

昼過ぎで指定を取った新幹線に乗る前に、どこぞのホテルでランチをしたいというのが祥基の要望なのだそうだ。できればつきあってくれないかと、長谷はこの兄弟からそれぞれ別別に言われていた。

一基には弟とふたりきりでホテルランチなどという寒い真似をする気はなく、祥基としてはそれが透けて見えるので緩衝材代わりに長谷にいてほしい、のだそうだ。先ほどの言い合いもそうだが、この兄弟の力関係はつくづく面白いと思う。

祥基の支度が終わるのを待って、三人で最寄り駅から新幹線が出る駅へと向かう。ロータリー沿いにあるホテルで祥基リクエストのランチを摂ったあと、一基は当然のように弟をホームまで送りに出た。

ちなみに祥基が飛行機を使わないのは、同じく長期泊まりでのアルバイトを終えた彼女と途中の駅で合流するからなのだそうだ。いったんそれぞれの自宅に戻り、明後日《あさって》からは彼女と旅行するのだという。

「……くっそガキ」

遠ざかっていく新幹線を見送って毒づく横顔は、いつになく寂しそうだ。

一か月半もの間、ずっと同居していた弟がいなくなったのだから当然だろう。躾《しつけ》に厳しく容赦がないくせに、一基が祥基を可愛がっているのは傍目《はため》にも明らかだった。

長谷の本音としては、そんなふうに一基が祥基にかかりきりなのはとても面白くなかったのだけれども。

「すぐ下の弟さんて、一基さんと祥基のどっちに似てるんですか？」

改札口に向かう途中の階段を降りながら訊くと、一基は意外なことを言われたという顔で考え込んだ。

「どっちにも似てねえな。マサは母方のじーさんそっくりなんだけど、うちの母親はばーさん似なんだよ。うちは三人ともガキの頃から見事に顔の系統が違うんで、知らない人間にはまず兄弟に見えないって話でさ。……そういや、ハルカんとこは姉さんがいるんだよな。似てんのか？」

「顔はそっくりらしいですよ。違うのは向こうが五歳上だってことと、女バージョンと男バージョンだってことくらいです」

「そりゃまた、美人な姉さんなんだなあ」

何やら感心したように見上げる様子で間接的に自分のことも言われたのだと知って、何とも面映ゆい気分になった。

元々、長谷は自分の容姿を無用に取り沙汰《ざた》されるのは嫌いだ。開き直って自ら「ハルカ」を名乗るようになってからも、「美人」や「きれい」といった女性に使うような言い方をされた日には自然と冷ややかな表情になっていた。

それがさっぱり気にならなくなったのは、先々月のことだ。何かの折に一基から、面と向かって感心したように「きれいな顔してるよあ」と言われた。

滅多に自分の気持ちを言ってくれない一基が他意なく口にしたその言葉が、告白のように聞こえたのだ。それがやけに嬉しくて、以降は誰に何を言われようと軽く受け流せるようになった。

「よし。せっかくの休みだし、これからどっか行くか！　遊んで夕飯食って、そのまま飲みに行くとかさ」

新幹線の改札口を出て連絡通路を歩きながら張り切ったふうに言われて、長谷は苦笑した。

「それもいいですけど、今日は少し休んだ方がいいんじゃないですか？　明日から一基さんは元通り一号店のフロアなんだし、遊びにはいつでも行けるじゃないですか」

「当面はそうでも、あの社長のことだ。いつシフト制に切り替わるか、わかったもんじゃねえぞ。そうなったら一緒の休みなんかそう期待できないだろ」

「それ。社長、本気ですかねえ」

「本気だろ。あのじいさんはやると言ったら必ずやるぞ」

それが、昨夜社長が発表した「新体制」なのだ。

一基は明日から一号店のフロアに戻るが、さらに一週間後からは新規のフロアスタッフが加わることになっている。その新人が動けるようになった時点で出勤をシフト制に変更し、現在は毎週ある定休日を月二日まで減らすという。

フロアスタッフが一名増えただけでそこまでの体制に持っていくのはきついと難色を示した神野への社長の答えは、「その時は自分もスタッフに入る。厨房《ちゅうぼう》でもフロアでも必要に応じて動く」だった。何でも年中無休とはいかなくとも、ゆくゆくは一号店を盆暮れ以外はフルオープンに持っていきたいのだそうだ。

ちなみに神野がキレたのは、その「一号店の新体制」を検討するに当たって一号店店長の彼にまったく何の打診もなかったせいだ。せめてスジくらい通せと詰め寄ったら、にっこり笑顔の社長に「そのくらい、私が戻った時点で予想してたんじゃないかねえ」の一言で一《いっ》蹴《しゅう》されたらしい。道理で、昨夜の神野はお開きになったあとも妙に機嫌が悪かった。

「今日のことですけど、俺の希望を言ってもいいですか?」

入場券を使っていったん改札口を出たあとで訊いてみると、一基は「ん?」と長谷を見上げてみた。

その唇に、キスをしたくなった。とはいえ、ここでそれをやったら間違いなく殴られたあげく置いて帰られそうだ。なので、ぐっと堪《こら》えて控えめに言ってみた。

「できれば、今すぐ帰りませんか。俺の部屋でも一基さんのところでもいいんですけど」

「……へ?」

よほど意外だったのか、一基は呆気《あっけ》に取られた顔で見上げてきた。

「帰るったって、まだ昼だぞ？　それにおまえ、ここしばらくまともに遊んでないよな？」

「試食会で採用になったヤツを、一基さんに食べてみてほしいんですよ。保留になってる方も再提出次第で採用って言われてるんで、そっちも併せて感想とか意見が聞きたくて」

「そっか。そういやそうだったな。まあ、確かに再提出なら早い方がいいよな」

うんうん、とやけに力強く頷いた一基を見下ろして、ふと悪戯心《いたずらごころ》が湧いた。一歩近づくと、横顔に唇を近づけて囁《ささや》く。

「本当は、一基さんとふたりきりになりたいだけなんですけどね」

「ばっ」

近すぎる距離で吐息がかかったのか、ぎょっとしたように一基が飛び退《の》く。手で押さえた耳元まで真っ赤になっているのがわかって、それを凶悪に可愛いと思った。

「ハルカっ、おまえそういうっ……」

「俺は本気ですよ？」

言葉にしたのは、それだけだ。あとは、懇願を込めてじいっと一基を見つめてみる。一基が困った顔をしたのはわかったけれど、あえて返事を待ち構えた。

ふいと視線を外した一基が、横顔で息を吐く。ぶっきらぼうに言った。

「帰るのはいいが、ウチの冷蔵庫はカラだぞ」

「だったら俺のところに来てもらっていいですか？　買い物は必要ないですから」

「そっか。んじゃそうしよう」

素《そ》っ気《け》なく言ったかと思うと、一基は駅構内を先にずんずんと歩き出した。慌てて追いついて横に並ぶと、見下ろす横顔がまだうっすら赤い。

うずうずしながら、辛うじて言葉を飲み込んだ。

改札口前で二人分の切符を買い、一枚を一基に差し出す。礼を言って受け取る横顔は気恥ずかしさを隠す時の定番でむっつりとしていて、やっぱりとんでもなく可愛かった。

□

「ところで再提出はいいけど、採用はもう決まってんのか？」

長谷のアパートの最寄り駅を出るなり、一基は思い出したように訊いてきた。

暦の上では九月は秋だというが、今日は見事なまでの真夏日だ。強すぎる日差しに少しばかり辟易《へきえき》しながら、長谷はかざした手のひらで目元に影を作る。

「俺のチェック点は、微妙に臭みがあるってことだったんですよ。風味付けでも味付けでもいいからそこがクリアできれば即採用って、シートに書いてあったんで」

「ってことは、結局一号店は全部採用かあ。すげえよな」

「神さんも？　もう出したんですか」

そういえば、神野が出したメニューも長谷と同じく即採用と再提出後採用検討だったのだ。

「週明けに再提出するって聞いたな。……あ」

ふっと言葉を切った一基が、軽く会釈をする。その視線の先に、顔だけは知っている女性がいた。毎朝毎晩、犬を散歩させている近所の人だが、今は犬ではなく片手に買い物袋を下げた格好で、どういうわけだかじろじろと一基を眺めている。

訝《いぶか》しげだったその顔が、傍《そば》にいた長谷と目が合うなり、「ああ」と言いたげな表情に変わった。納得したふうに頷くと、打って変わった愛想笑いを浮かべて歩いていく。

「認識、確認、判断。ってとこだな。おまえ、あの人とは個人的な知り合いか？」

「アパートのベランダ側の家の人ですね。洗濯物干す時にたまに見かけます」

引っ越し後初めての洗濯干しの時、五メートル以上を隔てたベランダと戸建ての庭とでまともに目が合って、反射的に会釈をしたのだ。以降、会話はほとんどないまでも顔を見ればどちらからともなく会釈するようになっている。

「そりゃ助かった。不審者疑惑はひとまず消えたな」

「そういえば、そんなこと言ってましたっけ」

「ましたっけじゃねえ。あん時、おれがどんだけここで待ったと思ってやがる」

ぶつぶつと言い返すものの、一基の顔は明らかに安堵したふうだ。先を行く長谷の背中をべしべしと叩いて、追い立てるようにアパートの階段を上がってきた。

昨夜帰らなかったせいか、室内の空気は籠《こ》もって暑かった。

「あっちぃ……エアコン点《つ》けるぞ？」

「お願いします。水でいいですか？」

「ああ、うん。水がいい」

即答して先に部屋に上がった一基が、慣れた様子でソファ前のローテーブルにあったリモコンを手に取る。迷いがないその動作を目にして、自分でも呆《あき》れるほどほっとした。

試食会の日に互いの気持ちを言い合ってこの部屋で抱き合ったものの、そのあとはまたしてものすれ違い続きだったのだ。気持ちの上での焦りこそなかったし、毎日のように待ち合わせて一緒に帰っていたとはいえ、祥基がいて休日が合わない状況では触れあうことはままならずだった。

「どうぞ。……腹、減ってますか？」

「さっき朝兼昼を食ったばっかりだし、あとでいいだろ。なあ、せめてＤＶＤでも借りて来ないか？　駅前にレンタルあったよな」

長谷が差し出したペットボトルを受け取る一基は、フローリングの床にじかに腰を下ろしている。こめかみや首すじから汗が滴っているのが、やけに目についた。

「いや。俺はＤＶＤはいらないです」

「あ？」

ミネラルウォーターのペットボトルを銜《くわ》えて振り返りかけた一基の腰を背後から抱き込んで、目の前の頬にキスをする。とたんに上がった「うわ」と「ぶわ」の中間のような声すら可愛いと思うあたり、自分は本気でこの人にいかれているんだとつくづく思った。

「おい！　ちょっと待っ――」

「俺、ちゃんと言いましたよね。ふたりきりになりたいって」

目に入った耳の後ろに、やんわりと舌を這《は》わせてみる。びくりと首を竦める気配とともに一基が声を嚙《か》むのがわかって、もっと深く触れたい衝動に襲われた。

反射的にか逃げようとする腰を捉《とら》えて、唇で耳朶《じだ》を挟む。そっと舌先で擽《くすぐ》ってからやんわり歯を立てると、腕の中で一基が小さく震えたのが伝わってきた。

一基の身体《からだ》は、これまでつきあった誰よりも長谷の腕に馴染《なじ》む。抱き込んだ背中の大きさも顎《あご》を肩に載せた時の角度もちょうどよくて、ありえないと知っていても自分のために誂《あつら》えたのではないかと考えてしまうほどだ。

それ以上に長谷を夢中にさせるのは、恋人になって五か月が過ぎ、それなりに慣れてきてなお変わらない、一基の初々しいような反応だ。

「や、ちょっ……ハルカ――」

抗議の声を上げて振り返った機を逃さず、顎を摑んで唇に食らいつく。重ねた唇が半開きになっていたのをいいことに、伸ばした舌先で歯列を撫《な》でて、その奥を探った。

「……っ、ん、――」

本気で逃げるつもりはなかったらしく、抱き込んだ肩からは力が抜けていた。体勢が苦しいのかかすかな喉声《のどごえ》を上げ、指先で長谷の腕を摑んでくる。ほんの少し身動《みじろ》いだかと思うと、顎を上げて呼吸を合わせてきた。

そんな些細《ささい》なことまで嬉しいと思う自分に、何となく微笑《ほほえ》ましい気分になった。気をよくして腰に回した腕を強くし、顎のラインを滑らせた指で耳朶を擽る。一基の肩が揺れるのを楽しく思いながら、歯列の奥で追いつめた舌先に歯を立てた。

「ん、ちょ、……待っ――」

角度を変えて繰り返すキスの合間に、長谷の腕を摑む一基の指が強くなる。漏れ聞こえる声が抗議だとは知っていたのに、どうにも止まらなくなった。

そして、一基という人は言いたいことがある時におとなしく流されてはくれないのだ。執拗《しつよう》になったキスに辟易したらしく、いきなりがっと顎を摑まれる。アッパーカットの要領でぐいと上向けられて、渋々キスをやめることになった。

「人の話を先に聞け。ＤＶＤいらないはいいが、だったら先に試食会のメニューをだな」

「あとで作りますよ。できあがったら起こしますから、一基さんは気にしなくていいです」

あえて不満顔で言い返すと、一基は眉を寄せて見上げてきた。

「何なんだその、起こしますってのはっ」

「腹が減るまで心おきなくいちゃいちゃしましょう、というお誘いです。一基さん、どうしても厭《いや》ですか？　それならやめますけど」

これればかりは掛け値なしの本気で訊くと、一基は困り切ったように黙った。数秒逡巡《しゅんじゅん》したあとで、短くため息をつく。

「……本気で厭なら蹴っ飛ばしてでも逃げるに決まってんだろーが。何度も同じこと言わせんな」

予想通りの反応に、それでも心底ほっとした。

自分は鈍いと断言し、気づかないことが多いと言いながら、こういう時の一基の見極めは怖いほど鮮やかだ。大丈夫だろうと決めてかかったり、言葉遊びで訊いたりした時には秒殺で「人で遊ぶな」と叱《しか》られる半面、本気だったら必ずこうやって譲歩してくれた。

厭がっているのでなく焦《じ》らしているわけでもなく、もちろん駆け引きでも計算でもない。一基はいつでも真面目で真剣だ。ムードがないと言えばそれまでだけれど、長谷にとってこのやりとりはある意味楽しみであり、甘いものでもあった。

とはいえ、今回ばかりは少々訴えておきたいこともある。改めて、長谷はぐいとばかりに一基に向き直った。

「一基さん。俺は、これでも結構我慢したと思うんです」

「は？」

「今だから言いますけど、本当は祥基のことはどうでもいいから一基さんをどうにかうちに連れ込めないかって、ずっと考えてたんですよ。口実とか、具体的な方法とか」

「……あ？」

よほど面食らったのか、腕の中で一基が固まるのがわかった。まじまじと長谷を見上げ、口ごもりながら言う。

「や、その……それはおまえ、納得してくれてたんだろ？」

「もちろんです。ですから、祥基が納得できるような口実と方法を探してました。いくつか候補もあったんですよ。たとえば、俺と会ってる時に急に体調を崩したことにするとか」

「馬鹿言え！　そんなの、すぐバレるに決まってんだろうが！」

「ですから、バレないように本当にしようかと思ったんです。俺がちょっと暴走すると、一基さんて簡単に半日くらい動けなくなるじゃないですか」

腰を抱く腕を強くしたついでに思わせぶりに顎の付け根を啄《ついば》むと、一基はぎょっとしたような声を上げた。

「冗談だろ⁉　おまえ、そんな真似して神にバレたらどうなるとっ」

「ですから、我慢したんです。本当に、俺にしてはストイックに、とても真面目な生活をしながら、です。昨夜だって、何もせずおとなしく寝ましたよね？」

「そ、りゃまあ……つーか、それ以前だろ。ヨシがいるとこで何するもかにするも」

「ですよねえ。けど、そういうのって生殺しって言うんですよ」

意図的に、満面の笑顔を向けてみた。目が合うなり一基の耳元が赤くなったのに気がついて、長谷はそこに唇を寄せる。

吸いついたとたんに肩を竦める気配に、思わず唇の端が上がった。こんな丸見えな場所に痕《あと》を残すと神野が露骨に反応するのが目に見えているので、あとは吸うのではなく尖らせた舌先で肌を辿《たど》り、顎のラインをわざとゆっくり嘗《な》めていく。同時に、一基のシャツのボタンを下のあたりからそろりと外していった。

「というわけなので、俺はもう待てません。ご褒美ということで、今日は諦《あきら》めてください」

「ご、ほうびっておまえ、犬猫じゃあるまいし。だいたいまだ真っ昼間じゃねえか。せめて夜まで待つとかだな」

「厭です。もう待ちくたびれました」

「って、ハルカっ」

言い返しはするものの、声音と表情を見れば拒絶でないのは丸わかりだ。だったら遠慮する気はないし、これ以上待つつもりもない。

まだ何か言おうとする唇をキスで封じて、腰ごときつく抱き寄せる。吐息を共有して深くなるキスを続けながら、折り重なるようにフローリングの上に転がった。シャツの隙間から忍ばせた手のひらで脇腹を撫でると、下になった身体がびくりと反応するのがわかる。

「……一基さん。好きですよ」

キスの合間に呼んだ声は、囁きというよりも吐息に近かった。

これでは聞こえないかと内心で苦笑した時、長谷の腕を押さえていた一基の指がふと動く。大切なものを抱えるような仕草で、長谷の頭にそっと両腕を回してきた。

うん、と聞こえた声を、宝石のようだと思った。

「おれも。……ちゃんと、好きだからな」

□

予告通りというのか、キッチンに立った長谷が試食会メニューの盛りつけを終える頃になっても、一基はベッドの中にいた。

目は覚めているはずだから、たぶん起き出すタイミングを計っているのだ。

何も着ていないといつかと同じ騒動になると踏んで、諸々《もろもろ》の後始末をしたあとで一基に寝間着を着せておいた。もちろん、ベッドのシーツも交換してある。

ちなみにその間、一基は人事不省に近い状態だった。そうでなければ、照れだか恥ずかしいだかでかなりの抵抗をされてしまうのだ。

トレイに載せた二人分の夕食をローテーブルに運びながら、長谷は話の続きのような口調で言う。

「一基さん、腹減ってますよね？　そろそろ食べませんか」

「んー」

唸《うな》るような声は不機嫌そうだが、それも照れ隠しだ。もっとも声が微妙に掠《かす》れているので、かえって気だるげな印象になる。正直、他の人間には聞かせたくないと思う。

「起きられますか。手伝いましょうか？」

「いや、いい」

声とともに、ベッドの上で布団がむっくりと起きあがる。もぞもぞごそしたあとで、ようやくベッドから脚を下ろした。ずりずりと動いて、ベッド横に移動しておいたソファに落ちるように腰を下ろす。そのあとで、おもむろにじろじろと長谷を見上げてきた。

文句が言いたいようだと思ったが、あえて水は向けなかった。代わりに淡々と食卓を整え、準備してきたおしぼりを一基に差し出す。

「質問。おれは寝間着なのに、何でおまえは普段着なんだ？」

使ったおしぼりを律儀に畳み直して、一基が言う。それが視線の理由だと知って、長谷は「ああ」と苦笑した。

「夕方に買い物に出たんですよ。その時に着替えたんです」

「ふうん」と返した一基は、やはり微妙に不満げだ。それでもここは飲み込むつもりらしく、黙々と箸《はし》を手に取る。

学生の頃から神野はたびたび一基に料理を食べさせていたと聞いたけれど、その気持ちが心底わかるようになったのは、個人的なつきあいが始まって間もない頃だ。

自身は料理に不向きだと断言する一基は、しかしとても美味《おい》しそうに食事をする。たとえ喧嘩《けんか》して険悪になっていても、食べている時にはそれをおもてに出さない。おまけに礼と感想はきっちりと述べてくれる。

食べさせ甲斐《がい》があるとはこのことだ。おそらく、社長が一基を気に入っている理由のひとつがそこなのだろう。

「前の試作ん時より美味《うま》くなったな。味が引き締まったっていうかさ」

「ありがとうございます。そっちの魚はどうですか？　再提出の方なんですけど」

試験官の答えを待つ受験生の気分で訊いてみると、一基はおもむろに白身魚の蒸し煮に箸を伸ばした。きれいな箸使いで口に入れ、ゆっくりと咀嚼《そしゃく》する。

「いいな。さっぱりしてて、食欲なくてもいけそう」

「そうですか？　だったらよかったです。食べたくなったら、いつでも言ってくださいね。すぐ作りますから」

夏バテとは縁がないと言うくせ、一基には夏場の一時期に食欲が落ちる傾向がある。そういう時でも食べられるものとして考えたのが、今回の再提出分なのだ。

「ありがとな。けど、採用なんだったら店でオーダーするのがスジだろ」

「一基さんは直接オーダーしていいんですよ。個人的にデリバリーもしますから」

言い合いながら、なごやかに夕飯を終えた。ソファの一基に食後のお茶を出しておいて、長谷はキッチンの片づけにかかる。コーヒーの準備をしてソファの前に戻った時、一基は少し疲れた顔でぼんやりテレビを眺めていた。

「そういやおまえ、昨夜ヨシに捕まってたろ。何か言われたのか？」

不意打ちで訊かれて、「ああ」と思い出した。

「祥基から何か聞きましたか」

「聞かなくてもわかるだろ。あんだけおれとおまえをじろじろ見比べてたらさ」

「あー……そうですね。要するに、俺と一基さんはどういう関係なのかを知りたかったみたいですよ」

「で？　おまえは何て答えたんだ？」

半ば予想していたらしく、一基の表情は少しばかり苦いものの驚いた様子はない。それへ、長谷はさらりと言う。

「答えて欲しけりゃ先に俺の酒を飲めと言いました。潰れたら困ると抵抗されたので、全部飲んだら介抱して送ってやると確約したんです」

「……それ、今朝言ってた交換条件の真相か？　んで、結局おまえ」

「祥基って素直ですよねえ。あっさり煙に巻かれてくれましたよ。神さんの不機嫌を自分のせいだと思い込んでたってのも大きいみたいですけど」

「昔っから猪《いのしし》なんだよな。目の前のことしか見えてねえっつーか」

何とも言えない顔をした一基に、長谷はついでとばかりに説明した。

「面白い話を聞きましたよ。神さんと一基さんの間は太くて、俺と一基さんの間は濃ゆいんだそうです。神さんとの間にはどうにか入られるのに俺との間には入れないので、ただの友達じゃないだろう、というのが祥基の言い分でした」

「何だその太いだの濃ゆいだのって」

首を捻《ひね》る一基を置いて、いったんキッチンに立った。コーヒーをカップに注いで戻ると、ちょうどテレビが二十時からのニュースに切り替わる。

「ま、ひとまずよしとしとくか。あいつがこっちに来ることもそうないだろ」

「ですね。――そういえば、一基さんに訊いておこうと思ったんですけど、タロとの約束って今月の第二月曜日でいいんですよね？」

「どうしておまえが知ってんだよ」

怪訝《けげん》そうに問われて、長谷はわざと質問で返す。

「一基さんこそ、どうして俺に教えてくれないんですか。今度は一緒にって、確か前に言いましたよね？」

「そりゃその、久住《くすみ》さんからはおまえ抜きでって言われたし」

「俺抜きですか。それで、一基さんはＯＫしたんですか？」

にっこり笑顔で確信を持って迫ると、一基は心持ち背を反らすようにしてもそもそと言う。

「ＯＫってか、おまえがいるとゆっくり話せないって言われたんだよ」

「そうなんですか。――いいですけどね。俺は勝手について行きますから」

「何だそりゃ。てめえ、カルガモの雛《ひな》か何かかよ」

あからさまな呆れ顔で言って、一基はじろじろと長谷を見る。

「相手は久住さんだぞ？　それに、そこまで昔の話を聞かれたくないんだったら、こっちも無理には聞かねえよ」

「そっちじゃなく、ただのヤキモチです。俺がいないところで、一基さんとタロがふたりきりになるのが厭なんです」

堂々と言い切ると、一基は目を丸くした。しげしげと長谷を眺め上げ、眺め下ろす。

たった今の説明は事実の半分だ。残り半分は、一基はもうすっかり忘れている――おそらく最初から聞き流している懸念にある。

単純に、一基が飲み屋に行くなら目を離したくないのだ。それが全部だった。

晴れて恋人同士となった春以降、行きつけのシンのバーで一基の評判はかなり上がっている。これはシンからの情報だが、あわよくばと一基に声をかける機会を狙《ねら》っているのが複数いるという。

そして、一基はそういう輩《やから》に対してとても無防備だ。これは長谷だけの考えではなく、シンも牧田《まきた》も同意見だという。アルコールが入るとさらに警戒心が薄れてしまうため、傍で見ていないとまずいというのが三人の共通認識だった。

さらにむかつくのは、その連中が一基のことを「案外可愛い人じゃないか」と評していることだ。

今さら遅いと内心で思う長谷にとって、一基はそれこそ犬猿の仲だった頃から「憎ったらしいのに同じだけ可愛い」人だったのだ。個人的に親しくなるにつれ前半部分は意味を失っていって、後半百パーセントになった今は絶対誰にも譲ってやらないと心底思う。

最初の初恋の相手だった幼なじみよりも、そののちに好きになって失恋した誰よりも、長谷にとって「一番」なのは一基なのだ。手放さずにすむ手段があるのなら、何でもできる。

もちろんそのためにも、以前と同じ轍《てつ》を踏むことがないように――一基を傷つけたり失望させることがないように努力していくつもりもある。

どうしても追いつけない時には、奥の手を使うこともあるかもしれないが。

「そういうのは駄目ですか。一基さんは困りますか？」

そろりと差し出した問いに、一基は瞬《しばたた》いた。しばらく黙って長谷を見つめていたかと思うと、肩を竦めて言う。

「久住さんがいいならおれは構わねえよ。ただし、向こうへの説明はおまえがしろよ。ついでに、来るなら肴《さかな》になる覚悟はしとけ」

「了解です。今日明日にでも連絡しておきますね」

言いながら腰を上げ、ソファの上の一基の横に移動した。コーヒーカップを持つ一基の手に、手のひらを添えるようにして顔を寄せる。

じっと見返していた一基が、キスする寸前にようやく瞼《まぶた》を落とす。その表情が可愛くて、もっとという欲が生まれた。二度三度と唇を啄みながら取り上げたカップをローテーブルに戻すと、伸ばした手で頭ごと抱き寄せる。

「おい」と聞こえた声は、呆れを含んで笑っているようだ。

背中に回った一基の手に、つんと髪を引っ張られる。構わずキスを深くすると、今度はぺしぺしと背中を叩かれた。

本気の抵抗ではなく、色気のある触れ方でもない。どちらかと言えば友人同士のじゃれ合いか、懐いたペット扱いで構われている気が、とてもする。それが一基という人であって、そこを物足りないと思うと同時にとてもいいとも感じている。

「こら。ハルカ、って」

笑う声を聞きながら、じゃれ合いの延長のフリで一基をソファの背凭《せもた》れに沈めた。長く唇を啄んでいたキスを顎から耳元に移し、わざと噛みつくように歯を立てる。唇を触れさせたままで、低く囁いた。

「……迷惑とか鬱陶《うっとう》しいとか思ったら、すぐ教えてくださいね。善処しますから」

「善処なのかよ。直すとかやめる気はないって？」

「もちろんその方向で努力はします。けど、好きな人にはできるだけくっついていたいじゃないですか」

「へえ？　そりゃカルガモじゃねえよな。トリモチか接着剤ってとこだ」

長谷の頭を抱えていた一基が、ぐいとばかりに髪を引っ張ってくる。さすがに痛みを覚えて互いの顔が見える程度に離れると、今度は両頬を手のひらで掴まれた。

近い距離で、まじまじと見つめられる。思わず真顔で見返していると、急に一基は破顔した。ずいと顔を寄せたかと思うと、長谷の唇に齧《かじ》りつくようなキスをしてくる。

「おまえ、本気でつくづく、面倒臭いヤツだよなあ」

呆れたような響きの中に、それとは別の——照れたような色を感じて、長谷は離れかけていた一基の唇を追いかける。お返しとばかりに、噛みつくようなキスをした。

あとがき

竹を割ったようなすぱーんとした人、の第二弾です。

なのですが、この本単独でも読めるように書いたつもりです。できあがったふたりのその後ということで、前作から引っ張った問題も特にナシです。

前作と同じノリで書いた方がいいかなーと思いつつ作業に入って気がつきましたが、前回はそもそも文章の書き方が通常とは少々違っていた模様です。ひとまず自分としては前作に倣ってみたはずなのですが、実際はどんなもんでしょうか。

……「いつもの文章と少し違う」という認識自体が思い込みに過ぎない、という可能性も多分にあるとは思いますけれども。

ちなみに複数入っている番外編については、できれば収録順に読んでいただければ嬉しいです。というか、順不同だと意味不明になるかもです。

番外が二本でそれぞれ視点が「誰」かは本編途中にて確定済みでしたが、正直、片方については「何でこの人？」と首を傾げておりました。実際に書いてみたら「ああそうか」だったので、超個人的には満足ということで。そして残る片方については、視点を置いた人物がおよその予想通り暴走いたしました。

やはりと言いますか、割れ鍋に綴じ蓋のようです。

前作に引き続き、挿し絵をくださった高星麻子さまには、まずお礼とお詫びを。前作でいただいていた人物ラフを、作業中の励みにさせていただきました。いろいろご面倒をおかけしてしまって、本当にすみませんでした。そして、見惚《みと》れるようなカバーイラストをありがとうございました。本の出来上がりがとても楽しみです。

やはりと言いますかのご迷惑をおかけしてしまった担当さまにも、本当にいろいろありがとうございます&申し訳ありませんでした。今後は自分なりに精進して、少しは進歩したいものだと……思っております。

末尾になりましたが、この本を手に取ってくださった皆様に。

ありがとうございました。少しでも楽しんでいただければ幸いです。

✦初出　不器用な告白……………書き下ろし
　　　　カフェラテの決心………書き下ろし
　　　　面倒臭いヤツ……………書き下ろし

椎崎夕先生、高星麻子先生へのお便り、本作品に関するご意見、ご感想などは
〒151-0051 東京都渋谷区千駄ヶ谷 4-9-7
幻冬舎コミックス　ルチル文庫「不器用な告白」係まで。

幻冬舎ルチル文庫

不器用な告白

2013年7月20日　　第1刷発行

✦著者	椎崎 夕　しいざき ゆう
✦発行人	伊藤嘉彦
✦発行元	株式会社 幻冬舎コミックス 〒151-0051 東京都渋谷区千駄ヶ谷 4-9-7 電話 03(5411)6431[編集]
✦発売元	株式会社 幻冬舎 〒151-0051 東京都渋谷区千駄ヶ谷 4-9-7 電話 03(5411)6222[営業] 振替 00120-8-767643
✦印刷・製本所	中央精版印刷株式会社

✦検印廃止

ISBN978-4-344-82880-3　C0193　Printed in Japan